噬血狂襲

STRIKE THE BLOOD

18

眞說女武神的王國

三雲岳斗

illustration マニャ子

Kadokawa Fantastic Novels

拉・芙莉亞・立赫班
「公主」Princess of Aldeigia
冰雪聰明的白銀皇女

曉古城
「第四真祖」
The Fourth Primogenitor
世界最強的「怠惰」吸血鬼

姬柊雪菜
「劍巫」Swords-Shaman
獅子王機關的嬌柔監視者

煌坂紗矢華
「舞威媛」Shamanic War Dancer
優雅起舞的魔彈射手

矢瀨基樹
「過度適應者」Hyper-Adapter
開朗的學友或者雙面小丑

藍羽淺蔥
「電子女帝」Cyber Empress
華麗任性的電腦天才女高中生

Contents

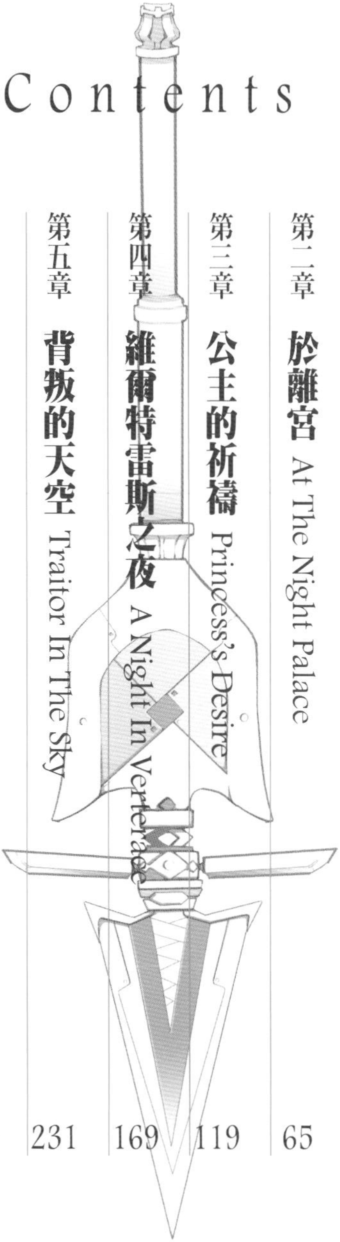

噬血狂襲 18

STRIKE THE BLOOD

眞說女武神的王國

三雲岳斗

illustration マニャ子

Kadokawa Fantastic Novels

序章 Intro

男子肩挑巨劍而立。

四面為鋼牆環繞，寬敞昏暗的地下室。

以土壤奠基的橢圓形擂台（Stage），讓人聯想到古代供奴隸互搏的競技場。男子走向擂台中央，拋開身上的披風。

揭露在外的，是被厚實肌肉所覆的精壯軀體。刻劃於上的無數舊傷顯示他的肉體本身即為戰場鍛鍊出的堅韌武器。

具魔力的鐵灰色護肩與手甲，還有大劍。男子帶了這些與籠罩著火焰的巨大妖獸對峙。

空氣被灼熱的火焰烤得晃搖扭曲，融解的地面湧上白煙。足以具現化的濃密魔力聚合體。由吸血鬼畜養於體內，來自異界的召喚獸——眷獸。

要形容其姿態，應該可比身穿犀牛般厚甲的猛牛，全高足足超過男子身高的兩倍。

據說歷經歲月的強大吸血鬼眷獸連最新銳的主力戰車都能輕鬆摧毀，更能在一夜間焚滅全城。男子眼前的眷獸就是那種「舊世代」的吸血鬼眷獸，千真萬確。

儘管如此，男子眼中既無怯色也無迷惘，厚脣朝一邊上揚，刻劃出自信的笑容。

男子隨手舉起肩挑的大劍，往前踏出了腳步。

從他全身散播的鬥氣幾乎成了撲向眷獸的物理性壓力。

眷獸受其鬥氣挑釁，凶猛地發出咆哮聲。它壓低姿勢，並且突出尖角朝男子猛衝。助跑距離不算充分，但眷獸原本就屬於魔力聚合體，又豈會被現實世界的物理法則束縛。灼熱的龐大身軀化為魔力洪流，打算將男子直接輾斃。

男子不過是血肉之軀，只能任由那股壓倒性的熱能與質量蹂躪——當所有觀戰者都如此篤定的瞬間，地下室裡的空間發出了軋然巨響。

魔力洪流扭曲變形，眷獸再度具現為實體。邪門的龐大身軀因痛苦而抽搐，聽得出凶猛咆哮也無法掩盡的苦楚。

男子揮動大劍迎面擋住眷獸的突擊，竟對眷獸的肉體造成了傷害。他傷到了身為魔力聚合體理應不受任何物理性攻擊的眷獸。

「就這點能耐？」

從男子咬緊的牙關縫隙冒出了失望的嘆息。他強橫地揮下帶著青白色光芒的大劍，然後順勢斜劈。

眷獸右肩被劈開，失控的魔力之焰濺灑如血。男子鑽到忍不住仰身的眷獸腳邊，將大劍朝著毫無防備的軀幹深深捅入。

負傷的眷獸以萬鈞之勢釋出魔力了。火焰與狂風隨機肆虐，掃過擂台上頭，讓鋪設用於

防禦的結界發出哀號。

在那陣肆虐的狂焰中，男子卻安然無恙地站著。他靠著只是罩了手甲的血肉拳頭打斷眷獸攻勢，然後毫不留情地用散發青白色光輝的大劍重重砍去，接著又以亂拳痛毆。連魔法師都不是的活生生人類，竟能在肉搏戰將吸血鬼眷獸壓著打。完全脫離現實的光景，讓圍著擂台的人們啞然失聲。

不久，男子一劍將眷獸的心窩深深劈開了。

眷獸的巨大身軀灑出耀眼火花，並且像海市蜃樓一樣搖晃消逝。累積的傷害超出極限，使它無法維持實體。

橢圓形擂台遭受戰鬥餘波，被破壞得不留原貌。

鋪滿天然石的地面湧上白色蒸汽，負荷過度的結界正劈啪作響地濺出火星。在結界另一頭，有個穿軍裝的魔族氣喘吁吁。是身為眷獸宿主的吸血鬼。

「怎樣？已經玩完了？」

男子用敗興似的口氣問。但吸血鬼仍蜷縮著，什麼也不答。眷獸受的傷害回流之後，讓他耗弱得連聲音都發不出了。

猛一看，在擂台鋪設結界的那些魔導技師同樣現出了疲憊至極的神情，當中還有人已經失去意識。

就算這樣，仍不能將他們識為軟弱才是。雖說時間短暫，有能耐布下結界封住眷獸魔力的魔導技師，放眼世界也找不到幾人。反而是男子靠肉身擊退眷獸的戰鬥能力超乎常理。

「請您饒恕。士兵們撐不下去了。」

疑似魔導技師部隊長的人物向男子深深鞠躬。

「本王明白。比試已經結束。原本還聽說是有兩下子的魔族傭兵，但這樣別說操演，連筋骨都活動不到。早知如此，還是該多僱兩三個會用眷獸的好手。」

男子深深嘆氣並將大劍收回鞘中。對他來說，連跟眷獸肉搏這種魯莽的拚鬥，都只是為了找回實戰感的牛刀小試。

「那麼，掌握到那傢伙的真面目了嗎？」

男子一邊從毀掉的擂台走下，一邊向魔導技師長問道。

「是的。宮中的人實在拉攏不了，但是有他國的情報機構協助，總算是設法查出他的底細了。」

部隊長從身穿的斗篷底下拿出平板型電腦。顯示在上頭的，是年輕東洋人的大頭照。由於連帽衣的兜帽深深戴到眼前，給人的危險印象匪淺。色素偏淡的瀏海髮隙間露出了散發紅光的眼睛。

「不過，這樣好嗎，陛下？您當真要與他為敵——」

「並非為敵。」

被稱作陛下的男子簡短回應部隊長的疑問。

接著，男子從部隊長手中搶走平板，恨恨地瞪向上頭顯示的年輕人臉孔。偷拍的照片上，有戴著連衣兜帽的年輕人，與結伴站在他身旁的嬌小少女。揹了吉他盒的黑髮少女。男子咬牙作響。

「本王並非要與那傢伙為敵，而是要開殺見血；打破他的腦袋，扯斷他的四肢；再用聖光將他燒個灰飛煙滅，讓他再也不能復活！」

平板電腦的螢幕冒出裂痕。因為男子氣到手指發抖，還用離譜的握力將平板捏爛了。即使螢幕已四分五裂，年輕人的臉仍陰魂不散地顯示在上面。

「要殺了那嗜血且窮凶惡極的新立之王——『第四真祖』曉古城！」

男子激動得用蠻力將平板電腦粉碎，這才讓畫面完全消失。

被留下的一班魔導技師只能茫然目送男子拖著大劍邁步離去的背影。

第一章 邀請函

The Letter Of Invitation

1

「第四真祖」曉古城對柏油路反射的燦爛陽光瞇起眼，走在海邊的通學路上。

雖說是早上，南國陽光強烈，亞熱帶特有的潮濕空氣盤繞於汗濕的肌膚。然而古城的腳步卻意外輕快。

「真是個清爽的早晨。天氣晴朗，今天似乎也會很熱。這種日子能讓心情都跟著變開朗呢。」

古城望著澄藍沁眼的天空，帶著爽朗的表情嘀咕。

平時的他完全無法讓人想像會有如此積極正向的發言，走在他旁邊的兩名少女詫異似的停下腳步。

「學、學長……？」

姬柊雪菜仰望古城的臉龐，表情露骨地帶有戒心，眼神彷彿在懷疑他受到強效魔法洗腦或遭遇心靈攻擊。

「與其說會熱，目前氣溫可就已經超過三十度了。」

冷靜吐槽的是古城的妹妹凪沙。今天早上古城難得沒有賴床，因此他們碰巧在同一個時間出門。

古城對她們倆明顯存疑的反應並沒有改變臉色。

「話說早起的感覺真是舒服。神清氣爽呢。」

「是、是喔。不過學長起床的時間並沒有早到可以算早起耶……」

雪菜仍未解除戒心，還帶著緊繃的笑容答話。平時古城都是將近遲到才出門，導致他覺得自己相對早起，然而這其實是很標準的上學時段。

凪沙好似在看待怪噁心的東西一樣，把目光轉向親哥哥。

「古城哥，倒不如說你怎麼了？出了什麼事嗎？明明你平常都一副快死掉的臉，嘴裡還會唸著好熱～～快死了～～要化成灰了～～之類的。」

「我哪有辦法！妳以為絃神島的直射陽光對吸血鬼來說有多難受？與其說曬太陽，我簡直都要烤焦了。」

古城忍不住回歸本色辯解。他好歹也是世界最強的吸血鬼，不會因為被陽光直射就沒命，即使如此依舊比常人怕陽光。

凪沙傻眼似的回望這樣的古城，然後嘆氣。

「古城哥，那是因為你都沒有塗防曬油。在這座島上，普通人對紫外線要是沒有防範就

出外走動，會曬得晚上一樣沒辦法洗澡啊。」

「就是啊。再說絃神島也有賣吸血鬼用的防曬油。」

雪菜看古城終於變回平時的調調，就略顯安心地微笑了。

絃神島是「魔族特區」——目的在於供人類與魔族共存的模範都市。為了在此生活的魔族，市面上也有販賣許多本土難以取得的特殊商品，紫外線防護指數（SPF）傑出傲人的吸血鬼用防曬油亦屬其中之一。

「防曬油嗎……可是，那東西有種獨特的氣味吧，我會怕那種味道。」

古城微微板起臉孔轉開目光。或許是吸血鬼化讓五感變得敏銳，他最近不太喜歡人工香料的氣味。

然而，雪菜關懷古城似的搖頭說：

「最近也有聞不出味道的無香防曬油喔。畢竟氣味太強烈的產品，在我們學校終歸是不能使用的。」

「哦～～……姬柊，那妳也有用那種的嗎？」

古城訝異地挑眉，望向雪菜的臉龐。沒想到印象中對本身容貌漠不關心的雪菜會如此注意防曬問題。

「是的，我姑且有用。呃，因為紗矢華和師尊大人都苦口婆心地囑咐我——」

「原來如此。這麼說來，妳的皮膚確實很好。」

「有、有嗎？」

古城把臉湊近並仔細觀察雪菜的肌膚，雪菜便害羞似的臉紅。於是——

「太近！靠太近了啦，古城哥！這樣算性騷擾耶！還有雪菜，現在不是害羞的時候！」

凪沙生氣地搡了挨近雪菜凝視的古城側腹部。這一下並沒有多用力，不過大概是打中痛處的關係，使得古城喘不過氣地發出呻吟。

「唔喔……妳未免……搡得太認真了吧……」

「所以說，結果你今天為什麼心情會那麼好？」

凪沙對古城唉聲問道。啊，沒有啦——古城搔搔頭回答：

「也不算心情好啦，黃金週假期快到了嘛。」

「咦？因為這種理由？就這樣？」

凪沙目瞪口呆，雪菜也驚訝得發不出聲。

妹妹與雪菜如此反應，讓古城鬧脾氣似的撇嘴。

「對我來說光這樣就很重要了！因為終於能放巴望已久的連假啊。之前的春假和過年期間，要嘛就是補課，要嘛就是寫作業，不然就是替真祖大戰善後，我什麼假都沒放到，盡是遇上要命的麻煩。」

「啊～～……」

凪沙看古城賣力強調，就曖昧地露出同情似的微笑。她應該是想起哥哥每次放長假，不知為何都會被班導師找去，然後被迫補課或補作業的慘狀。

「學長，你有安排什麼活動嗎？」

雪菜用前所未見的溫柔臉色問古城。古城想了一下便搖頭說：

「不，我沒有什麼安排。總之，只要可以熬夜晚起又不用介意時間就——」

「旅行！我想去海外旅行！」

凪沙興沖沖地提出主張，打斷古城那句話。

妹妹突然提議，讓古城發出疲憊的嘆息。

「去海外……我們哪有那種錢啊？」

「還問哪有，不就是存的嘛。再說牙城爸爸偶爾回家時也會給我零用錢。」

「臭老爸……他連個土產都不會買給我耶……！」

凪沙的話出乎意料，使得古城大為憤慨。古城兄妹的父親曉牙城聲稱為了做考古學實地調查而鮮少回家，卻好像只記得要討女兒歡心。

「旅行去哪裡好呢？既然要出門，選涼爽的地方比較好嘛。我也想賞雪或看流冰。」

「欸，就跟妳說沒錢啦，再說現在也訂不到機位吧。」

古城委婉地規勸臉色陶陶然的凪沙。紘神島與日本本土距離遙遠，交通本就不便，在旅客壅塞的長假前夕，機票想必並不好買。

「唔～～……流冰～～……」

古城點出事實，讓凪沙明顯陷入消沉。之後她就一直望著遠方，並且沉默不語。

彷彿拗不過妹妹的古城無奈地聳聳肩說：

「我明白了。旅行等暑假吧，在那之前我會打工存好旅費。」

「嗯，好啊。那倒可以……先不說這些了，那個人，我好像在哪裡見過耶……」

「咦？」

凪沙停下動作，望向彩海學園的正門。

只見上學中的學生們之間混了一個穿著陌生制服的女學生身影。遠遠望去仍格外顯眼的少女。

個子高挑，身材出眾，淡色素的長髮與標緻臉孔十分相稱。或許因為身上揹著大型樂器盒，隱約給人良家千金的印象，倘若她默默站著的話。

「……煌坂？」

「紗矢華？」

古城和雪菜注意到她以後，都略顯困惑地停下腳步。幾乎同一時間，紗矢華似乎也認出

古城等人了。反射性想趕來的她途中硬是打住，還佯裝全然若無其事地走向古城他們。

紗矢華如此不自然的舉動，古城都狐疑地看在眼裡。換成平時，她應該會像小狗和回家的主人嬉鬧那樣朝雪菜撲過來才對。

「早、早安，曉古城。居然會在這種地方遇見你，真巧。」

「不對吧，哪有什麼巧不巧，我上學就是走這條路。」

紗矢華的態度莫名緊張，使得古城納悶地望著她說道。雪菜原本還提防她會抱過來，臉上就現出一絲預測落空的神情。

「哦～～……是、是這樣啊？我根本一點都沒有發現呢。」

紗矢華似乎注意到古城他們的疑惑眼神，硬想設法敷衍過去，講出來的話反而更不自然。古城連責怪的力氣都沒了，就用無精打采的目光回望她。

「煌坂，妳怎麼會在絃神島？難道是在執行護衛什麼人的任務？」

「並、並不是那樣啦。」

紗矢華說著就開始目光亂飄。可疑的態度讓人覺得她並沒有說謊，卻也不盡然是事實。

「該不會又有哪裡的恐怖分子潛入絃神島了吧？」

古城壓低聲音問道。之前紗矢華來彩海學園，正是在恐怖分子集團「黑死皇派」於絃神島暗地活躍的時期。他想起了這一點。

「沒有。目前不用擔心這種問題。」

然而，紗矢華這次則是斷然予以否認。古城安心地捂了捂胸口說：

「是喔。那就這樣嘍，掰啦，煌坂。」

「欸……！你等等啦，曉古城！我專程來見你，你那是什麼態度！」

紗矢華連忙抓住走過自己身邊就準備往校門走去的古城。

古城用越發充滿疑惑的視線朝紗矢華問：

「妳說……來見我？原來不是有事要找姬柊啊？」

「咦？這個嘛，呃……我當然也想見雪菜啦……」

紗矢華一邊偷瞄雪菜的反應一邊含糊其辭。她似乎是覺得在校門前這種人來人往的地方，如果像往常那樣抱上去撒嬌會給雪菜添麻煩，姑且就克制住自己了。基本上，當紗矢華像這樣守在學校前面時就夠引人注目的了，現在才顧慮這些只讓人覺得為時已晚。

「我就是為妳著想才說要先走的嘛。」

古城一臉嫌煩地將紗矢華的右手甩開。

「錯、錯了啦，不是那樣！曉古城，我今天有東西要交給你……」

紗矢華急忙辯解。直到這時，古城才發現她小心翼翼地在胸前緊抓著某物。是一個有金色與藍色燙印的華麗信封。

「什麼啊，那是信嗎……？」

紗矢華令人意外的行動目的讓古城心生疑惑地反問。

然而紗矢華沒有立刻回答。她好像無法拿定主意到底要不要把信交出去。

於是，凪沙代替忸怩而沉默的紗矢華發出了高八度的聲音。

「那、那該不會是情書吧……？」

「咦……！」

雪菜臉色僵凝地看向紗矢華。好似被視線射穿的紗矢華則是臉色發青。

「啥！不、不是的……！」

「紗矢華……莫非，妳真的對曉學長有意思……？」

「不是的，雪菜！真的不是！事情並不是那樣……！」

手裡仍抓著信封的紗矢華猛搖頭。然而僵掉的雪菜沒有恢復過來，她依然把眼睛睜得斗大，還恍神般盯著紗矢華。

紗矢華似乎承受不住雪菜那樣的視線，就凶巴巴地轉向古城說：

「怎麼辦啦，曉古城！你害我被雪菜誤會了耶！」

「還不是因為妳從剛才就一直鬼鬼祟祟的！還有，妳別順手壓迫我的頸動脈！想殺人是嗎！」

差點被紗矢華掐爛喉嚨的古城不停地拚命抗議。然而紗矢華的細細指頭卻發揮了難以置信的握力將古城勒住。

「囉嗦！去死啦！你化成灰吧！」

「誰要化成灰啊！」

「你、你們倆冷靜一點！引起注目了！這樣非常引人注目！還有古城哥，現在不是臉紅的時候……！」

或許是太高調惹來他人注目讓凪沙有了危機意識，她強行介入古城與紗矢華之間。

「我並不是臉紅……而是呼吸困難讓血衝上……腦袋啦！」

凪沙的話裡似乎有所誤解，古城就用聽似痛苦的嗓音老老實實地加以糾正。

另一方面，雪菜仍未從動搖中振作，嘴裡還不停喃喃自語。

「紗矢華……有信……要給學長……」

「雪菜，妳也不要愣著啦，來幫我！」

「總之，只要我讀那封信就行了嗎？」

古城設法掙脫了紗矢華的右手，並且朝她拿在左手的信封伸出手。於是——

「啥！」

紗矢華推開古城，然後慌慌張張地把信封抱到胸口。

「不、不行！竟然想在這麼醒目的地方讀這封信，你在想什麼啊，曉古城……？」

「會醒目是妳害的吧！」

紗矢華的言行太過前後矛盾，就連古城也難掩煩躁。

話雖如此，紗矢華似乎也對自己莫名其妙的行為有自覺。她露出苦惱過片刻似的臉色。

「放學後！」

「啥？」

「放學後，你來車站前的咖啡廳！北邊出口掛綠色招牌的那一家！」

紗矢華用食指朝古城的鼻尖一比，單方面這麼下了命令。接著她使勁轉身，然後就逃也似的跑掉了。

「啊……喂！煌坂！」

古城立刻想叫住對方，紗矢華加快腳步的身影卻在轉眼間遠去，回神後已經看不見了。

古城等人留在路上，被上學中的學生們深感興趣地遠遠圍觀。

雪菜仍帶著困惑的表情呆站著不動，凪沙則利用空檔拿出智慧型手機，開始飛快地輸入訊息。她恐怕是打算跟淺蔥報告剛才發生的事吧。古城預料到結果應該會引發更多糾紛，便無助地嘆氣。

「搞成這樣，煌坂是在想什麼啊？」

古城望著亂晴朗的蒼天，漫無對象地嘀咕。能回答他疑問的人，當然是無處可尋。

2

「煌坂紗矢華向古城告白了……？」

午休時間。在魔族特區研究社，通稱「魔族社」的狹窄社辦內，矢瀨基樹叼著咖哩麵包，臉上露出凝重的神情。矢瀨隨時都靠著名為聲響結界（Soundscape）的特殊能力來監視彩海學園有無遭到入侵，但是對於上學路上發生的事情似乎就掌握不到了。他瞪著坐在桌子對面的淺蔥，焦急似的挺身問道：

「欸，真的嗎？我沒聽到有這種消息耶。」

「我說的是她也許會告白，而不是已經告白了……你為什麼在焦急啊？」

淺蔥抱著單純閒話家常或者抱怨的心態將消息轉達給矢瀨以後，就對青梅竹馬敏感過頭的反應提出疑問之詞。

「基樹，這件事跟你無關吧？還是說，原來你喜歡煌坂？」

「並沒有！並不是那樣啦，但是事情跟我也脫不了關係吧！」

矢瀨用紙巾擦掉手指上沾到的油，並且唏哩呼嚕地喝起盒裝牛奶。

魔族特區研究社的社辦位於特殊教室校舍三樓。由於長期被當成空教室而未開放使用，至今還瀰漫著些許灰塵，沒開空調更是讓人覺得又悶又熱。即使如此，要躲起來聊隱私仍屬最合適的場所。

目前在房間裡的只有矢瀨和淺蔥兩個人。雪菜與香菅谷雫梨身為學妹，午休時間很少過來露臉；成為八卦當事人的古城則是猜拳輸掉，被派去自動販賣機買飲料了。

淺蔥一邊將筷子伸向豪華三層便當的第二層配菜，一邊又說：

「沒有喜歡煌坂卻又脫不了關係……表示你喜歡的是古城？」

淺蔥一臉認真地出言確認，讓矢瀨嗆得猛咳。

「什麼奇怪的邏輯啊！根本不對啦，妳這戀愛白痴！對方可是獅子王機關的現任舞威媛耶。那不就是詛咒和暗殺的專家？」

「你、你說誰……是戀愛白痴……！」

淺蔥露出著實受傷的臉色，還將手裡握著的筷子折斷了。她想起便當還剩一半，頓時露出慌亂的表情，不過吃沙拉的叉子還留著，因此勉強無礙於用餐。

「……簡單來說，你是指她接了獅子王機關的任務才會接近古城？」

「大有可能啊，對吧？即使對方不會突然動手暗殺，先把古城馴服也不吃虧。」
矢瀨一臉認真地低聲咕噥。淺蔥則是托著腮幫子，冷冷地望著這樣的他。
「……基樹，你真的這麼認為？」
「什麼意思？」
「先不管說不說得通，她看起來並不像擅長那種把戲的類型。要她憑演技告白或談戀愛，感覺會不會太難？畢竟她對古城是怎麼想的，全都表現在臉與態度上了。」
「哇、哇喔……妳對別人就看得很清楚耶。」
淺蔥的分析意外準確，讓矢瀨由衷佩服似的發出感嘆。雖然淺蔥對古城的感情一樣是洩露無遺，但是她本身對此沒有自覺，造成的形象落差才更大。
或許是這樣的低估之意被淺蔥察覺了，她橫眉豎目地問：
「啥？你想講什麼？」
「沒什麼。」
「基本上，要監視古城的話，已經有姬柊學妹了吧。事到如今，獅子王機關何必出手動搖她的地位？」
「哎，問題就在這裡。再說之前那個巨乳派議員也因為前陣子的醜聞失勢了。」
矢瀨自問似的歪頭說道。他說溜嘴的詭異字眼，讓淺蔥犀利地瞇起眼睛。

「巨乳派？」

「啊～～……沒事，當我沒說。不過，假如煌坂紗矢華的行動並不是在執行獅子王機關的任務，那她到底有什麼目的？」

「表示不是你想的那麼回事吧？」

淺蔥望著開始認真苦思的矢瀨，傻眼地聳了聳肩。

「什麼意思啦？」

「表示那是出於她自己的意思啊。」

「……難道說，她真的要告白？」

矢瀨目瞪口呆地看向淺蔥。淺蔥不悅地將嘴唇斜斜一挑。

「哪有什麼難不難道，那樣想才是最自然的吧。再說這年頭會寫信，還能想到什麼其他的理由？」

「妳覺得那樣好嗎？」

矢瀨用戰戰兢兢的態度兜了個圈子問。淺蔥則是不帶感情地瞪著他說：

「無關好與壞吧。我又不能去攪局。」

「哎～～不管怎樣，得先收集情報。」

矢瀨「哈哈哈」地乾笑，託詞似的嘀咕。

「也對。事關絃神市國的安全保障。」

淺蔥也像在說服自己似的表示同意。

從擔任內應（spy）的凪沙那邊已經得到情報，放學後，古城和紗矢華是約在車站前的咖啡廳碰面，淺蔥與矢瀨重新下定決心，無論紗矢華有何盤算，他們都得將過程看清楚才行。

3

那一天的課難得沒出什麼大麻煩就結束了。

儘管學校裡因為即將放長假而有些毛躁的氣息，課堂上倒是毫無窒礙，與平時無異地到了放學時刻。

比較出人意料的是，對於上學時在校門前發生的風波，都沒有同學奚落古城。就算這樣，他們也並非體恤古城。原因在於坐古城前面座位的淺蔥一直露骨地散發著不悅的氣息。

如今，淺蔥正保持約十公尺的相對距離躲在死角，尾隨離開學校的古城和雪菜。而淺蔥背後，還有矢瀨戴了眼鏡且用頭巾遮著下半張臉的身影。那似乎算是他的喬裝。

「他們在搞什麼啊……？」

古城回頭望向行為明顯有鬼的兩個朋友，皺眉嘀咕。

「正常都會好奇吧。古城哥被告白的場面可是比日全蝕還寶貴耶。為了在以後當參考，要好好觀摩才可以。」

回答古城疑問的人並不是走在他旁邊的雪菜，而是雪菜旁邊的凪沙。她是以監視親哥哥行動的名義向社團請了假跟來的。

「要參考什麼啦！基本上，煌坂只說她想把信交給我吧。為什麼會扯到告白？妳說是不是，姬柊？」

妳也幫我說說凪沙——古城朝雪菜搭話。

話題忽然丟過來，雪菜受驚似的肩膀發抖，然後用缺乏抑揚頓挫的機械性嗓音說：

「是、是的。呃，紗矢華長得漂亮，個性溫柔，也意外地有居家的一面又熱心，對我來說是非常重要的人，所以如果紗矢華是認真的，那我……」

「等一下！妳到底在講什麼！」

雪菜眼神空洞地說了讓人摸不著頭緒的話，讓古城表情不安地望著她驚呼。

至於凪沙，反而用彷彿期待得按捺不住的語氣說：

「畢竟想不到告白以外的可能了嘛！那是信耶！用來當情書的信耶！」

「欸，情書跟單純寫信根本是兩回事吧。」

妳在講什麼啦——古城一臉傻眼地望著妹妹。大概是古城這種理智的態度讓人不滿，凪沙微微噘起嘴脣說：

「為什麼古城哥就這麼平靜？假如真的被煌坂學姊告白要怎麼辦？」

「那種事情想了也沒用。因為煌坂討厭我，每次見面她都會臭罵我，還想捅我、砍我、斬我、勒死我——」

古城回想起種種往事，便疲倦地發出嘆息。

咦——雪菜訝異得回過神，還嚇了一跳似的看向古城。

「學長……你還是以為紗矢華討厭你嗎？」

「古城哥就是這樣……難怪他這麼有餘裕……」

連對細節沒多了解的凪沙都用失望的視線朝古城看過來。

古城被年紀較小的兩個人用非難般的眼神看待，就驚慌地說：

「呃，說來說去，她也幫過我好幾次，應該不是壞人啦。」

問題不在那裡——雪菜等人失望地對只想到先打圓場的古城嘆氣。

凪沙看似無奈地換了心情搖頭說：

「不過，幸好她用寫信的方式告白，即使不當場給答覆也不會顯得不自然，感覺古城哥不會一慌就鬧出奇怪的笑話。」

「妳對親哥哥是怎麼想的啊……」

古城懶散地望著似乎在瞎操心的凪沙，並且向她明言。於是，凪沙瞥了雪菜還有正在跟蹤的淺蔥一眼，然後回答：

「你想嘛，雪菜她們應該也需要時間擬對策啊。」

「咦？我嗎？」

忽然被矛頭指到的雪菜像是嚇了一跳，還呆呆地眨眼。原來她也毫無自覺嗎——凪沙莫名誇張地垂下肩膀。

「要說的話，我還比較擔心那是殺人預告或者挑戰書——」

凪沙似乎對平常無緣的感情事感到興奮，表情因此變來變去。古城從她身上轉開視線，看似不安地喃喃自語。

眾人的目的地，也就是單軌列車車站正好已經接近，可以看見紗矢華指定的那間咖啡廳。古城他們偶爾也會去那間名叫蓋提亞的連鎖咖啡廳。

但是，當古城他們爬上紅磚砌的階梯準備進店裡的時候，從店面旁邊的巷子就傳來某個人似乎深感困擾的說話聲。耳熟的嗓音。

「呃，不好意思——請讓我過去。」

嗓音的主人是穿著彩海學園制服的嬌小女學生，有著銀色秀髮與碧眼，美得脫俗的少

女。那是凪沙等人的朋友叶瀨夏音，她似乎被陌生男子擋住去路而動彈不得。

「這不會占用多少時間，請跟我談談。只要妳回答剛才的問題，我立刻就走，好嗎？」

男子露出廉價造作的笑容向夏音攀談。那是個穿著有皺痕的襯衫，年齡看不太出來的男子。他抓著便宜的原子筆與手冊，襯衫口袋還塞了小型錄音筆。

「那是在做什麼？夏音被糾纏了嗎？」

凪沙氣惱地變了臉色，反射性想趕去對男子抗議，被古城用一聲「妳退後」制止了。

「喂，你在對叶瀨做什麼！」

男子被古城從背後叫住，臉色有些不耐煩地回過頭。然而他認出古城等人的制服以後就咧嘴露出難纏的笑容。

「哎呀，看這套制服……你們幾個，該不會和叶瀨小姐認識吧？」

「咦？」

男子故作熟稔的態度讓古城不知所措地停下動作。男子趁機湊近古城等人眼前說：

「來得正好，我有點事想請教一下。啊，我是做這行的。星辰日報，不知道幾位有沒有聽過。」

「……原來你是報社記者？」

古城望著被對方硬塞的名片，口氣生硬地反問。男子瞇眼點了點頭回答：

「我算所謂的新聞工作者。雖然是自稱的。」

「那你這個新聞工作者找叶瀨到底有什麼事？」

古城以刺人的眼神看向自詡為新聞工作者的男子。

星辰日報，總公司設於北大西洋島國「北海帝國」的國際報社。在全球超過二十個國家的發行量近三百萬份，連古城也至少聽過名字。

但是，它稱不上多有格調的報紙。暴露的女性照片與人種歧視的報導多有所見，採訪內容更以藝人、政客與王室醜聞為主，是迎合大眾口味的報紙。

男子在臉上掛著淺笑，並且朝夏音瞥了一眼說：

「哎，我是想探討一下傳聞的真相。各界人士都有給予意見啊。」

「傳聞？」

「各位曉不曉得有個王國叫阿爾迪基亞？那是北歐的小國，不過他們的魔導產業在全世界算小有名氣，以旅遊地點來講也頗具人氣。有森林和湖泊，往北還可以觀賞極光。知名菜餚則是燉馴鹿肉和醋醃鯡魚，其他可提的大概就屬莓果派了。」

「呃～～……你要談的是什麼來著？」

男子忽然從新聞工作者變成了旅行社的掮客，讓古城生畏地回望對方。然而男子卻親切地微笑說：

「順帶一提，美女多也是聞名的。尤其是當今的第一公主——拉．芙莉亞殿下，甚至被喻為美神再世。」

他這麼說完就緩緩轉了轉視線，依序看向雪菜、凪沙，最後將目光停在夏音身上。

「啊，失禮了。我當然也覺得幾位小姐長得非常漂亮，特別是叶瀨夏音小姐——妳跟拉．芙莉亞公主長得一模一樣，感覺簡直不像外人。」

「你……」

古城壓低的聲音在顫抖。他終於察覺男子糾纏夏音是何原因了。

「對，我提到的傳聞也跟那位拉．芙莉亞公主有關。其實公主的外祖父，也就是上一任阿爾迪基亞國王，據傳和來自國外的女性之間有私生子，還傳得頗像一回事，主要是在王宮相關人員之間。」

男記者露出充滿惡意的空虛笑容，單方面繼續說道：

「萬一傳言屬實，那可是天大的醜聞。身為新聞工作者，我不能放過這種事情，為了阿爾迪基亞的國民也該揭發出真相。你們不這麼認為嗎？」

「你只是想賣獨家報導吧。不要管別人的家務事啦。」

古城瞪著男子說。記者則是不以為意地搖頭，還按下錄音筆的開關。

「不，很遺憾，這同時也是政治問題。哎，叶瀨夏音小姐，聽說妳的母親直到十六年前都在阿爾迪基亞的王宮服務是嗎？關於那一段往事，希望妳務必說個明白。」

「我不知情。對於我的母親，我什麼都不知情。」

原本一直保持沉默的夏音用沉靜清澈的嗓音告訴對方。

嗯——記者刻意露出驚訝的表情又說：

「那麼，關於妳父親的事呢？妳的養父叶瀨賢生是阿爾迪基亞的前宮廷魔導技師。而他去年在這座島上引發了重大的犯罪事件，據說還遭到人工島管理公社軟禁——」

「你說夠了吧——」

記者想逼問夏音，古城便打算粗魯地揪住他的胸口。

但是，古城的手臂在半途被矢瀨從背後伸來的手抓住了。

「別動手，古城。」

「這傢伙的目的就是要挑釁相關人士，藉此引誘對方動粗。手法太明顯了。」

原本應該都偷偷摸摸跟蹤古城他們的淺蔥已經在不知不覺中來到身邊，還用冷冷的眼神瞪向男記者。

詭計被輕易看穿，記者惱火似的咂嘴。

然而難纏的賊笑依舊不變。記者毫不慚愧地望著殺氣騰騰的古城等人，仍想出口挑釁。

可是在那之前，有一陣與現場不搭調的悠哉嗓音從意外的方向傳來了。

「哎呀，夏音小姐？您在這種地方起了什麼爭執嗎？」

嗓音的主人是個長著灰髮的高大外國男子，年齡恐怕是四十歲左右。身穿剪裁合宜的褐色西裝，還穿著看似昂貴的鞋子。只看服裝會覺得他具備幹練生意人的氣質，眼鏡底下的雙眼卻顯得理智而有些冷漠。

「你是什麼人？」

記者不客氣地朝褐色西裝男子問。

西裝男子用公事公辦的態度鞠了躬，然後袒護夏音似的走上前。

「失禮了。我名叫許爾特·迦第耶，是個律師。在阿爾迪基亞王國的萊赫特拉總公司擔任顧問律師。」

「……萊赫特拉？那間高科技企業？」

記者訝異地蹙眉。

萊赫特拉公司以造型洗鍊的電子器材著稱，是北歐屈指可數的巨型企業。他們提供的魔導零件是出了名的高品質，高檔電腦或智慧型手機的包裝上都會自豪地記載產品有使用萊赫特拉所產的零件。

「為、為什麼萊赫特拉的顧問律師會在這種地方？」

記者用隱含畏懼的口氣喊道。至於律師這邊，反而納悶地望著對方那種反應說：

「可不就是為了繼承遺產的相關協議？」

「繼承遺產？」

「是的。倘若住院中的前任會長過世，萊赫特拉公司將有百分之五的股份會轉讓給身為其孫女的夏音小姐，因此要準備那些手續。」

「慢、慢著。這樣的話，叶瀨夏音真正的生父是——」

記者愕然地貼近律師。律師肅然點頭。

「是的，正是萊赫特拉現任當家的胞弟，西格爾・萊赫特拉先生。未能成婚固然遺憾，不過在夏音小姐的母親滯留於阿爾迪基亞王國那段期間，他們兩位曾是相戀的一對。」

「有……有證據嗎……啊，罷了，不必。我明白了。」

記者想質問律師，隨即又轉念似的搖了頭。

萊赫特拉方面的說詞是否為真已經不構成問題了。

萊赫特拉公司屬於巨型企業，對全世界的報章雜誌及報導機構具有強大影響力。既然會長的家族承認有孫女，理當就無法顛覆其決定。

星辰日報身為三流八卦報本來就缺乏信用，即使要違背他們的意向，主張阿爾迪基亞王室有醜聞，應該也沒有人會理睬。搞不好還得吃上官司，扛起花一輩子也付不清的賠償金。

要冒那樣的風險就實在沒勇氣了吧。記者頹然垂下頭，朝車站的方向離去。可悲的模樣

彷彿體現了落水狗一詞。

「呼～～……勉強撐過去了呢。」

律師發出長長嘆息，做勢要擦額頭的汗水。

古城等人將夾雜疑心與困惑的表情轉向這樣的律師。

就古城所知，夏音是阿爾迪基亞王室成員一事屬實。說她是萊赫特拉公司前任會長的孫女，從來沒聽過有這種事。

「你是叫……迦第耶先生對吧？剛才你談到的那些，是真的嗎？」

「不，那當然是編造的。正確來說，那是王室為了不願過王族生活的王妹殿下所準備的假情報。」

高大的外國律師這麼說完就露出爽朗的笑容。他揭露內幕太過乾脆，反讓古城等人感到糊塗。

「是在下啦，第四真祖大人。」

律師看似愉快地微笑並摘下眼鏡。

瞬時間，他的輪廓扭曲了。全身起伏生波似的搖晃，轉變成別人的身影。

是個將銀髮像軍人一樣剪短削齊的修長女性。相貌看似耿直，身上穿的軍裝卻修改成無袖，裙子兩側也開了高衩。

用防刃纖維織成的黑絲襪與內衣，使得她的身影讓人聯想到忍者。看起來只像胡鬧的角色扮裝，然而她本人的表情卻正經八百。

「優、優絲緹娜小姐？」

古城愕然地眨眼，並喊出被派來擔任夏音護衛的女騎士名字。

「幻術……不對，這是偽裝（Disguise）魔法呢。」

雪菜冷靜地予以點破。從名稱可以想見，那恐怕是靠魔法暫時改變外貌的密偵用術式。和單純讓目擊者產生錯覺的幻術不同，對監視器一類的攝錄器材應該也有效果。

妳的眼光果然厲害——阿爾迪基亞王國的伏擊騎士帶著欽佩之色附和雪菜：

「如妳所言。因為保護王妹殿下是在下的任務，因應媒體的對策同樣萬無一失。再怎麼說，喬裝到底是忍者的拿手好戲，忍！」

「欸，與其稱作喬裝，妳這是魔法嘛。」

基本上，妳是騎士而非忍者吧——古城不識趣地加以糾正。話雖如此，多虧優絲緹娜的魔法才能趕走惱人的自稱新聞工作者，這也是事實。她平日應該就是像這樣，一直暗地保護著夏音。

「這麼說來，夏音難得會來車站前耶。妳有什麼事要辦嗎？」

記者離開之後，從緊張中獲得解放的凪沙就換上開朗的臉色問夏音。

「是的。呃，我今天跟人有約。」

夏音帶著一如往常的溫和笑容想要答話。從古城等人背後突然傳來的尖銳怒罵聲蓋過了夏音那句話。

「——曉古城！你很慢耶！我都快等得不耐煩了！」

「煌、煌坂？」

放眼望去，氣得肩膀直聳的紗矢華正用亂疲倦的表情瞪著古城。

她恐怕從咖啡廳裡面就看見古城等人來到店門前了。明明如此，怎麼等都等不到古城等人進店裡，等膩的她便從店裡跑出來了。

然而衝動之下罵歸罵，發現在場的人比預料中還多，紗矢華就僵掉了。只見她帶著出糗的表情僵在原地，而且臉逐漸變紅。

夏音似乎是為這樣的紗矢華著想，就點頭行禮說：

「對不起，讓妳久等了。」

「啊……叶、叶瀨小姐，也謝謝妳應邀過來。那麼，這樣所有人都到齊了吧。」

紗矢華一臉尷尬地這麼說完，然後轉身，落荒而逃似的進了原本待的咖啡廳。

4

重視舒適且具高級感的家具和店內裝潢是蓋提亞咖啡廳的賣點。

經過分配，紗矢華和雪菜、古城和夏音被領到四人用的席位就座。

在他們旁邊的席位則坐了瓜沙，以及無意掩飾跟蹤的淺蔥與矢瀨。

擔任夏音護衛的優絲緹娜不知不覺中就消失蹤影了。說是這麼說，她肯定還是躲在某個地方保護夏音。儘管夏音本人不介意就好，但是做到這種地步，與其稱作護衛，還比較接近跟蹤狂吧？古城有這種微妙的感覺。

「來自拉．芙莉亞的親筆信函？」

點的飲料送到以後，紗矢華遞來之前那只信封。

拿近一看，封緘遠比想像中慎重其事。上頭鑲的是真正的純金，封口還上了封蠟。臘上所蓋的璽印是眼熟的阿爾迪基亞王室圖徽。

「真的不是要給曉學長的情書嗎？」

雪菜用流露出意外與安心的語氣問。紗矢華穿插了像是把氣硬往回吞的沉默才說：

「那還用說！我為什麼要寫情書給這種男生啊……」

「……剛才妳臉上看起來是『原來還有這招』的反應呢。」

淺蔥喃喃有詞地替紗矢華的表情做解說，紗矢華就像被人戳破一樣驚慌失措。

「才、才不是！倒不如說，這裡為什麼會有局外人？雪菜負責監視就罷了，凪沙小姐、藍羽淺蔥還有那個男生都跟這件事無關吧！」

「哎，別把話說死嘛。我們又不是初次見面，先交換情報，對彼此都方便吧。」

被叫成「那個男生」的矢瀨瞇起右眼，挖苦似的笑了笑。

紗矢華開口想反駁些什麼，不久就死心地嘆了氣。

「算了。總之，我確實把公主的親筆信函交給你了喔。」

「坦白講，我不太想收耶。」

古城不甘不願地拿起信，並且拆封。從中出現的書信是憑手感就曉得質地非凡的信紙撰寫而成。被折成三等分的信紙攤開以後，古城立刻板起了面孔。

「……欸，這是英文嗎？抱歉，姬柊，上面是怎麼寫的？」

「不好意思。請讓我拜讀。」

坐在對面的雪菜把臉湊向古城，看他手裡拿的信紙。他們本人並沒有自覺，但是以結果來說形同將肩膀貼在一起。

看見這一幕的紗矢華不由得張大嘴巴發愣，夏音則對古城和雪菜狀甚恩愛的模樣感到滿足。

「真的是拉．芙莉亞公主寄給學長的信呢。『寫給與我祖國阿爾迪基亞為友的夜之帝國（Dominion）絃神市國王，親愛的曉古城陛下。』」

「雪、雪菜……？再怎麼說，你們兩個未免靠太近了吧……！」

紗矢華心慌地看著和古城緊貼的雪菜，並且委婉提醒。

然而，雪菜和古城卻帶著「妳在講什麼啊？」的納悶表情回望紗矢華。

「咦？可是，我要幫忙翻譯公主的親筆信函才行啊——」

「還不是因為妳帶了這封信過來。」

「可、可是，你們貼得那麼近……欸，這樣對嗎！」

紗矢華眼裡隱隱含淚，還不安似的朝淺蔥他們那邊問。

淺蔥則帶著敷衍的臉色甩了甩手說：

「啊～～……哎，只要他們本人還沒有自覺，那不就好了嗎？」

「平常他們都是這樣的。」

凪沙也露出溫馨的微笑說道。

「是喔！真的行嗎？我對適應這種情況的自己感到不安耶……！」

紗矢華一邊用虛弱的聲音嘀咕，一邊擔心地望著雪菜他們。

在這段期間，雪菜仍流暢地繼續翻譯拉．芙莉亞的親筆信。她身為獅子王機關的劍巫，

為了應對各種任務，據說不只具備咒術知識，還擁有高中畢業程度的學力，尤其在重要性居高的語學方面，實力恐怕更勝於彼。相對的，偶爾也會有缺乏一般常識或日常知識的狀況就是了。

「『下個月一日起，我們阿爾迪基亞王國為慶祝與戰王領域締結和平條約滿四十週年，預定將在王都維爾特雷斯舉辦紀念典禮。於典禮期間，望能邀請尊駕來我們王國——』」

「邀請……欸，所以她是叫我到阿爾迪基亞嗎？」

古城聽了雪菜的翻譯，便打斷她的話反問。

原本舔著抹茶拿鐵奶泡的凪沙拍了桌子，用力站起來說：

「那就表示，可以到海外旅行……？」

「不，沒那麼愜意吧。發邀請的可是拉．芙莉亞耶。」

古城擺出苦瓜臉說。外界都將拉．芙莉亞奉為慈母或聖女，然而實際上她是個滿腹黑水的謀略家，古城其實非常怕她。

「下個月一日，剛好在黃金週假期呢。我們要怎麼辦，學長？」

不知道雪菜是否了解古城的心思，她語氣認真地開口確認。

「還能怎麼辦，我哪有可能去啊。麻煩死了。」

古城半點都不猶豫地立刻回答。他的話讓凪沙為之動搖。

「咦咦！為什麼？可以去阿爾迪基亞耶！有雪有冰河有峽灣有極光耶！」

「就跟妳說不是去觀光了。那個黑心公主，絕對有什麼企圖吧……！」

「以絃神市國的立場，我倒希望能和寶貴的邦交國鞏固友誼。雖然那樣似乎也會導致跟日本政府之間的協調複雜化。」

矢瀨一口氣灌下濃縮咖啡並說道。

原來如此——淺蔥釋懷似的點頭說：

「結果，煌坂同學是受了拉．芙莉亞公主委託而行動嘍？既不是出於獅子王機關的盤算，目的也不在真情告白，難怪猜不透動機。」

「真、真情告白……？妳為什麼會扯到那邊去啊！」

紗矢華慌得大呼小叫地回嘴。

面帶苦笑望著這一幕的矢瀨則是忽然正色，然後看了紗矢華。

「不過，那位公主為什麼會委託妳？替公主送親筆信並不在獅子王機關的管轄吧？」

「那是因為——獅子王機關有不得不採取行動的理由啦。」

紗矢華一邊收斂臉色一邊回答。

這時候，讀信的雪菜出聲驚嘆：「哎呀。」並且納悶地挑眉。

「呃，曉學長。」

「怎樣？」

「拉．芙莉亞公主送來的，似乎不只信而已。」

雪菜看信封裡頭，從中拿出了另一只小小的信封。那裡面裝的並非信紙，而是印著零星英文字母和數字的票券。

「這是……機票嗎？為什麼會有三份？」

古城確認過信封的內容物，然後蹙起眉頭。雪菜則與這樣的他對看並說：

「搭機者姓名是學長、我……還有夏音？」

「意思是要我也帶叶瀨一起去……？」

紗矢華望著困惑的古城他們，發出短短的嘆息。

接著她重新轉向坐在自己面前的夏音。

「叶瀨夏音小姐，拉．芙莉亞公主的真正目的——是邀請妳喔。」

「邀請……我？」

紗矢華察覺夏音的目光在短短一剎那畏懼似的動搖，便連忙搖搖頭。

「啊，公主並不是想拿妳做政治利用，而是希望能讓妳和真正的父親——阿爾迪基亞的前任國王見面。因為前任國王年事已高，又有公務要處理，沒辦法來絃神島。」

夏音吐氣似的微微發出「啊」的一聲。

「這樣啊。叶瀨，妳還沒有跟真正的爸爸見過面嘛。」

古城說著看向夏音的臉龐。聽他說話的夏音表情沉穩，碧眼如靜止的水面平靜，從中看不透任何心思。

「當然，叶瀨小姐的存在要是曝光就會引起騷動，因此沒辦法大剌剌地邀請。不過在紀念典禮期間將有從全世界聚集而來的來賓與觀光客，人們的注意力也會轉向那邊，所以多少會比較安全——」

「感覺要是錯過這個機會，反而不曉得下次什麼時候能見面了耶。」

「是啊，沒有錯。只不過那樣的話，就會有一個問題。」

紗矢華對古城的發言予以贊同，然後朝在場所有人緩緩看了一圈。

「叶瀨小姐造訪阿爾迪基亞，形式上終究是非官方的私人旅行，因此無法派警方保護。公主個人能指揮的也只有聖環騎士團的騎士，而他們也有紀念典禮的警備任務，分不出太多人手。」

「所以說，叶瀨學妹的維安人力難免薄弱嘍。」

矢瀨從鼻子微微哼了一聲。擔任人工島管理公社理事的他以立場而言，算是負責指派護衛的人。正因如此，他對這方面的事情理解較快。

不過這樣的他對於紗矢華接下來說的話，也變得面色凝重。

「而且在紀念典禮上，預料有極高機率會發生恐怖攻擊。」

「啥？預料？」

「表示恐攻會發生是可想而知的嗎？」

古城和雪菜幾乎在同一時間反問。夏音眼中也浮現驚訝之色。

神色依然凝重的紗矢華點了頭回答：

「或許在『魔族特區』生活就無法實際感受到，世上不希望人類與魔族共存的分子可多了，無論在人類社會或魔族社會都一樣。他們想必不會放過如此盛大的典禮。」

「所以在那些分子看來，阿爾迪基亞和戰王領域的和平條約只會礙事嗎？」

古城想起了以往紘神島發生過的幾樁事件。

將魔族汙蔑為邪惡之徒的人類聖職者；鼓吹獸人優勢主義的恐怖分子集團。對期望紛爭的雙方而言，礙事的是倡導人類與魔族共存的「聖域條約」。

藉由第一真祖「遺忘戰王（Lost Warlord）」所提倡，多國之間締結的那項盟約，讓人類與魔族長期以來的戰爭迎向終結了。阿爾迪基亞與戰王領域的和平條約應可稱為其象徵。

正因如此，不難想見憎恨聖域條約的眾多組織與集團將會把紀念典禮視為動手的目標。他們的攻擊波及一般民眾的可能性也不低。在這個時期拜訪阿爾迪基亞，也就等於主動投身於那樣的危險。

「更糟的是，我們也無法斷言在阿爾迪基亞王宮內沒有對叶瀨小姐的存在感到不快的派系。雖然說叶瀨小姐不具王位繼承權，她跟女王陛下是同父異母的姊妹仍屬事實，應該也有一派人會擔心自身的地位受其威脅。」

紗矢華用正經的語氣告訴大家。她並不是在嚇唬夏音，而是告知客觀的事實。

「意思是最糟的情況下，也有可能遇刺？」

淺蔥一語道破。夏音嚇得肩膀發抖。

「雖然行動不太可能那麼直接，但是沒辦法樂觀看待。」

紗矢華沉重地點了頭。她帶著苦澀的表情喝下一口已經不冰的冰咖啡。

「所以拉．芙莉亞才將這項差事委託給獅子王機關——應該說，委託給煌坂嗎？」

看似終於理解的古城閉上眼睛。

獅子王機關的職責是收集情報和運用謀略，以防大規模魔導恐攻發生。至於紗矢華，則是擅長攔阻暗殺與保護要員的舞威媛。再加上她與拉．芙莉亞私交甚篤，也熟知夏音的出身背景，應該稱得上保護夏音的最佳人選。

「這次典禮也有日本政府的許多要員參加，因此獅子王機關本來就跟阿爾迪基亞政府有合作機制。話雖如此，獅子王機關（我們）的人才也不算充沛，所以我未必能一直保護叶瀨小姐。」

「等一下。那麼，拉．芙莉亞之所以會送機票給我——」

古城猛然睜眼，並瞪向公主送來的信。

雪菜表情僵硬地點頭，唸出信中的後續內容。

「『因此呢，古城，夏音是我重要的家人，我想拜託你和雪菜保護她的人身安全。愛你的拉．芙莉亞．立赫班敬上——』」

「唔……」

古城無話可說地僵掉了。他發現自己已經完全中了拉．芙莉亞布下的計謀。

身為第四真祖，即使他可以拒絕出席和平紀念典禮，也推不掉護衛夏音之託。

雖然說夏音擁有阿爾迪基亞王家特有的強大靈力，但她本身是未受任何戰鬥訓練的魔法外行人。要把這樣的她單獨送去有恐攻及暗殺之虞的阿爾迪基亞，實在太令人擔憂。

「……簡單說就是因為夏音，古城哥才會被順便找去？」

凪沙落井下石似的問了心生動搖的古城。

是啊——矢瀨不負責任地點頭說：

「唉，某方面而言，古城是很稱職啦。有世界最強吸血鬼保護，正常來想應該沒人敢出手。更何況，實質上他是可以免費使喚的。」

「總之呢，擋子彈正合適，被殺了也不會死。」

淺蔥撇清關係似的冷冷說道。

「你們幾個喔……」

古城不甘地咕噥了幾聲，然後認命似的說：「唉，算啦。」並且嘆氣。

「不過叶瀨，妳覺得怎樣？明知道有生命危險，妳還打算去阿爾迪基亞嗎？」

夏音被古城用認真的目光凝望，就對他露出一如往常的溫和微笑。

「對我來說，真正的父親，只有姓叶瀨的那位父親。」

她隨口道出的這句話使得古城等人恍然大悟。

身為孤兒的夏音在修道院長大，因某樁事件而收養她的人是夏音的養父叶瀨賢生。

然而，以普世標準來說，賢生絕非好父親。畢竟他這號人物曾經把夏音當成受驗體，打算嘗試由阿爾迪基亞王家所傳的「模造天使」魔法。

即使如此，賢生用他的方式對夏音投注了親情仍是事實，所以夏音到現在還是願意認賢生為自己的父親。

不過，那也就表示她並不認為阿爾迪基亞的前任國王是自己的父親。

事實上，夏音始終拒絕在阿爾迪基亞生活，也放棄了身為王族的所有財產與權利，事到如今應該並不期望前任國王承認她這個親女兒。

但是——夏音望著沉默的古城等人，有些害羞地露出微笑。

「我有想過，希望跟母親喜歡上的人見個面。因為我對自己的母親一無所知——」

「夏音……！」

凪沙起身從背後抱住夏音。鮮少表露自身感情的夏音講出真心話，似乎讓她受了感動。

「我懂了。既然這樣，我也陪妳一起去阿爾迪基亞。」

古城露出心情暢快的表情告訴夏音。順了拉．芙莉亞的意很不是滋味，但這次古城決定接受她的算計。

「不，學長，是『我們』也陪著一起去才對。」

雪菜望著看似為難而害羞的夏音，也滿足地微笑了。

公主委託的事完成，紗矢華露出安心之色；矢瀨則想到古城要出國，連帶就得處理麻煩的手續而頭痛。

至於淺蔥則是隱含不悅地托著腮幫子，露出似乎在盤算什麼的表情。

5

阿爾迪基亞王室的私室侍從祕書官崔妮．哈爾登穿著時代錯亂的束腰禮服，走在王宮的長廊上。她正在尋找棄公務不顧而失蹤的第一公主。

拉・芙莉亞・立赫班被視為洋溢著知性及慈愛的典雅公主，在全世界擁有傲人的絕大聲望，但跟她近距離相處的印象會與外界不同。

公主本人比照片更美，待人也絕不算差，卻有種說不出的恐怖。與其稱作威嚴或領袖魅力，更像某種深不見底的可怕特質。

這並不代表拉・芙莉亞本性邪惡。正因如此才更令人不安。

女神般的善性與惡魔的狡智。渾然一體地容納著這種矛盾的她心裡在想些什麼，常人全然無法理解。

在王宮工作的女官們應該是憑本能感受到了這一點。儘管被拉・芙莉亞的反覆無常與詭計要得團團轉，她們也絕不會說她壞話。崔妮在王宮相對算新人，但是她已經切身理解那位黑心公主有多恐怖了。

「拉・芙莉亞大人，原來您在這裡。」

崔妮在昏暗的書齋裡找到銀髮公主的身影，語氣流露出安心。

讓人聯想到博物館的廣大書齋，曾是拉・芙莉亞的外祖父，亦即前任國王嘉拉德・立赫班的辦公室。當嘉拉德退位，並從公務第一線退下以後，這個房間便沒有被使用，而拉・芙莉亞就喜歡來這裡。她看上的，是嘉拉德收藏於此的藏書與蒐集品。

「呃……拉・芙莉亞大人？請問這是……？」

崔妮注意到桌上堆著積滿灰塵的小道具，便問了一聲。

拉・芙莉亞悠然靠在皮革扶手椅上，拿起了一件小道具。收納於黃金外鞘的短刀。

「這些是我在外祖父的書齋裡發現的古董魔具。由於似乎都放著沒有人管，我打算代為整理。」

「呃，那會不會是遭到封印，而非放著沒有人管呢……？」

崔妮用生畏的嗓音指正。

公主所握的短刀握柄上貼了好幾道標有警示詞的封條。如果具有正常的觀念，絕不會想碰這種玩意兒。

拉・芙莉亞卻不以為意地拔出短刀並且微笑說：

「這是些許的認知差異。妳不用放在心上……哎呀……」

公主話還沒說完，就有東西從她手中飛射而出了。銀光伴隨著「砰」的不吉聲響，扎在崔妮背後的門板上。

「噫！」

崔妮被切斷的幾根頭髮飄零於半空，她慢了幾拍才倒抽一口氣。

猛一看，有道銀刃插在離崔妮頸子僅僅幾公分之處。以彈簧機關射出的短刀刀身飛射掠過了崔妮身邊。

「拉……拉．芙莉亞大人……！」

「原來如此，這是靠魔法啟動的彈射刀（Ballistic）。保險栓似乎經年老化斷了。」

拉．芙莉亞望著只剩握柄的短刀，並且佩服地嘀咕。

主要用於暗殺或奇襲的彈射刀。前任國王嘉拉德基於興趣蒐集的這類奇怪道具，是拉．芙莉亞的最愛。她果然是位恐怖得無法估量的公主（人）——崔妮重新體認到這一點。

「話說，哈爾登小姐。」

「我、我在！」

「妳不是有事找我？」

拉．芙莉亞拋開短刀，然後一邊物色新的小道具一邊問道。

崔妮擦掉額頭冒出的汗珠，端正姿態。

「是、是的。拉．芙莉亞大人，獅子王機關的煌坂大人有聯絡。」

「紗矢華？」

拉．芙莉亞那好似看透一切的美麗雙眸望了過來。

崔妮莫名緊張，同時也微微點頭回答：

「對。她表示——『曉之王與劍之巫女，將與天使一同乘上羽翼』。」

「是嗎？看來諸事順利呢。」

拉・芙莉亞在手裡把玩著老舊的小型護身槍，嫣然笑了笑。

「與阿斯科拉基地的威爾尼勒司令聯絡，請他將計畫推展到第二階段。」

「好的，我立刻去辦。不過，請問公主——」

崔妮恭敬地點頭，然後有些遲疑地看了公主。她猶豫而戰戰兢兢地繼續說：

「這件事，不用向陛下稟報嗎？」

「稟報父王？」

拉・芙莉亞看似有些意外地回望崔妮。嗯——公主思索般垂下目光，並且嘆氣。

「說得也是。客人抵達前受到妨礙就傷腦筋了，妳找個來不及因應的急迫時間點，不著痕跡地將消息流出去吧。」

「好、好的。」

崔妮不知道該擺什麼表情，就曖昧地微笑了。

地毯在崔妮腳下綻開，槍響間隔片刻才響起。拉・芙莉亞把玩著的手槍突然走火了。哎呀——拉・芙莉亞彷彿事不關己地偏過頭，還俏皮地吐了吐舌。崔妮嚇得背脊直豎，落荒而逃地衝出書齋。

「那麼，我也來做歡迎的準備吧。」

拉・芙莉亞一邊聽著祕書官的腳步聲，一邊撥開銀色長髮起身。

她直接朝書齋的窗戶走近，拉開厚厚的天鵝絨窗簾。窗外是阿爾迪基亞王都維爾特雷斯的整片景緻。

冰河侵蝕而成的峽灣與湖泊；現代高樓大廈與傳統建築同在的優美街景。街上滿是觀光客，市中心廣場正在架設大規模的舞台。那是在為即將召開的和平紀念典禮做準備。

幾天後，世界各國的來賓應該也會陸續抵達。

「到目前為止，都是按照我這邊的規畫。古城，我對你抱有期待喔。」

拉．芙莉亞仰望春季澄澈的藍天微笑。和天空同樣色澤的眼睛裡蘊藏著公主重責帶來的深深憂陰影，以及好似與年紀相符的惡作劇光彩。

第二章 於離宮

At The Night Palace

1

絃神島人口不到六十萬，起降的航班數量卻意外地多，每週都會送出近兩百班次直航全球四十座城市。

那是因為絃神島仍屬全世界為數不多的「魔族特區」。

研究魔族的細胞組織及身體器官，從中獲得新素材或新藥，諸如此類的特殊資訊和研究成果只有在「魔族特區」才能得到。世界上就有許多人為此而來，然後再啟程離去。

那些海外直航班機的其中一班——飛往維爾特雷斯的阿爾迪基亞航空ＡＧ４１３班次，正在絃神中央機場的跑道上進行離陸前的最終檢查。

約一百六十名乘客都已完成登機就座。

由於是長期連假(黃金週)，機內幾乎客滿，攜家帶眷或在學的旅客都很顯眼。或許是因為如此，聒噪的乘客較平時多。

當中格外吵鬧的一群就坐在經濟艙中央那一帶。

「這什麼啊，好好吃！」

淺蔥大口享用剛在機場商店買的點心，發出了驚嘆之語。在她的腿上滿滿堆著大量的紘神島土產。

「紘神餅的炸雞塊口味，果然應該多買一盒的。可是只能在機場內買到的魔族特區巧克力『闇』，還有經典的吸血鬼風味血橙果凍又不能不買。啊，這盒第四真祖燒好像意外地不錯。」

淺蔥將新的點心拆封，還一個接一個吃光光。從端正亮麗的外表不太能想像，淺蔥的食量相當大。她寫的美食報告既內行又精確，據說在社群網站也有高評價。

另一方面，矢瀨坐在淺蔥的左邊，正用認真無比的目光望著在通道上來來往往的女性空服員的服裝表示：

「是有聽說過，阿爾迪基亞航空的客艙服務員真的全都是美女，還有那款公認火辣的新制服，清純中散發出無形的成熟韻味，感覺會讓人萌發新的癖好耶。你說是吧，古城？」

「欸，別跟我求認同。雖然我覺得制服有科幻感確實挺酷的。」

「哦，古城喜歡那種的啊。」

「我認為用下流眼光看待那些認真工作的人是值得非議的。」

「我只有說她們的制服很酷吧！」

淺蔥和雪菜從兩旁拋來冷冷的視線，讓古城大感憤慨。

這時候，在隔著通道的靠窗機位，凪沙正對座椅設的機內娛樂系統觸控面板摸來摸去，還發出歡呼。

「這部片是日本還沒播的耶！我就想看這部片。真期待……哇！飛機上會供餐兩次喔？還能無限暢飲無酒精飲料。好煩惱要怎麼選耶。『選魚還是選肉？這是個問題。』威廉・莎士比亞。」

「莎士比亞絕對沒說過那種話吧。」

古城忍不住對凪沙的自言自語認真吐槽，還嫌煩地抱頭。順帶一提，座位分配是古城左邊坐著淺蔥和矢瀨，右邊依序是雪菜、凪沙和夏音。

「與其扯那些，為什麼你們幾個會在啊？這是飛往阿爾迪基亞的航班耶。」

凪沙裝糊塗地從瞪人的親哥哥面前轉開目光。

「你在說什麼呢～～？我們幾個，只是普通的旅客耶～～」

「啥……？旅客？」

「畢竟旅費是我們自己出的，還有機票和旅館也都是我們自己訂的嘛。再說我也得到了深森媽媽允許，才沒有道理要被古城哥唸呢～～」

「唔……」

古城無法反駁凪沙那一套，不甘似的發出咕噥。連監護人都答應了，話說到這個分上，古城已經攔不住妹妹。

「也許我還滿慶幸的，有凪沙願意陪我們一起。」

夏音大概是為了互瞪的古城和凪沙著想，就怯生生地插嘴。

凪沙耀武揚威似的帶著開朗表情說：

「真的嗎？太好了～～古城哥你看，聽見沒？聽見沒？夏音幾乎是第一次搭飛機呢。」

「是的。我上次搭是在嬰兒的時候。」

「呵呵呵。有什麼不懂的事情儘管來問我。啊，其實我上次搭國際航班也是小學時的事了。」

古城望著妹妹得意的臉，無力地嘆了氣。

然後他又轉向左邊的矢瀨。凪沙在黃金週前夕的短短時間內就拿到新護照與觀光簽證；古城等人預定搭的航班碰巧空出了凪沙等人的機位。這樣的巧合實在太便宜了，古城只覺得背後有某個人的意志在操作。

「喂，矢瀨，安排出這個局面的是你嗎？」

「慢著，你冷靜點。最先提出主意的是淺蔥，我好歹阻止過她。」

矢瀨帶著緊繃的笑容搖頭。相對的，淺蔥則是一臉佯裝不知情地把點心往嘴裡送。

「結果你還不是跟來了！重要的是為什麼要帶凪沙來！」

「錯錯錯，你講反了。其實淺蔥和凪沙為了嚇你，本來還打算早一天入境阿爾迪基亞，是我設法說服她們跟你搭同一班飛機的。反正都要出國，把人留在眼前比較安心吧？」

「你要說服的話，就讓她們放棄到阿爾迪基亞旅遊啦！」

「抱歉，這我愛莫能助。再說我本來就要去阿爾迪基亞。」

「果然是你慫恿的嘛！」

「別一直計較細節。來，分你一塊第四真祖燒，消消氣。」

「我又不是肚子餓才不高興！」

強烈的無力感來襲，使得古城疲軟地將身體沉沉躺到座椅上。

話雖如此，古城之所以沒把話說得太重，是因為他明白矢瀨和淺蔥並非鬧著玩才跟來。協助古城以夜之帝國領主身分拜訪阿爾迪基亞這塊陌生土地，才是矢瀨他們的真正目的。

凪沙應該也是擔心夏音這個朋友才跟過來的。她會堅稱這只是海外旅遊，是為了避免對夏音造成負擔的藉口。夏音也察覺了這一點，才說慶幸有凪沙陪伴。一旦發現她們的心思，以古城的立場也不能不通情面就把人趕回去。

「這麼說來，煌坂人呢？古城，她沒有跟你們在一起嗎？」

矢瀨說著就不解地朝周圍看了一圈。把邀請函從阿爾迪基亞送來的始作俑者紗矢華，在機內卻不見人影。

「煌坂好像提過她有事要先到當地張羅，比如幫我們找好下榻的旅館，還有確認交通路線之類的。」

「不愧是獅子王機關的攻魔師，都安排得妥妥的。」

喔喔——矢瀨佩服似的叫好。

那倒是——古城也表示認同了。紗矢華給人的印象是一扯到溺愛的雪菜就會失去分寸，但別看她這樣，其實她在獅子王機關似乎仍屬精英。有關咒術及暗殺的知識自然不用提，還具備高超作戰能力，外文更是流利，還學過社交界禮儀。優秀程度能讓人理解拉．芙莉亞為何將親筆信交代給她。

「那麼，獅子王機關的另一位攻魔師沒事嗎？」

淺蔥用指頭擦掉嘴脣沾到的奶油，隨口問道。

「啊～～」古城皺起臉孔，看向格外安靜的雪菜。

「姬柊，妳沒事吧？感覺妳的臉色變得有點像冷凍存放的太空人耶——」

「我沒事。我不要緊。沒有任何問題。」

雪菜繃著一張臉，用缺乏抑揚頓挫的機械性口吻回答。

「我並沒有害怕搭飛機，我也明白整具機械能在天空飛行的原理。庫塔．賈可夫斯基定理中的流體循環Γ會發生馬格努斯效應，白努利……」

「是、是喔……」

雪菜像在唸咒一樣講起莫名其妙的話，讓古城用擔心的臉色看她。雖然雪菜本人堅決不承認，但她從以前就會怕飛機，對於乘坐機械在天空飛行這件事似乎從本能感到不安。挺麻煩的是雪菜卻硬要逞強裝平靜。即使如此，古城還是本著幫雪菜打氣的意思，盡可能輕鬆笑著說：

「哎，即使是直航班次，單程也要花將近十二個小時才會到，還真遠。」

「十……十二個小時……」

雪菜面無血色地僵住了。

古城不忍看雪菜的手指頻頻顫抖，就悄悄將手擺了上去。他發現雪菜的手有多冷，變得有些無語。雪菜則訝異地回望這樣的古城。

「學、學長？」

「會怕的話就不要太勉強。我會陪著妳，直到妳鎮定下來。」

之前似乎也發生過類似的狀況耶——古城一邊回想一邊害臊地苦笑。雪菜用意想不到的勁道回握古城的手，還用求助般的視線望向他。

「學長，在飛機降落以前，請你絕對不要放手喔。這是約定。」

「在飛機降落以前……欸，我就說單程要十二個小時——」

雪菜看似被逼急的認真眼神讓古城怕得想找藉口。可是，雪菜的手指越來越用力。

「我們講好了！雖然我沒什麼好怕的！雖然我沒在害怕！」

2

紘神島與阿爾迪基亞王都維爾特雷斯的時差為七小時，紘神島的時鐘等於快了七小時。因此，就算上午從紘神島起飛的班機飛了十二個小時，抵達阿爾迪基亞時仍是當天中午，有點不可思議。

據說搭白天變長的西行班機，時差症候群會比較輕，然而一直是大白天的環境，對身為吸血鬼的古城來說頗為難受。

或許是恐懼與緊張造成消耗，雪菜牢牢抓著古城的右手睡著了，吃累的淺蔥也把頭靠在古城肩膀上打呼。

始終被她們倆夾著動彈不得，無聊得小睡養神的古城被凪沙等人的歡呼聲叫醒了。

「哇，是雪！有雪耶，夏音！」

「是啊。好美。」

凪沙和夏音把臉湊向飛機窗戶，像孩子一樣嚷嚷著。對在地處亞熱帶的絃神島生活的他們來說，冰天雪地是出奇珍貴的風景。當下阿爾迪基亞的平均最低氣溫，即使是相對溫暖的王都維爾特雷斯，也在攝氏零度到四度左右。聽說往標高更高的內陸走，颳著風雪的日子仍不少。

「已經到了嗎？感覺意外地快耶。」

矢瀨摘掉愛用的笨重耳機說道。

「嗯～～……我看是時差的關係吧？好不容易睡得正舒服耶。」

淺蔥也一邊大伸懶腰一邊睜開眼睛。左臂終於能自由活動，古城就將視線轉向坐右邊的雪菜說：

「姬柊，他們說快降落了耶。太好啦。」

「不，請你冷靜，學長。還沒。惡魔十一分鐘這個詞指出重大空難都集中發生在剛起飛的三分鐘和降落前八分鐘，表示接下來就是最危險的時段。根據飛機廠商調查，降落時的失事機率是起飛時的三倍，尤其在這種氣象條件下還會受到降雪與強風的惡劣天候影響——」

「喂……等等，別說了。不要在飛機上談那種不吉利的事……！」

「啊……」

被古城堵住嘴的雪菜回過神來。她這才發現周圍乘客全都露出不安之色瞪著古城等人。

「……對不起。是我失禮了。」

雪菜勉強取回冷靜以後就沮喪地垂下肩膀，變得無精打采。

淺蔥興趣濃厚地一邊看雪菜失態，一邊聳肩說：

「哎，還不就那樣。說起來，明明第四真祖比空難更讓社會大眾害怕。假如古城的身分在這種地方穿幫，肯定會造成恐慌。」

「拜託妳，別講那些多餘的話。」

古城板起臉規勸淺蔥。

外界一般對第四真祖的印象，都信其為司掌殺戮及破壞的災厄化身，要不就是超脫世理的冷酷無情吸血鬼，並沒有什麼良好觀感。而且麻煩的地方在於，那不全然是錯的。

如果古城失手沒將自己的眷獸控制好，像這種民航客機應該會在轉眼間灰飛煙滅。

「要說的話，吸血鬼真祖會算在大規模毀滅性武器或自然災害的範疇嘛。阿爾迪基亞的公主大人敢若無其事地把這種存在找來自己的國家，不知該說她神經大條還是膽識過人。」

矢瀨用不太能分辨是佩服或傻眼的口氣說道。

是啊——淺蔥也消極地表示同意說：

「對了，入境審查的那些關卡沒問題嗎？明眼人一看立刻會曉得你不是人類吧？」

「我也不清楚，可是那方面不是拉．芙莉亞要幫忙安排嗎？畢竟機票也是她送的。」

「但願如此。」

淺蔥面露懷疑地這麼嘀咕。說到硬是跟來阿爾迪基亞這一點，對拉・芙莉亞最有戒心的恐怕就是她了。

實際上，她們倆在三個月前的真祖大戰還是以幾乎敵對的立場碰面的。淺蔥會因而對拉・芙莉亞存有戒懼，某方面來講是自然反應。

飛機載著古城等人，緩緩地開始調降高度。繫安全帶的燈號亮起，機內螢幕顯示出地表的狀況。

「咦？」

矢瀨望著螢幕的影像，有些訝異地蹙了眉。仍握著古城右手的雪菜頓時心驚似的將身子一縮。

古城納悶地望向冒出聳動語氣的朋友問：

「怎麼了，矢瀨？」

「呃，航向是不是錯了？我覺得好像已經飛過維爾特雷斯機場了耶。」

矢瀨做勢回頭，但是在機內當然看不見背後的景色。

「會不會是換了跑道？出於風向或什麼因素。」

淺蔥冷靜地點破。在備有數條跑道的機場，配合風向做靈活運用是合理之舉。

矢瀨卻依然帶著險惡的表情搖頭說：

「不，飛機照樣在準備降落吧，照這樣看。」

隨後，古城也感覺到一股「隆」的沉沉震動。那是飛機機體將原本收起來的起落架放下去的聲響。那陣聲音讓過度敏感的雪菜起了反應，肩膀瑟瑟發抖。

「這個方向，是往阿斯科拉的空軍基地？」

淺蔥攤開機內手冊的地圖確認。

與王都維爾特雷斯直線距離約為二十公里的郊外，有阿爾迪基亞空軍的基地。載著古城等人的飛機不知為何正航向那座基地。

「空軍基地……為什麼要飛到這種地方……？」

古城歪頭發問。空軍基地當然也有可供起降的跑道才對，可是民航客機別無特殊理由，想必也不能降落在那種地方。

「還是說，維爾特雷斯機場出了什麼狀況？」

淺蔥提出危險的假設。可是機長沒有要廣播說明的跡象。雪菜已經完全嚇著了，怕得連聲音都發不出。這時候——

「古城哥你看，有戰鬥機！」

凪沙探頭看飛機窗口，發出無邪之語。雖然只是乍然一現，但確實有看似戰機的流麗機影從古城等人旁邊飛過。

那並不是單純錯身經過，顯然是在護衛或監視古城這班飛機的飛法。

「會是阿爾迪基亞的領航機嗎？假如有國賓待遇，會派隨扈機倒不奇怪……」

矢瀨開始以認真無比的表情苦思。話雖如此，再怎麼思考，純屬乘客的古城等人也不可能有什麼作為。飛機無視於莫名緊張的古城等人，逐漸朝空軍基地的跑道飛降。

「總之，好像會正常降落呢。」

淺蔥用彷彿安心了些的語氣說道。

伴隨有如往上頂的輕微衝擊，飛機與跑道接觸。逆噴射裝置隨著轟鳴聲噴出可燃氣體，讓機體急遽減速。大概是因為降落在地面帶來安心感，雪菜眼中有一絲淚光。她仍牢牢握著古城的右手，還悄悄發出無助的嘆息。

完成降落的飛機理應會直接通過滑行道，然後開往停機點，機體卻不知為何一直減速，最後便停在滑行道正中央。

直到此時，其他乘客似乎也明確發現狀況有異了。機內因眾人的聲音鬧成一片，客艙服務員臉上也流露不安之色。事已至此，機長卻依然沒有任何說明。有幾名暴躁的乘客起身，打算逼問附近的服務員。

就在那個瞬間，伴隨著近似爆炸的衝擊，機體的緊急逃生口突然開啟。

「怎、怎麼了！」

完全沒料到的事態發展讓古城等人動彈不得地僵住了。

開啟的逃生口，有身穿黑色戰鬥服的一群人齊頭湧進。他們拿著適合用於室內戰鬥的小型化衝鋒槍（Sub-machine Gun）。具默契且帶有組織性地散開以後，那群人便在轉眼間鎮壓機內。

「這些傢伙搞什麼……！」

古城終於從驚訝中振作，帶著戒心瞪向黑衣集團。

集團中有個疑似帶頭者的男子用英文警告乘客。至少他們似乎無意立刻加害乘客。

「那些人，好像是阿爾迪基亞軍方的特種部隊。」

雪菜用呢喃似的低微音量對古城耳語。古城被她的話嚇到了。

「軍方的特種部隊？」

「他是說，要所有人低頭別動。飛機上似乎有恐攻的實行犯。」

「恐攻的實行犯……呃，咦！」

古城愕然朝周圍看了一圈。自己這些人和恐怖分子搭同班機的事實，到現在才讓他受到震撼。既然飛機有遭遇恐攻的危險，也難怪這架班機要降落在空軍基地。

不過特種部隊已經像這樣鎮壓機內，應該表示劫機一類的最惡劣情況算防範於未然了。

接著只要等他們找出那些恐怖分子，並將其拘拿。

戴黑色面罩的士兵們朝古城等人接近。他們似乎在逐一確認乘客，要找出恐怖分子。

當古城對那樣的身影感到可靠並望著他們時，碰巧就跟其中一人目光相接。士兵頓時大聲怒喊：

「發現目標（Tango）！」

「咦……？」

古城目瞪口呆地望著抵到眼前的衝鋒槍槍口。連理應能洞穿未來的雪菜也完全沒意料到而無法反應。

「等等！你們幾個到底在講什麼——」

反射性挺腰打算抗議的淺蔥也被其他士兵用槍指著，連忙舉起雙手。之後不到幾秒鐘，古城等人就遭到特種部隊完全包圍。

「捉拿目標（Target Neutralized）！」

「學、學長……！」

「古、古城！」

「等一下，我才不是劫機犯——好痛！」

古城拚命想表示無辜，就被旁邊的士兵用謎樣擒拿術教訓而慘叫。

「拘拿線報中指出的六名東洋恐怖分子。現將扭送至機外。」

特種部隊的帶頭者開始用無線電報告狀況。這架飛機本身恐怕已被軍方大隊完全包圍。

「六名……是把我們也算進去了嗎！」

凪沙望著夏音，不安地問道。我不曉得——夏音咬著嘴唇搖頭。

「等一下，這肯定是哪裡搞錯唔唔唔唔！」

被擒拿的古城仍想抗議，嘴巴卻突然被堵住了。

有個特種部隊士兵隔著黑色防刃纖維手套，捂住古城的嘴巴。體型比其他隊員苗條的女士兵。

「不行喔，古城，請你乖一點。」

女士兵撥開有如面具的防護面罩，露出讓人聯想到冰河的藍眼睛與亮眼容貌。古城發現那名女士兵的真正身分，倒抽一口氣。

「妳……！」

「歡迎來到阿爾迪基亞，古城。希望你玩得開心。」

美麗的阿爾迪基亞第一公主故作正經地在古城耳邊呢喃，並使壞似的呵呵微笑。

3

「初次來訪阿爾迪基亞的感想如何？」

拉・芙莉亞心情大好地帶著滿面微笑問古城等人。

她已經脫掉戰鬥服，換上便裝了。近似軍用禮服的西裝外套，迷你裙配繫繩長靴。可以感受到公主派頭與亮麗之處的服裝。

「哪有什麼如不如何，一抵達就被押上囚犯護送車，難道妳以為我會很高興嗎！這是怎麼回事！」

古城被安置在護送車的長椅，眼睛直瞪著拉・芙莉亞。

古城等人被當成恐怖分子拘拿，在上銬矇眼的狀態下被帶離飛機，是大約三十分鐘前的事。接著他們就直接被押上護送車，從空軍基地出發，連要去哪裡都不知道就在高速公路上移動。

囚犯護送車只求堅固，即使說得含蓄點，搭乘感仍是惡劣透頂。被鐵柵與鐵絲網罩著的窗口狹窄，就算拿掉矇眼布也無法任意欣賞外頭景色。

拉・芙莉亞卻毫不慚愧地笑著搖頭說：

「要瞞過應該早守在機場的那些媒體與各國情報機關的耳目，這是不得已的。因為我們不能用正常的手續讓身為世界最強吸血鬼的你入境。」

「這我明白，但總有其他辦法吧！何必把人當恐怖分子！」

「我們周密規劃的作戰，就是要刻意製造重大事件，藉此把眾人目光從偷渡入境的第四真祖身上引開。」

「我又沒打算偷渡入境……」

古城嘔氣地托腮。

哎呀——拉．芙莉亞偏過頭，拿出裝在塑膠袋的粉末。

「還是說，要我把這包白粉偷偷放進你的行李，再用走私毒品的嫌疑逮人？你比較喜歡這樣的劇本嗎？」

「並沒有！還不都是把我當罪犯！比這和諧的方法多的是吧！」

古城感到背脊發冷，對拉．芙莉亞怒吼。由這位黑心公主親口一說，玩笑話就會變得不像玩笑話。反正她派軍方的特種部隊衝進飛機，肯定也是因為這樣會比較好玩，頂多就出於這種消遣的動機。

把王位的第一繼承權交給這種危險人物行嗎？儘管事不關己，古城仍對阿爾迪基亞的將來感到擔憂。

「無論如何，感謝你答應我的邀請。謝謝你，古城。」

拉．芙莉亞變回賢淑的賣乖模式，態度優雅地鞠了躬。

古城對她的轉變啞口無言，苦笑著搖頭。

「要謝就謝叶瀨吧。因為我和姬柊只是來保護她的。」

「說得是。很慶幸妳能來，夏音。」

拉・芙莉亞對古城所言點頭，然後轉向年紀比自己小的阿姨。

夏音露出含蓄的微笑，並且恭敬地對拉・芙莉亞行禮。

「感謝您招待，公主殿下。」

「——錯了。」

「咦？」

「妳要直呼我拉・芙莉亞才對喔，夏音。」

拉・芙莉亞不知為何鬧彆扭似的噘起嘴，瞪著夏音。

夏音因困惑而眨眼睛。

「……？」

「就血緣關係來說，我是妳的外甥女，所以妳要用相稱的語氣叫我才行。」

拉・芙莉亞將手扠在腰上，正經八百地說道。

夏音遲疑歸遲疑，還是點點頭說：

「……拉・芙莉亞？」

「叫得好。」

美麗的公主嫣然微笑。

以壓倒性威嚴迷惑眾人的拉．芙莉亞，還有形象溫柔空靈的夏音。她們倆的氣質完全相反，不過像這樣近距離比對，臉孔果然十分相似。

「那個……我們也一起跟來了，請問可以嗎？」

坐夏音旁邊的凪沙戰戰兢兢地舉手，向拉．芙莉亞發問。

公主和氣地微笑點頭說：

「當然了，凪沙。妳是古城的妹妹，就表示在不久的將來，妳也會成為我的小姑。」

「是、是喔……」

拉．芙莉亞斬釘截鐵地斷言，凪沙迫於形勢就被哄著點了頭。

等一下——古城急忙從旁插嘴。

「欸，那部分妳不該贊同她啦。奇怪耶，別擅自作主。」

「雪菜的事你不必擔心。據說在第二真祖的夜之帝國『破滅王朝』，一夫多妻制是被認同的。若你要效法其制，我也不會有意見。雪菜是不是也同意這樣？」

「咦！妳、妳問我嗎……？」

忽然被尋求同意的雪菜為之語塞。

「問題不在那裡吧！為什麼講得好像妳理所當然要結婚！」

「我也歡迎你們，絃神島人工島管理公社上級理事，矢瀨基樹，還有該隱巫女，藍羽淺蔥，我們又見面了呢。」

拉・芙莉亞對古城的反駁隨便聽聽，然後就叫了矢瀨等人。

「妳好，真祖大戰時多受關照了。」

淺蔥尷尬地露出客套的笑容打招呼。

矢瀨不知道從哪裡拿出了進獻的禮品，遞到公主面前。那是以工程文件夾裝的設計圖，以及豪華裝訂的厚厚冊子。

「一點小東西不成敬意，這是要獻給殿下的，就當作絃神市國餽贈的禮品。」

拉・芙莉亞打開文件夾，望著設計圖瞇起了眼睛。

「這是……叶瀨賢生研發的擬造聖劍（匠英系統）的演化版術式呢。」

所謂的擬造聖劍，是阿爾迪基亞聖環騎士團引以為豪的強力反魔族術式。過去在阿爾迪基亞宮廷魔導技師的夏音養父叶瀨賢生，似乎為其研究了強化之策，並且託付給公主。

「來自絃神市國的友好證明，我確實收下了。這套術式若能予以實用，對我國應會帶來無法估計的利益。我立刻交給宮廷魔導技師們進行分析。還有，這本冊子是……？」

拉・芙莉亞翻開矢瀨送的另一本冊子，便發出驚嘆的聲音，而且睜大了眼睛。時時冷靜

沉著的她難得會如此坦率地表露情緒。

古城被眼前的事實勾起興趣，就問了矢瀨。

「你送的那個，是什麼？」

「哎，還不就是把古城你從國中時期的照片收集整理出來的相簿……」

矢瀨回答得莫名得意，使得古城呆呆地回望他。

在課堂上打呵欠的古城；參加社團活動的古城；淋浴畫面與睡臉；還有跟第十二號奧蘿菈要好地站在一塊的古城——拉．芙莉亞像孩子一樣眼睛發亮，對那些照片看得入迷。

「欸！你怎麼擅自拿別人的照片當伴手禮！說起來，你怎麼會有一整冊我的照片！從哪裡收集的！」

「沒有啦，那是淺蔥求我偷拍——」

矢瀨被古城揪住胸口，又被淺蔥從旁邊搥中心窩，就咳了一聲喘不過氣。

拉．芙莉亞將收到的相簿珍惜地捧在胸前說：

「感謝你，基樹。對我來說，這份禮物比什麼都好。你是個可靠的人呢。」

「能得到公主這番賞識，不勝惶恐。」

矢瀨彎著身子露出痛苦之色，對公主的讚美勉強做出回應。

受不了你們——古城背靠向護送車的車身。

「所以，我們目前正往哪裡去？」

「王都郊外的行館（Country House）。那裡也是我的外祖父——阿爾迪基亞前任國王嘉拉德·立赫班現在的居所。」

意外的是拉·芙莉亞沒有賣關子，很乾脆地鬆口了。

凪沙看似有所驚覺地抬起臉龐。

「阿爾迪基亞的前任國王？那該不會就是夏音的爸爸？」

「是啊。我邀夏音來阿爾迪基亞，就是為了讓她和那一位見面。」

銀髮公主笑著點頭，然後用溫柔目光望向沉默不語的夏音。

此時，原本在護送車裡面候命的護衛女騎士不出聲響地起身朝拉·芙莉亞走近。她露出有些緊張的神色，細語般低聲告訴公主：

「打擾您了，殿下。繆潔太后大人捎來緊急聯絡。」

「……外祖母大人有聯絡？」

拉·芙莉亞略顯訝異地挑了眉。

太后是指先王的王妃，對拉·芙莉亞而言相當於外婆的人物。

相反的，對那位太后而言，夏音就成了自己丈夫與外遇對象所生的孩子，太后自然不可能對夏音懷有正面的感情。

女騎士大概是體察到當中的隱情，便看似不安地繼續報告：

「太后大人表示，希望能將王妹大人的造訪處改為特諾提亞離宮。」

「改去特諾提亞？」

「是的。然後，她要殿下您趕緊回王宮。」

「想拆散我和夏音是嗎……話說回來，居然選在特諾提亞。」

拉．芙莉亞憂鬱地垂下目光，神情變得凝重。這不像任何時候都一派從容的她會有的反應。

「那地方有什麼問題嗎？」

古城對拉．芙莉亞關心地問。

銀髮公主憂愁地露出空靈微笑。

「那是我的外祖母成為王妃後，用來軟禁以往情敵與外祖父情婦的宮殿。她們一直到死都無法獲准走出離宮。」

「軟禁？她叫你們把叶瀨帶去那裡？」

古城等人的臉上全都冒出緊張之色。

將丈夫外遇對象統統軟禁起來的善妒太后。那位女性選了離宮這個復仇的舞台，要與丈夫情婦的女兒見面，自然會讓人從中感覺到有凶險。

「雖然令人擔憂，但我不能違背外祖母大人的命令。因為那一位真的既狡猾又可怕。」

拉·芙莉亞表露出死心與無力感，無助地搖頭。

古城感受到某種令人胸悶的不安。連拉·芙莉亞這樣的策略家都會畏懼，既然對方找夏音有可能心存歹念，古城就不得不怕。

「如妳所聽見的，夏音，我沒辦法與妳同行了。請妳千萬要小心。」

拉·芙莉亞握住夏音的手，用祈禱的語氣這麼告訴她。

夏音靜靜點頭，然後擺出彷彿要讓觀者安心的微笑。

「不要緊的。謝謝妳，拉·芙莉亞。」

4

護送車將古城等人載到特諾提亞離宮是將近傍晚的事。

被森林與丘陵圍繞，與其說寧靜，周遭幾乎什麼都沒有的地方。建築物之小和離宮一詞給人的印象形成對比，看起來頂多只像豪華的別墅。

「這就是過去曾軟禁先王情婦的離宮？它叫什麼來著，記得名字好像有啥好提的……」

「是特諾提亞。阿爾迪基亞王都附近應該有湖泊就叫這個名字。」

古城仰望建築物發出嘀咕，雪菜便若無其事地幫忙提醒。原本她在下飛機之後仍有一段時間將疲勞帶在身上，但現在似乎總算恢復了。

「所以說，就是那座湖嘍？」

凪沙伸著懶腰指出。雖然被森林遮住看不清楚，不過離宮後頭似乎有廣大的湖泊。小巧玲瓏的屋邸；覆有殘雪的昏暗森林；加上罕無人跡的湖泊。儘管還不到陰森的地步，冷清形象卻難以抹滅，據說曾用來軟禁情婦及情敵的傳聞也顯得格外具有真實感。

「說是離宮，也不知道該用迷你或質樸來形容，好土的建築物。」

來到屋邸的玄關以後，矢瀨脫口提起了所有人都避而不談的話題。有陣陰沉的說話聲從矢瀨的死角傳來。

「房子土氣，讓各位見笑了。」

「唔喔！」

嚇翻的矢瀨回過頭。不動聲響地站在他視線前方的人，是個穿傭人制服的半老女性，年齡恐怕在六十左右。氣質讓人一看就覺得精明幹練，卻也有種脾氣古怪難以親近的印象。她大概就是這棟屋邸的侍女長了。

「不，土氣並不是缺點。這樣反而舒適，和日本的侘寂之趣有所相通，我個人給的評價倒是很高。」

「你講話怎麼那麼不禮貌啊！太沒常識了吧！」

淺蔥一巴掌打在急著找藉口的矢瀨後腦杓，還逼他賠罪。

「我不就說了，那是在稱讚嘛！」

矢瀨一邊深深低頭，一邊用丟人現眼的口氣解釋。侍女長面無表情地行了禮，推開看似沉重的木門，將古城等人領進屋內。

如同從外觀所能料到的，屋裡絕不算寬敞，也沒有特別豪華。即使如此，建築物的裝潢仍不負離宮之名，給人的感覺相當舒適。

大理石地板經過仔細打磨而帶有光澤，木材經過漫長歲月變成了賞心悅目的焦糖色。儘管是初次拜訪，卻能讓人覺得既懷念又溫暖，是很不可思議的建築物。

「這邊的房間，請各位任意使用。浴室在右手側後面，寢室在左右各有兩間。若還有其他貴事，請儘管吩咐。」

「不好意思，非常謝謝妳。」

古城陪笑答謝，讓侍女長露出一絲疑惑的臉色。

對生活在歐洲階級社會的她來說，古城身為領主卻客氣道謝的態度或許令人稱奇。原本該是身為旅客的古城配合他們這邊的規矩(Manner)，不過受人照顧卻連一聲謝謝都不說，反而會讓古城不自在，所以對於侍女長的疑惑，他決定當作沒發現。

在古城等人進房間的同時，侍女長的幾名年輕部下陸續將行李搬了進來。那是古城他們在搭機時交由航空公司保管的行李箱。

飛機降落在空軍基地以後，拉．芙莉亞的部下似乎已經從機上領回，並且送過來了。這部分的手腕之巧，在在反映了她身為策略家的那一面。

將行李搬來的侍女們都直接留在房內，於牆際待命。與其說她們在等待古城等人吩咐，氣氛更像在監視。那些侍女的帶刺氣息讓古城想起這裡是敵陣。

值得欣慰的是，至少夏音本人身為受監視的對象，已經不以為意地接納她們了。

夏音早就辭謝王族的地位，對先王既無多餘期待也沒有非分之想。她能如此鎮定，恐怕就是導因於這一點。但是夏音的那種從容感覺也會因人不同而認為她很詭異。

「幸好有帶制服來呢。這算正式服裝對不對？」

凪沙或許是想緩和緊繃的氣氛，就用一如往常的快活語氣開口。她從行李箱裡拿出來的，是彩海學園的冬季制服。

「對呀。反正也不是正式外交場合，我想大概沒問題。」

淺蔥也盡可能開朗地回答凪沙的疑問。學生與警官的制服，在社交場合可以視為正式服裝。這類禮儀在阿爾迪基亞應該也是一樣的。

「真沒想到會有跟國王見面的一天呢。」

凪沙介意制服上的皺痕，並略顯緊張地笑了笑。

「雖然說，你哥哥的身分也和國王類似就是了。」

淺蔥露出苦笑，用勉強不會被凪沙聽見的微弱音量嘀咕。

古城顧慮到她們開始攤開那些替換衣物，便打算離開房間。

隨後，有個侍女像在避開同事們的目光並朝夏音走近。

「失禮了。請問您是夏音大人嗎？」

侍女壓低音量問道。發音雖然生硬，不過她的日文很容易聽懂。

她的年紀大概在四十左右。雖是個金髮的美麗女性，卻表情陰沉，有種好似在害怕什麼的跡象。

「對，是我。我是叶瀨夏音。」

夏音帶著微笑深深地低頭行禮。金髮侍女受了驚嚇似的搖頭。

「請抬起臉龐，夏音大人。讓王妹殿下向我這種身分的人低頭，實在受不起。」

「找我有什麼事嗎？」

夏音問了惶恐的侍女。是的——侍女點頭，然後像是下定決心地開口：

「我明白這樣說對您不敬。夏音大人，拜託您，請趁現在逃吧。」

「逃？」

夏音不解地微微偏了頭。聽著她們對話的古城還有一旁的雪菜便警戒地望向彼此的臉。間隔短暫沉默，金髮侍女像是在抵抗恐懼地緊握雙手說：

「是的。太后大人是位聰明富機智的人物，卻也擁有冷酷的性情。您可知道以往太后大人是如何對待先王的外遇對象？那些血腥而慘無人道的行為，連要說出口都會讓人顧忌。」

侍女彷彿在害怕自己所說的話，肩膀為之顫抖。她用沙啞的聲音繼續說：

「這座特諾提亞宮，就是用來做那些事情的建築物。夏音大人身為先王和其他女性所生的女兒，太后大人應該絕不會饒恕。您會有生命危險。拜託您，請在觸怒太后大人之前，快快離開這個國家。」

「為什麼妳要告訴我這些呢？」

夏音望著金髮侍女，溫柔地問了一句。

侍女默默解開制服的袖釦，將袖子翻到手肘一帶。

她的肌膚上刻有焦爛般的深深傷痕。那並非尋常事故造成的傷口，而是在近距離中槍的彈痕。

「我在十七年前被琴音大人救過一命。琴音大人身為宮廷治癒術士，曾拚了命治療遭遇事故而身受重傷的我。我希望能回報那份恩情。」

當侍女提到琴音這名字時，夏音臉上首度露出了訝異之色。古城領會到那是夏音母親的名字。

「能聽到妳的故事，我來這個國家便值得了。」

夏音用一如往常的文靜語氣告訴對方。在她嘴邊浮現的是彷彿心滿意足的微笑。接著，她莫名感同身受地點點頭說：

「太后大人非常喜歡先王呢。」

「什麼？」

夏音的反應有些牛頭不對馬嘴，讓金髮侍女傻傻地問了一聲。

然而夏音像在同情太后，憂鬱地垂下目光。

「喜歡的人要是喜歡上別人，肯定很難過。我覺得自己也能體會那種心情。」

「呃，不是的，我沒有要談那個。」

金髮侍女露出了不知所措的表情。看來她實在沒料到夏音會有這種反應。

「我被太后大人討厭是當然的。所以，原本我並沒有打算來這個國家。」

夏音用淡然的語氣如此訴說，並且害羞地微笑。

「不過假如可以，我有話想代替母親轉達先王。所以，我現在還不能回去。」

「夏音大人……您……」

侍女驚訝地睜大眼睛望著夏音。她總算了解夏音明知自己被避忌，卻仍要拜訪阿爾迪基亞的理由了。

古城也一樣驚訝。他覺得自己首度接觸到了話少的夏音心裡真正的想法。

「用不著擔心，叶瀨有我們保護。」

為了讓金髮侍女安心，古城這麼說著對她笑了笑。

「是的。因為我們就是為此而來的。」

雪菜也站到夏音旁邊，強而有力地予以附和。

「更何況，如果叶瀨學妹這時候逃跑，洩露出太后企圖的妳也許就要受罰了。」

淺蔥一邊整理帶來的衣服一邊隨口說道。她似乎也仔細在聽夏音等人的對話。

「可、可是——」

金髮侍女困惑似的有口難言，表情看來彷彿想表達阿爾迪基亞太后的恐怖，卻急得想不出詞。

古城望著這樣的侍女，有些為難地搔搔頭。

「再說，這棟建築叫特諾提亞宮對吧……我不認為這地方有妳講的那麼恐怖耶。要說的話，我倒覺得這裡確實是歡迎叶瀨的。」

「咦……不，怎麼可能……」

「不然妳看嘛，連這個房間的景色都這麼優美。真心恨一個人，會將她關在這種地方嗎？該怎麼說呢，未免太奢侈了吧？」

古城說著將目光轉向房間的窗口。

時刻是傍晚。房間正面的窗戶有著整片黃金色的異國夕陽，以及倒映其輝的平靜湖泊，視野左右則有被冰河削了邊的莊嚴斷崖。眼中所映的一切都有如寶石的絕美風景。

「是啊是啊，景色好動人耶。還有這棟建築物，也像從童話故事裡跑出來的一樣。」

凪沙朝房間裡看了一圈，陶醉地發出嘀咕。

「家具和地毯全都是絕無僅有的古董，我看不是有錢就能買到的吧。不知道找齊這些花了多少工夫。」

淺蔥撫摸旁邊椅子的扶手，發出夾雜讚賞與傻眼的嘆息。

「您不逃真的好嗎？」

侍女對古城等人莫名善意的反應冒出了好似喪失氣力的聲音。

「對不起。」

夏音則是滿臉過意不去，還向侍女深深地鞠了躬。

5

晚上八點。古城等人換完衣服，侍女長便叫他們到離宮的餐廳。

夏音和凪沙都穿制服，古城和矢瀨穿了借來的晚宴西裝，淺蔥的服裝則是她鍾愛的淺蔥色（Turquoise）華麗晚禮服。

然而在場比任何人都醒目的是雪菜，因為她穿的是男用大禮服。

「唉～～……雪菜，妳好帥。」

凪沙挽著雪菜的胳臂，看似陶醉地嘀咕。

「對不起喔，凪沙。居然是由我帶領妳。」

雪菜害羞地低著臉搖頭。

事情的起頭是侍女長下了指示，在晚餐席上要由男性替女性領位。古城貴為主賓，自然要替同樣身為主賓的夏音領位，問題在於剩下的男生和女生人數兜不攏。

結果，淺蔥不甘不願地答應和她的青梅竹馬矢瀨湊一對，多出來的兩人經過嚴格公正的身高比較，以僅僅兩公分之差決定由雪菜來扮演男性。

一反當初的不安，扮男裝束起頭髮的雪菜意外有風采。她扮的美少年太有模有樣，連幫忙更衣的侍女們都落得無話可說。

「不會，妳比古城哥好太多了。我反而都想跟妳結婚了耶。」

「結婚的話……我就覺得有點爭議了……」

凪沙極力強調，雪菜儘管被她嚇得畏畏縮縮，還是擺出僵硬的笑容。

當古城望著那一幕呆掉時，矢瀨忽然向他搭話。

「欸，古城，剛才那個女的，你覺得怎樣？」

「剛才……你是指找叶瀨講話的金髮女性？」

古城姑且確認一下，還回望矢瀨。

「要說怎樣，我想年紀稍微大了點。以年齡而言確實是個挺漂亮的人啦。話說矢瀨，你再怎麼喜歡年長的女性，守備範圍也未免太廣了吧？」

「你為什麼會以為我在談男女感情！」

嚴重嗆到的矢瀨一邊猛咳一邊吼回去。

「不是那樣！我想說的是那個女人會不會打算騙我們！」

「騙？」

「對啊。假如叶瀨學妹沒跟先王見面就直接跑了，你覺得事情會變成怎樣？安排謁見的拉・芙莉亞公主顏面掃地，阿爾迪基亞與絃神市國，乃至日本政府的關係將無可避免地交惡，對吧？搞不好連三天後的紀念典禮都會受影響。」

「表示她或許是幫妨礙紀念典禮那一派辦事的間諜嗎？」

雪菜似乎不能置若罔聞地加入討論。

「冒著扮傭人混進離宮的風險，這種做法是不是繞太遠了？」

淺蔥用納悶的口氣指正。矢瀨也略顯沒自信地歪著嘴說：

「相對的，失敗時的風險也可以壓到最低吧。」

「假設那個人是間諜好了，既然對叶瀨說服失敗，那就沒問題啊。何況她真心替叶瀨擔心的可能性比較高。」

古城不領情地說。雖然矢瀨的疑心也有道理，但是沒辦法探她的底細，古城認為就算擔心也沒用。

矢瀨表情凝重地對古城的主張表示附和。

「假設那個人說的是實話，我們就得擔心太后會使什麼計謀了。雖然我想再誇張也不至於一下子就直接來硬的。」

「那我們會設法應付。其實要是紗矢華在這裡，就更讓人安心了。」

雪菜說著抿起嘴。雪菜和具備詛咒及暗殺知識的紗矢華不一樣，專精的終究是和魔族直

接作戰。如果太后認真想動手暗殺，即使憑劍巫洞穿未來的能力也無法保證能完全防範。

「這或許對方心裡也有數。會把謁見地點改成這座離宮，也許就是不想讓煌坂跟我們會合。」

矢瀨提出了不祥的假設。雪菜也設想了最惡劣的局面並且收斂表情。

「可以的話，希望能避免戰鬥。在反魔族戰鬥的實績與經驗方面，阿爾迪基亞聖環騎士團肯定是世界首屈一指。」

「誰教那些人就站在跟戰王領域交鋒的最前線。」矢瀨這麼說。「聽說現在每年仍會有幾次小規模的武力衝突。我看他們不會因為對手是第四真祖就喪膽。」

「即使如此，也許武力衝突還是比較像樣，來陰的反而棘手。對方可是被世界各國首腦畏為『狡智女神』的策略家，不是我們靠耍詐就能應付的對手。」

平時格外不服輸的淺蔥難得用示弱的語氣說道。然而，古城也很能理解淺蔥予以警戒的想法。

「畢竟她是拉．芙莉亞的外婆嘛。」

古城板著臉感慨地嘀咕。對手是讓那位黑心公主用上「恐怖」來形容的阿爾迪基亞太后，再怎麼警戒應該都不會警戒過頭。

隨著作為謁見會場的餐廳逐漸接近，古城等人的臉色也越顯嚴肅。這時候——

「真的是！」

突然間，凪沙粗魯地怨了一聲，還踩了古城的腳。她的鞋子和淺蔥的高跟鞋不同，只是普通的樂福鞋，即使如此，有所鬆懈的古城還是非常痛。

「很痛耶！凪沙，妳在搞什——————！」

痛得慘叫的古城忍不住想抱怨，卻發現凪沙一臉氣嘟嘟的理由，就把差點從喉嚨冒出來的罵聲吞回去了。因為走在凪沙旁邊的夏音正為難似的垂下目光。

「啊……抱歉，叶瀨，我們講了會讓妳不安的話。」

古城露出尷尬臉色，向夏音賠罪。

「不會，我沒事。有你們為我擔心，我很慶幸。」

夏音笑著搖頭。

此時，為古城等人帶路的侍女長在長長的走廊上停下腳步。她端著點了火的燭台緩緩回頭，指向位於眼前的大門。

「這裡便是舉行晚宴的會場。先王夫妻已經在等候諸位佳賓，請直接往前進。」

侍女長如此告訴眾人，接著門就不出聲響地緩緩打開了。

古城提振精神似的拍了自己臉頰，然後走到夏音旁邊。

「那我們走吧，叶瀨。」

「好的，大哥。小女子不才。」

「欸，拜託，妳那樣回話不太對。」

古城對深深行禮的夏音苦笑。多虧如此，他覺得緊張得到舒緩了。

餐廳裡是昏暗的。

因為桌上擺的十幾根蠟燭就是唯一的照明。

然而，古城並無不滿。

餐廳的牆壁與天花板有一部分鑲著透明玻璃，銀色的月光從那裡灑落。月光還在湖面上反射，顯得更添明亮。

天空散落著無數星斗，湖面漣漪牽動光影亂舞。

由離宮設計者創造出的精彩而夢幻的景緻。

在面無表情的侍女長目送下，古城和夏音、矢瀨和淺蔥、雪菜和凪沙依序進入餐廳。古城看了房裡一圈，想找理應在那裡等待的先王與太后的身影。

古城絕對沒有大意。即使如此，他仍掩飾不了詫異。

「咦……？」

一瞬間，古城搞不懂出了什麼狀況，呆站在原地。

並沒有人加害於他，晚宴的舉辦者們只是正常地坐著。

在長桌中央的是位年邁男性，有副略為消瘦、氣質獨具的臉孔。眼角與臉頰刻著深深皺紋，但年輕時應該相當俊美。

亮澤銀髮與碧眼，大概是阿爾迪基亞王室的特徵。想必他就是阿爾迪基亞的前任國王，亦即夏音的父親。

然而不知道為什麼，他的嘴巴卻被拘拿罪犯用的黑色口罩蓋著，全身則被粗繩綁在椅子上。與其說是前任國王，感覺只像是審訊中的連續殺人犯。

而前任國王左邊是理應在半路就與古城等人分開的拉·芙莉亞。她望著心生動搖的古城等人，露出一如往常像在惡作劇的微笑。

至於前任國王的右邊則坐著苗條美麗的金髮女子。眼熟的面孔。是短短幾小時前才出現在古城等人面前，還對夏音忠告要她逃的侍女。

那名金髮侍女身穿華美的開襟禮服，坐在晚宴席上。

古城已經不曉得該從哪裡吐槽。矢瀨及淺蔥她們也對此有同感。

即使情況如此，卻只有夏音毫無動搖。

「您就是先王陛下嗎？我們受邀前來了。我是叶瀨夏音。」

夏音用無異於平時的溫婉嗓音向被綁著的前任國王問候。

金髮女子滿意地瞇眼，對她點了頭。前任國王儘管眼裡含淚，仍掙扎著想表達些什麼。

「我是曉古城。呃，請問一下，先王為什麼被綁著？」

古城對前任國王的慘狀看不過去，便問了一句。

「我是不會說謊的。之前應該已經提過，阿爾迪基亞太后有著冷酷的性情。」

金髮女子不以為意地告訴古城，口氣固然嚴肅，眼裡卻露出了和拉·芙莉亞十分相像的使壞色彩。

「事到如今，這人仍然怕跟女兒見面，而且還想溜，我只不過是抓了他。真受不了男人這種生物，在緊要關頭就是靠不住。」

金髮女子如此說完，就將冷漠的目光轉向前任國王。前任國王依然被堵著嘴，咿咿唔唔地想要辯解，卻被女方瞪了一眼便安靜下來。

「你有什麼話說？受不了，居然不敢挺胸面對自己過去的所作所為，曾為王者之人應該如此嗎？真令人蒙羞。」

女子確認前任國王消沉地垂下頭以後，便改口說：「那麼——」並轉向古城等人。

來到這一步，古城等人也察覺她的真正身分了。比起拉·芙莉亞有過之而無不及的智略；壓倒性的威嚴與領袖魅力。由於她看起來比實際歲數年輕了近二十歲而讓人一頭霧水，但是有權對前任國王輕慢至此的人物，理應再無第二人。

「遠東『曉之帝國』君主，第四真祖，曉古城陛下，還有來自絃神市國的客人們。阿爾迪基亞太后繆潔．立赫班，由衷歡迎各位的來訪。」

金髮侍女——不，阿爾迪基亞王國的太后起身，落落大方地鞠了躬。霎時間，昏暗的餐廳裡讓人有了彷彿被光芒籠罩的錯覺——其身段便是如此華貴，實在不像是近六十歲的老人的體態。

「我才要感謝妳的邀請。總覺得不好意思，這麼多人一起上門拜訪。」

古城也連忙行禮。原本他還那麼提防著對方，主導權卻完全受制於人了。在太后眼裡，古城等人目前恐怕是破綻百出。

然而，太后用意外親暱的臉色看向古城他們。

「我們早已是退隱之身，不必為我們費心。請你們當成在自己家一樣，放輕鬆。」

「啊，是嗎……請問，妳剛才對叶瀨說的那些……」

古城心存疑惑地質疑太后剛才扮成侍女想將夏音趕走的真正用意。

太后微笑著搖頭說：

「為看清你們幾位的本性，我做出了欺騙之舉。這麼待客有失禮數，我在此致歉。」

「要看清……本性？」

「用徒具表象的態度粉飾自己，對於生活在宮廷的人來說是理所當然的技倆，那當不了任何參考。人的本性會在與知己相處時或對待地位較低者時的態度表現出來。」

太后這麼說完便露出好似會讓人連血液都結凍的美麗微笑。
前任國王依然被綁在她旁邊，看得出因恐懼而變得全身僵硬的跡象。
「我是不會說謊的。我提到自己曾對先王陛下的情婦殘忍地報復，那也是事實。仗著國王寵愛便對國政與人事置喙，中飽私囊，有損阿爾迪基亞國家利益的愚昧之輩，我絕不會輕饒。」
不過——太后微笑，並用慈愛的視線看向夏音。
「琴音和那些人不一樣。夏音，妳也是。」
「咦？」
夏音疑惑地看向太后。因為太后提到了夏音母親的名字，就像在叫親近的友人那樣。
「琴音懷了這名愚君的子嗣以後，為保護他的地位，便悄悄離開了這個國家。還有夏音，妳也說過自己不求王族的地位與財產。我明白，那是妳真實的心聲。假如妳是為求自保就從我身邊逃走的那種人，我可是打算用盡手段除掉妳。」
太后隨口說出恐怖的話。即使如此，夏音仍沒有改變臉色。
「我只是想向先王陛下道謝。」
夏音凝望仍被綁著的前任國王並告訴對方。
「道謝？」

太后納悶地蹙眉。古城等人也訝異地看了夏音。

「是的。我聽院長——妮娜・亞迪拉德大人說過。養育我的修道院，是先王為了過世的家母所建。」

「妮娜・亞迪拉德？那名鍊金術師……？」

太后眼裡露出了驚訝之色。超過兩百七十歲的古代大鍊金術師妮娜・亞迪拉德之名，她似乎也有耳聞。基本上，太后也有幾成訝異是針對前任國王在哪裡和那樣的女子結識。

「多虧如此，上天賜給我許多哥哥與姊姊。雖然修道院不在了，但在那之前已經有許多人離巢獨立。我是為了替他們道謝而來，感謝您。」

夏音深深行禮，在場所有人都愕然凝望著她。

養育夏音的亞迪拉德修道院已毀於「賢者靈血（Wiseman's Blood）」事件，在那裡生活的人們也大多罹難了。然而正如夏音所說，確實也有人是因為修道院存在而得救。以結果而言被前任國王所救的一群人。

「妳為的……就只有如此？」

太后的聲音有一絲顫抖。這次，她的驚訝就是純粹針對夏音了。

「妳只是為了轉達這份心意，便來到了阿爾迪基亞？明明妳或許會遇刺？」

「這是我自己做的決定。」

夏音毫不迷惘地點點頭。然後她的臉頰變得有幾許紅潤，還仰望旁邊的古城臉龐。

「何況有大哥以及雪菜他們一起陪我。」

「咦？」

夏音突然的發言反而讓古城遲疑了。

雖然古城誇口要保護夏音，實際上，他幾乎什麼都沒有為她做。可是，夏音卻像這樣坦然表示感謝，反倒讓古城覺得不好意思。

然而，太后帶著莫名釋懷的臉色對夏音說的話點頭。接著，她忽然換了語氣對古城說：

「第四真祖，對於從這座離宮看見的景色，你曾用奢侈來形容，對吧？」

「啊，我是說過，沒有錯。」

古城又一邊感到緊張一邊承認了。雖然他並沒有說過什麼壞話，卻擔心自己是不是觸犯了太后的大忌。

「這座離宮，原本是為了招待國外顯貴而建的迎賓館。」

太后靜靜地微笑告訴他。真相突然揭露，使得古城目瞪口呆。

「迎賓館？所以果然不是用來軟禁情婦的設施嘍？」

「是的。我們只會邀請真正重視的朋友來這裡。」

「啊……」

古城忽然想起拉・芙莉亞聽見特諾提亞離宮的名稱時，曾有看似意外的反應。那並非心懷憂懼。太后邀了夏音來這座只有真正重視的朋友才會受邀的離宮——拉・芙莉亞是對這項事實感到訝異。

「雖然現今靠著魔導產業發達變得富足，但曾長年戰亂的阿爾迪基亞原本是個相當貧困的國家。而這樣的景色，便是貧困的我們所能準備的精心款待。在這裡的家具，也都是我親自一項一項挑的喔。」

太后依序看了凪沙和淺蔥，並且滿意地對她們笑了笑。

「察覺到這份心意的人絕不算多……但是，曉古城，我想到在四十年前，有某一位對我講過和你一樣的話。」

「……四十年前？」

「第一座夜之帝國，『戰王領域』的領主。」

「『遺忘戰王』……第一真祖嗎……！」

古城對太后所言倒抽了一口氣。阿爾迪基亞王國與「戰王領域」結束長年來的戰爭，締結和平條約的那一年——應該就是四十年前。

當時的繆潔・立赫班身為阿爾迪基亞王妃，應該曾與丈夫結伴和第一真祖面對面談判，地點恐怕正是古城等人目前所待的這座離宮。

古城至今仍未見過的第一名真祖，促成「聖域條約」的核心人物。那名吸血鬼講過和自己相同的感想，這項事實讓古城內心五味雜陳。

「呵呵，或許你果真有器量成為真祖，表示拉．芙莉亞確實慧眼獨具吧。應該先誇誇我這了不起的外孫女。」

老奸巨猾的阿爾迪基亞前朝王妃說著，用若有深意的視線看向拉．芙莉亞。

「當然了，太后陛下。」

拉．芙莉亞語氣從容地露出微笑。儘管那是祖孫無心的對話，古城卻覺得背脊湧上了寒意。因為從她們倆剛才短短的互動，他隱約發現了背後有著無數的勾心鬥角。

「方才你也看過這道傷痕了。」

太后拉下左邊的長手套，對所有人露出底下的傷痕。

「這是十七年前行刺未遂案的傷。行刺者發射的子彈有兩發，剩下的另一發在這裡。」

太后說著指向自己胸口中央。正好是她心臟所在的位置。

她那慘烈的自白讓古城等人連聲音都發不出來。即使再怎麼以智略為傲，她仍是血肉之軀的人類，被射穿心臟不可能活得了。那不是靠外科手術或魔法治療就會好的傷勢。是的，憑尋常的魔法治療不會好——

「正常來講，受了那種傷是救不活的。但是，叶瀨琴音用會讓自己減壽的術式治療身受瀕死重傷的我。明明要是我直接喪命，她也許就可以成為下一任王妃。」

阿爾迪基亞太后對理應是情敵女兒的夏音投以滿懷慈愛的眼神。

「叶瀨夏音，琴音與妳，對我有還不盡的恩情。我願以阿爾迪基亞王國太后的名譽，還有我本人的自尊在此發誓，我定將知恩圖報。」

「外祖母大人，那是指——」

拉．芙莉亞亮起眼睛問太后。

「對。即使沒有血緣關係，夏音，我仍會認妳當女兒。妳是正統阿爾迪基亞王室的一員，也是我們寶貴的家人。」

太后鄭重地斷言。她那意想不到的話，讓夏音看似困惑又有些欣喜地笑逐顏開。

拉．芙莉亞面色不改，微微吐了口氣。是寬心的嘆息。

古城這時候才首度注意到，一切都是拉．芙莉亞的計策。

將夏音叫來阿爾迪基亞，安排她與繆潔太后見面。

然後讓太后本人認同夏音為王室的一員。用計幫年紀比自己小的夏音阿姨添上前任國王妃子這座絕對的靠山。

假如太后不認夏音為親人，那事情當然就此告吹。不過，拉．芙莉亞恐怕就是有把握外祖母會中意夏音吧。至於繆潔太后，也有明知自己被利用卻還是順著外孫女盤算的跡象。

叶瀨夏音這名少女是前宮廷魔導技師的養女，也是第四真祖妹妹的好友，而她本身更是能力強大的靈媒，接納她成為王室的一分子對阿爾迪基亞王國極其有益。

但就算這樣，古城仍心想：也罷。

得到王室當靠山，對夏音的利益絕無損害，何況太后對夏音的關愛感覺並不是單純出於計算。

「不小心就聊這麼久呢。來，讓我們開始用餐吧。」

太后似乎看透了古城迷惘的心思，便開懷地笑著告訴大家。

古城應邀入座之後才發現問題大了。因為都沒有人提及，猶疑的他不知該如何是好，然而被對方用含淚的目光迎面注視，古城也只能無奈地開口：

「呃，用餐是無妨，不過差不多該替先王鬆綁了吧？」

「哎呀……」

彷彿將先王的存在忘得一乾二淨的太后把目光轉向被綁的丈夫。

動彈不得的前任國王怕得像隻小狗，還別開目光向古城求救。

「既然第四真祖都這麼說了，夏音又是個好孩子，這次就破例饒過你，但你心裡應該明白吧？下次要是又出現其他情婦或私生子，到時候就不能這樣了事嘍。這麼說來，我們約好有幾個情婦就要折斷幾根手指，對不對？這次是不是輪到左手食指呢……？哎呀呀，難得舉辦晚宴，你卻拿不了叉子了呢，呵呵呵呵。」

「唔～～……唔～～……！」

太后愉悅地在畏懼的前任國王耳邊微笑不停。

一直外遇學不乖的丈夫，以及有仇必報的妻子。或許這兩位是相配的一對吧——如此心想的古城莫名感慨。這時候——

「總覺得，我們好像在看將來的古城呢。」

淺蔥忽然嘀咕一句。矢瀨也深深點頭表示同意。

「是啊。哎，心臟沒這麼大顆的話，或許也當不了國王。」

「啥……？等一下，我到底做了什麼要被你們這麼說！」

突然無故被人指責，古城大感混亂。

凪沙傻眼地無奈嘆氣說：

「古城哥就是這麼沒有自覺，對不對，雪菜？」

「確實是呢。或許我監視得還不夠周密。」

雪菜一臉認真地道出反省之詞。個性嚴謹的她難保不會突然表示要效法太后的態度，令人畏懼。

「請放心，古城。我比外祖母大人寬容些喔。」

「嗯。也許要趁現在教一教夏音，讓她知道怎麼對付外遇的男人比較好呢。放心吧，四十年來都陪伴著先王的我，可沒有虛度光陰。」

「請、請多指教。」

連阿爾迪基亞王室的相關人士都開始亂講話了。

不知道為什麼，仍被綁著的前任國王用同情的眼神看了古城。

在這段期間，侍者們陸續將餐點端來。阿爾迪基亞料理果真不負美食之名，道道都是花心思又費工的佳餚。然而，古城現在無法靜下心品嚐。

「你們饒了我吧。」

古城隔著玻璃仰望美麗的星空，自言自語似的發出嘀咕。

湖面反射著月光，柔和地照耀他們的臉龐。

第三章 公主的祈禱

Princess's Desire

1

煌坂紗矢華抵達特諾提亞離宮是晚上十一點過後的事了。

紗矢華接到日本大使館與阿爾迪基亞警方委託，要來協助預定在三天後舉辦的紀念典禮的警備工作。主要是以咒術方面的角度找出狙擊點，還有預判恐怖分子的潛伏位置。她實地探訪過當中的幾處，還在半途遇上兩組恐怖分子，並於交戰後將其逮捕。度過如此辛苦的一天，她總算到了離宮與雪菜會合。

「他們幾位住在這邊的房間。」

紗矢華問了雪菜的住處，不苟言笑的侍女長便帶她到房間。

供來賓使用的套房——空間絕不算寬敞，卻也足夠上乘且舒適的房間。雪菜住的似乎是安排好的幾個寢室之一。

「謝謝。抱歉這麼晚打擾妳。」

侍女長默默對道謝的紗矢華點點頭，然後回房待命。

紗矢華敲了侍女長告知的房門，並探頭看向房內。她認出坐在床邊椅子上的嬌小少女身影以後，嘴邊忍不住盈現笑意。

「雪菜！」

「……紗矢華？任務已經結束了嗎？」

回頭的雪菜對紗矢華笑了笑。

那美麗動人的笑容使得紗矢華心跳加速。

房裡有雪菜迎接自己回來，這樣的狀況讓她想起了過去在高神之杜的日子。

在獅子王機關受訓時，紗矢華和雪菜曾是宿舍的室友。和雪菜睡同一個房間，也在同一個房間醒來。那是紗矢華一生之中最美好的時期。

紗矢華將揹著的貝斯盒放下之後，忽然端正姿勢看了雪菜。然後她以嚴肅的口吻宣布：

「我是獅子王機關外事第三課的煌坂主查。現將七式突擊降魔機槍（Schneewalzer）交讓給機動攻魔隊的姬柊候補主查。」

「我、我是機動攻魔隊的姬柊候補主查，在此奉命領受七式突擊降魔機槍。」

雪菜也起身挺直背脊，紗矢華便將收納著銀色長槍的硬盒遞給她。

獅子王的祕藏兵器七式突擊降魔機槍並不能交由民營的阿爾迪基亞航空公司託運。儘管如此，長槍明顯屬於凶器，也不能當成隨身行李帶上飛機。

另一方面，紗矢華從日本大使館得到了臨時職員的頭銜，就可以行使外交官特權，隨

意將武器帶到阿爾迪基亞。因此紗矢華才會代替雪菜幫忙把「雪霞狼」送來阿爾迪基亞。當然，紗矢華自己的愛劍「煌華麟」也在一起。

「謝謝妳，紗矢華。」

相隔許久拿起「雪霞狼」，雪菜有些安心地微笑著低頭行禮。

紗矢華看了雪菜那模樣，也跟著放鬆表情，還像隨時都要抱上來一樣把臉湊近。

「太好了，雪菜，終於見到妳了。沒事吧？有沒有感冒？那個又蠢又色的變態真祖沒對妳做什麼下流的舉動吧？」

「是、是啊。目前沒有。」

「唉～～……好累喔。雪菜，我跟妳說，這次有夠辛苦的。我從昨天就連趕七場會議，還要負責帶路、翻譯、保護大人物。既然是找我過來研討防止暗殺的對策，讓我檢驗保全就好啦。何況阿爾迪基亞軍方的警備負責人是男的，外交部負責人也是男的，大臣祕書也是男的，那些傢伙都好噁好臭好煩人！」

紗矢華趁機對雪菜發洩累積的不滿。紗矢華是詛咒與暗殺的專家，實在沒有辦事人員會不知死活地對她性騷擾。即使如此，對討厭男人的紗矢華來說，和具備Y染色體的生物待在相同空間這件事本身就是一種壓力。

「呃，那真是……辛苦妳了。」

雪菜出言慰勞。

她那莫名見外的態度讓紗矢華不滿地鼓起腮幫子。紗矢華脫掉鞋子倒在床上，像小孩耍賴一樣踢來踢去。

「討厭討厭。我要的不是那樣，多誇我幾句！像往常那樣哄我嘛！」

「咦！唔，可是……！」

雪菜臉色為難地看了房裡一圈，紗矢華卻沒有退縮。在高神之杜的時候，紗矢華做完辛苦的訓練都會像這樣跟雪菜撒嬌。說起來，這是她身為室友的特權。

「來嘛～～！安慰我嘛～～！不然……我就不工作了～～！我累了～～！」

「唔……咦～～……啊……妳好努力喔。了不起。」

雪菜認命似的嘆氣，然後摸摸紗矢華的頭。紗矢華笑得像小女孩一樣毫無戒心，還趁機巴著雪菜的大腿說：

「呵呵～～嗯，人家很努力喔。多虧這樣，明天才能和妳在一起～～」

「這、這樣啊。呃，不過，紗矢華，我想妳差不多該放手了……」

「不要！這才是我所追求的。雪菜肌膚的這種觸感……可以療癒我……」

紗矢華毫無防備地向雪菜撒嬌，突然間，開門的聲響嚇得她睜大眼睛，抬起臉龐。寢室內側的門被打開，古城就站在那裡。他似乎剛離開洗手間，正用毛巾擦著濕的手。

「曉……曉……曉古城……？」

「妳、妳好。」

古城帶著有些尷尬的表情生硬地打了招呼回應。那是看了不該看的畫面，正在猶豫該如何回應的臉。

紗矢華用發抖的手指指向古城問：

「為、為什麼你會在雪菜的……房間啊？」

「不對啦，這個房間不是姬柊的，是我的。」

古城委婉地予以糾正以免刺激到動搖的紗矢華。紗矢華氣憤地挑眉說：

「啥！我向屋裡的人問了雪菜的房間在哪裡，對方就說她在這裡啊！」

「姬柊在啊，她人不就在這裡？」

「因為凪沙和夏音先睡了，我才來這個房間打擾。我打算和學長姊討論明天的行程。」

雪菜說著亮出讀到一半的書。書名為《地球漫步　阿爾迪基亞王國版》——迎合旅遊者的知名導覽書。

「曉……曉古城……呃，你該不會聽見了？剛才那些……？」

終於掌握狀況的紗矢華用無助的語氣確認。

古城沉默了一會兒，然後放棄敷衍地點頭說：

「妳問的剛才，是指對姬柊撒嬌嗎？比如說『多誇我幾句～～』還有『哄我嘛～～』那些話。」

「才、才沒有！」紗矢華奮然起身大叫。

「啥？」如此應聲的古城回望紗矢華。

「那只是在開玩笑！我身為學姊，怎麼可能對雪菜撒嬌！我只是碰巧想那樣演演看！」

「呃，可是妳好像說過，妳們往常都會那樣做……」

古城忍不住納悶地望著拚命找藉口的紗矢華。

「唔。」紗矢華為之語塞，還低下頭開始微微顫抖。

「呵……呵呵呵呵……」

「煌、煌坂？」

古城不安地探頭看向發出含糊笑聲的紗矢華。

有一道銀光就這樣從古城的視野角落閃了過去。因為紗矢華無聲無息地從床上跳起，從行李抽出了銀色的長劍。

「去死吧～～！」

「唔喔喔喔喔！」

古城驚險地仰身躲過紗矢華朝心臟刺來的劍。紗矢華蘊藏認真殺意的攻擊，讓古城板起

面孔說：

「等等……妳別鬧了！感覺剛才有發動空間切斷術式對吧！妳想殺我嗎！」

「請、請妳冷靜！紗矢華！」

雪菜急忙想要制止，紗矢華便粗魯地甩開她的雙手。紗矢華瞪向古城的眼裡綻放著有如野獸被逼急的絕望光彩。

「不要阻止我，雪菜！只要這個男的死了，就沒有知道我們羞恥的祕密了！要讓我們幸福，這是不得已的！」

「死在那種莫名其妙的理由下，誰受得了啊！說起來，妳愛對姬柊撒嬌又不是現在才開始的事！」

「才、才沒有那種事！才沒有！」

雪菜趁著紗矢華動搖的破綻將「煌華麟」搶走。紗矢華失去武器，卻沒有任何一瞬遲疑，伸指就朝古城的面門戳了過去。

古城發現對方的指頭對準自己的眼球，便戰慄地縱身往後退。因為紗矢華身為暗殺專家，就算空手也有驚人的戰鬥能力。

「呃，我……我覺得沒關係啊。紗矢華有那樣的一面，感覺也很可愛。」

雪菜跟想拿回劍的紗矢華保持距離，同時努力勸解。紗矢華幽幽地露出空洞的微笑說：

「謝謝妳，雪菜。接下來只要殺了這個男的，我們就能幸福了。」

「什麼歪理啊！」

古城忍不住放聲大叫。目前紗矢華因為壓力和羞恥累積過頭，完全喪失自我了。這種狀況用勸的並不管用。

這時候，紗矢華背後的門開了。矢瀨和淺蔥提著叮噹作響的冰桶走進房裡。

「我們回來啦～～我跟屋裡的女僕要了飲料和杯子，也有拿冰塊。」

「咦，煌坂同學？妳是什麼時候到這裡的……欸，你們在搞什麼！」

之前出去拿飲料當消夜的淺蔥他們對房裡肆虐的暴力景象看得目瞪口呆。

「沒有啦，我不小心撞見煌坂要姬柊摸頭的那一幕——」

紗矢華沒料到會有局外人闖入而僵住，古城便趁機解釋狀況。

「不准說————！」

回神的紗矢華撿起身邊的枕頭，用全力朝古城的面門扔了過去。

2

「唉，痛死了。煌坂也不用氣成那樣吧。」

形同落荒而逃地來到寢室外的古城正在離宮的庭園散步。他打算避避風頭，以免在氣昏頭的紗矢華冷靜下來以前又跟她碰到面。

離宮庭園正待迎接遲來的春季，很是美麗。

夜風令樹枝靜靜搖曳，銀色月光照耀著於花圃成眠的群花。

樣似肅穆迴廊的薔薇花叢一路綿延至湖畔。

碎波拍過夜晚的湖面，宛如純銀地毯。

有道苗條身影背對那如夢似幻的光景佇立著。

脫俗相貌美得好似從畫中走出的少女。

銀色長髮；潔白肌膚；令人聯想到神話女神的娟麗臉龐。少女輕薄睡衣下襬隨風起舞，仰望著月亮。

「拉・芙莉亞……？」

古城連搭話的聲音都發不出，只能茫然望著她的背影。

公主似乎察覺到他的視線，緩緩回過頭。

霎時間，強風吹起。

薔薇花瓣飛舞如雪，頓時蓋住古城的視野。

等古城撥掉沾在瀏海上的花瓣，再次將目光轉回去的時候，理應望著湖泊的拉・芙莉亞已經像幻影一般消失了。

「她……去了哪裡……？」

古城無法理解發生了什麼事，便急忙環顧四周。

忽然間，有人在古城耳邊喚道：

「你在找哪位呢，古城？」

「唔哇！」

古城嚇得回頭，就看見拉・芙莉亞笑著將雙手交握在背後。明亮的月光灑落，身穿睡衣的銀髮公主像在規勸年幼弟弟一般搖頭。意外豐滿的胸脯從她向前彎身的領口露了出來。

「不可以喔，古城。你居然偷看。」

「抱歉。我碰巧經過，看見妳站在那邊，所以就——」

古城乖乖賠罪。雖說時間短暫，他確實曾遠遠凝視拉・芙莉亞。然而公主回頭望了將句

尾含糊帶過的他，使壞似的瞇眼。

「所以就？不小心看我看得入迷了嗎？」

「差不多。」

古城苦笑著點頭。被公主這般夢幻的身影迷住，他並不覺得羞恥。話雖如此，古城會凝視拉．芙莉亞並不只是因為她漂亮。

「哎，沒有啦，因為總覺得會冷。妳穿得那麼單薄，不要緊嗎？」

「我有精靈庇佑啊。」

話一講完，公主就當面在夜裡清涼的空氣中展開雙手。

雖說四月將盡，阿爾迪基亞的夜晚依然冷得可比日本的寒冬。然而拉．芙莉亞全身罩著些許光芒，完全不顯得會冷。

在代代都擁有先天性強大靈力的阿爾迪基亞王室女子當中，據說拉．芙莉亞具備的力量更是格外強大。而寄宿於她體內的精靈們正在保護她不為低溫所凍。公主身上會籠罩著神聖氣息，應該也是受其影響所致。

「所以說，古城，如果你想要，我也可以在這裡對你展露自己的一切喔。」

拉．芙莉亞仰望佩服似的點頭嘀咕著「原來如此」的古城，挑逗性地輕聲笑了笑。

然而，古城卻傻眼地望著將手指擱在睡衣領口的公主——

「那是騙人的吧。」他用異常沉著的口氣說：「妳才不會對任何人揭露自己的本心，對不對？」

「哎呀？」

拉・芙莉亞看似感興趣地挑眉。古城則是懶散且語帶嘆息地瞇起眼睛。

「妳說叶瀨會被暗殺，不也是騙我們的嗎？太后從一開始就沒有打算對叶瀨不利吧？」

「是啊。應該對過去外遇負責的是外祖父大人，夏音沒有任何罪過。我本來就曉得外祖母大人會這麼判斷，因為她是位公正的人。」

拉・芙莉亞爽快地承認了古城點出的是事實。

果然沒錯——古城瞇起眼瞪著拉・芙莉亞說：

「何況其他王室成員也沒有理由對叶瀨不利。即使暗殺沒有王位繼承權的她，也只會危害自身的立場，得不到任何好處。」

「嗯。而且說起來，你覺得我和外祖母大人有可能放任那些有膽加害王室客人的愚蠢之徒嗎？」

面對古城夾帶責怪之意的追究，拉・芙莉亞反倒愉悅地予以反問。

「基本上，我也不曉得夏音是否能得到外祖母大人的歡心。不過，看來我似乎是白擔心了，我第一次見到外祖母大人心情那麼好。」

「原來她那樣是心情好啊？」

古城嚇得反問了一句。

強烈的威嚴與領導魅力導致繆潔太后只給人不好惹的印象，不過這麼說來，她看待夏音的眼神似乎也有些許溫柔。

「算啦。所以呢？妳不惜撒那種謊也要把我們叫來阿爾迪基亞的真正理由是什麼？」

古城擺著苦瓜臉瞪向拉·芙莉亞。假如從一開始就沒有人要對夏音的性命不利，古城等人也就沒有理由保護她。將拉·芙莉亞撒的謊想成把古城等人帶來這個國家的藉口才自然。

然而，公主卻難得態度認真地搖頭表示：「不對。」

「希望你保護夏音是我們由衷的想法。縱使沒有暗殺的風險，也無法排除恐怖攻擊突然發生的可能性。正因如此，古城，我不只是邀你，還請了雪菜以及紗矢華一起過來。」

「這麼說來，事情原本就是這樣談妥的。」

「淺蔥會跟著你來也在我料想之內。但是連基樹和凪沙都一起，這我就沒有料到了。」

拉·芙莉亞露出苦笑，彷彿在反省自己算得太美。

「不過，我的目的確實不全然是保護夏音。找你來阿爾迪基亞的另一個理由，是要請你實現我本身的願望。」

「妳的願望？」

「是的。小小的心願，這真的只是我個人一點小小的心願。到了明天，你應該也會明白。在那之前請容我保密。」

「不是那種會讓別人遭受危險的糟糕要求吧？」

古城盯著公主的眼睛問。

假如只有古城一個人被連累，他也認了，因為他欠拉．芙莉亞的人情就是那麼多。不過，就算是她的心願，對於那種會傷害到雪菜等人的委託，古城仍不會照辦。唯有這點是他絕對無法讓步的底線。

「嗯，我發誓。還有絃神島上的人們也不會受牽連。」

拉．芙莉亞好似看透了古城的決心，便毅然決然地斷言。古城坦然信了她的話。拉．芙莉亞是謀略家，但她並不會在這種場面撒謊。因為她比任何人都明白，實話正是自己最大的武器。

「既然這樣，我沒什麼好抱怨的。等明天就行了，對吧？」

是的——拉．芙莉亞笑著點頭。公主走到古城身旁，朝夜晚的湖泊緩緩看了一圈。接著她懷念似的微笑說：

「你記得嗎，古城？我和你初次見面的地方也是像這樣的湖畔。」

「魔導士工塑用來做實驗的無人島嗎？記得妳還救了被機械人偶(Automata)襲擊的我和姬柊嘛。」

「哎呀？在那之前，我應該還跟你見過一面喔。」

「咦？」

「你不是曾經偷看我沐浴嗎？」

拉・芙莉亞仰望著納悶反問的古城，嘻嘻笑出了聲音。

嚴重嗆到的古城咳了起來。從他腦海一閃而過的，是公主赤裸裸地在無人湖泊清洗身體的白皙倩影。

「偷看……？欸，不是啦，當時我在找姬柊，聽見水聲才會好奇過去看，碰巧就——」

「然後呢？」

銀髮公主尋開心似的仰望古城。古城不小心碰見沐浴中的拉・芙莉亞那件事，她似乎了然於心。

「呃，與其說我看得入迷……沒辦法嘛！在那種情況下，誰會想到有妳這樣的人在洗澡啊！」

雖然古城不敢當面告訴事主，但他當時真的以為自己撞見了天女。對古城來說，公主給他的第一印象就是如此鮮明。

「請你要負責喔。」

拉・芙莉亞嫣然笑道。她似乎準確地看透了古城動搖的內心。

「咦……？」

公主所說的話若有深意，讓古城表情緊繃。

隨後，月色暗了下來。

原本散發銀色光彩的湖泊逐漸被黑影蓋過。

在古城他們的頭頂。星空優美無雲，有東西緩緩從天際橫越而過。悠然航行於高空數千公尺處的巨大船隻，被灰色裝甲所覆的巨大飛行船。

即使它飄在無對象可比較的天上，還是看得出那異常的大小。

全長含平衡翼在內，起碼應有普通民航機的四五倍。那是彷彿將兩條雙胞胎鋼鐵鯊魚相連接的雙艙式裝甲飛行船。

「那是什麼玩意兒……？」

古城對巨大飛行船橫越天空的形影感到有鬼，發出了驚呼。

「虹橋級飛行戰艦一號艦『虹橋』——我們阿爾迪基亞王國引以為豪的最新款超大型裝甲飛行船。它應該是來保護戰王領域的來賓兼進行示威吧。」

拉·芙莉亞靜靜地相告。她憂鬱的臉龐流露著一絲苦惱，好似在預言不祥的未來。

「但願那些針對我國的恐怖分子在看過那艘船以後會因而生畏——」

3

隔天早上的天空十分晴朗。古城等人由拉．芙莉亞帶領離開離宮後，便前往阿爾迪基亞的王都維爾特雷斯，目的是遊賞王都。

古城等人在區隔王都市區與郊外的橋頭下了車，改搭銀色的輕軌電車（Tram）。在行人優先、駕乘自用車又有限制的維爾特雷斯，輕軌電車乃是重要的交通手段，古城等人當然沒有不滿。相較於被囚車押送，搭輕軌電車好多了。

「這就是阿爾迪基亞的首都啊。好美的城市。」

古城望著從車窗可見的景色，說出了簡短的感想。

維爾特雷斯四周被海與運河環繞，是座小小的城市。從城裡的一端到另一端，即使用走的應該也不用半天就能橫越。

街容與建築物具機能性，整座城市有著看似新藝術運動工藝品的風情。市區裡多有綠地及公園，與複雜的水畔景象相輔相成，醞釀出與暱稱「波羅的海女神」相符的優雅氛圍。

「這座城市在與魔族的戰爭中受過好幾次嚴重損害，大部分的市區都已經燒燬了。目前的維爾特雷斯是進入二十世紀後由朗德重建的。」

喬裝過的公主穿戴著附兜帽的斗篷還有眼鏡，親自為古城等人做解說。這肯定是舉國上下最豪華的觀光導覽吧。

「朗德？那是什麼人？」

古城對拉·芙莉亞談及的人物提問。

「巴薩札爾·朗德，知名的魔導建築師。順帶一提，他也是絃神千羅的師父。」

回答的並非公主，而是矢瀨。古城嚇得看向矢瀨。

「你說的絃神千羅，就是設計絃神島的那個傢伙嗎……！」

設計了從技術面而言被視為不可行的海上「魔族特區」——巨大人工島（Giga Float）「絃神島」的天才魔導建築師，絃神千羅。

絃神島這個地名本身就是為了讚揚其偉業而定的。

然而，古城等人早已知道絃神千羅可怕的一面。他用聖人遺體充當支撐人工島的基石（Keystone），還讓自己的孫子絃神冥駕化為殭屍鬼甦醒。何止如此，連被看作偉業的絃神島本身，都是為了實行名為「聖殲」的禁忌之術才造出的巨大魔具。

表示那名可畏的魔導建築師所拜之師，正是這座美麗王都的催生父母。

意想不到的奇妙緣分讓古城等人茫然地朝王都市區看了一圈。

「那麼，意思是維爾特雷斯和紘神島的關係相當於姊妹嘍？」淺蔥問。

「我想所謂的姊妹市並不是那個意思，不過兩者應該算同門之作。」

矢瀨對青梅竹馬的疑問點點頭。「哦～～」淺蔥則望向手機顯示的市區地圖。

「被你一講，是有種說不出的相似感呢。」

「設計紘神島時，紘神千羅大概有參考過吧。」

矢瀨隨口說道。

自古便以貿易要衝聞名的維爾特雷斯也是建立於龍脈之上的都市。天然的地形與人工島縱有差異，在操控龍脈帶來的莫大力量這方面仍多有技術上的共通處。紘神島的設計大有可能是受了維爾特雷斯的影響。

「話說回來，還真是熱鬧耶。這些人都是來看後天的紀念典禮，對不對？」

「好像很容易走失呢。」

凪沙和夏音走下抵達停車處的輕軌電車，說出了悠哉的感想。

古城等人下車之處是名叫納伽利斯街的大街入口，代表阿爾迪基亞的時尚品牌與魔導機器量販店比鄰而立，在市內算屈指可數的鬧區。

沿街可見販售食品、鮮花及飾品的各色店鋪一家挨著一家，有意光顧的市民大舉來到，外國觀光客的身影也不少。

原本就熱鬧的這條街準備迎接後天的和平紀念典禮，籠罩著節慶前夕般活力十足的氣息。如夏音所說，感覺一不小心就會跟大伙兒走散。

「參觀過納伽利斯街的市場以後，我們就到中央車站前的元老院廣場吧。那裡是紀念典禮的會場，而且阿爾迪基亞政府宮與維爾特雷斯大教堂也在那附近。」

拉．芙莉亞指著供觀光客認路的路標，並告訴大家推薦的遊覽路線。公主格外熟練的模樣讓紗矢華變得神色凝重。

「呃，公主？感謝妳帶我們遊覽王都，但是像這樣在街上走動不要緊嗎？」

「紗矢華，要護衛的話，不是有妳在嗎？」

拉．芙莉亞愉悅地回頭望了擔心地蹙眉的紗矢華。

紗矢華臉色越顯黯淡地說：

「不，那個，有暗殺者的話，我是會設法對付，可是萬一被普通民眾察覺要怎麼辦？我覺得會造成大騷動耶。」

「不用擔心。只要表現大方，反而不會被察覺。何況如妳所見，我的喬裝也很完美。」

「完美……是嗎……」

紗矢華望著只是戴副眼鏡的公主，露出了氣餒的臉。這點程度的喬裝，根本不足以掩蓋拉．芙莉亞的美貌。要是被發現在民眾間人氣鼎沸的公主上街走動，極有可能造成大混亂。

應該連紗矢華也沒有信心能在蜂擁而來的大批群眾中保護好公主。

另一方面，拉．芙莉亞則是神色從容。她恐怕從平時就會像這樣微服上街。紗矢華似乎想像到護衛的騎士們有多辛苦，臉色便沉了下來，這讓古城感到有些同情。

走進被稱為市場的地區後到處都傳來香味，因為路上有提供各式小吃的攤販。燒烤的魚貝類及蔬菜；三明治與湯品；肉丸和香腸，還有許多古城等人不認識的小吃。

「真不愧是美食國度耶，攤販賣的小吃好像也很美味。」

「咦！」

「妳還要吃嗎！」

淺蔥立刻對小吃有了反應，使得古城和矢瀨嚇得看向她。畢竟古城等人剛剛才在特諾提亞離宮用過豐盛的早餐。

「什麼嘛。好不容易來到阿爾迪基亞，不吃就虧大了吧。」

然而淺蔥這麼說完，馬上朝附近的攤販走了過去。或許在王都盡情觀光，她這種態度確實才是正確的。

「古城哥，我們也走吧。」

「好、好啦。」

古城被凪沙一推，也跟著看起五顏六色的攤販招牌。就在這時候，他們發現雪菜愣愣地杵著不動。

「雪菜？妳怎麼了嗎？」

夏音眼尖地察覺雪菜狀況有異，便問了一聲。

回神的雪菜表示「沒有」，還略顯害羞地搖頭說：

「不是什麼大不了的事，感覺在這裡好常看見穿那種服飾的人耶。」

「服飾？」夏音將目光轉到雪菜看的方向。

「真的耶。那是什麼啊，好可愛……超可愛的……！」凪沙好似受了震撼地感嘆。

雪菜等人望著的是阿爾迪基亞市民們那一身色彩繽紛的民族服飾。

用鮮豔的原色不織布料子做成的連身上衣，還有施以細密刺繡的帽子；裙襬打了滿滿的褶，肩膀上的披肩有無數繩飾點綴；身為保暖的防寒衣物，又具備禮服般的裝飾性，直教人覺得可愛的服飾，難怪雪菜會被勾起興趣。

「那是阿爾迪基亞北部地方的民族服飾。原本依各人出身不同，所穿的服飾也會有詳細入微的規定——」

拉．芙莉亞說著走進旁邊的建築物。

聚集了許多穿民族服飾的人，看起來像觀光導覽處的建築物。

在建築物外頭擺放著樣似傳統工藝品的包包及飾品。每一件都細緻精美，感受得到手工的溫暖。

不久，拉．芙莉亞就帶了導覽處的女性工作人員過來。公主向對方介紹過雪菜等人以後，那名女性工作人員和氣地點了頭。

「為了從遙遠異國來到這裡的幾位可愛小姐，她似乎肯破例將衣服借給各位。」

「咦！可以嗎？好耶！」

拉．芙莉亞說的話讓凪沙發出歡呼。

「公主特地幫我們介紹，我們就拜託她吧。好不好嘛，夏音？雪菜也一起來穿！」

「好的。」

「可、可是我……」

夏音微笑著點頭，雪菜則猶豫似的看向古城。她是在介意換民族服飾的期間，對古城的監視會有所鬆懈。

而紗矢華帶著開朗無比的表情對雪菜笑了笑。

「不要緊喔，雪菜，曉古城有我嚴密監視。再不然我會先讓他斷氣，妳別擔心！」

「別說了！我會不安啦！妳還在記恨昨天的事嗎！」

「不准你再提！」

紗矢華動真格地想用手刀劈在古城的脖子上。昨晚當著古城面前出的糗，她似乎還記在心裡。

雪菜擔心似的回頭看古城他們針鋒相對地互瞪，卻還是被凪沙從背後一路推到觀光導覽處之中。

大約十分鐘後，她們幾個換完衣服出來了。

雪菜、凪沙和夏音三個人身上各自穿著不同顏色的民族服飾。

鮮豔醒目的藍底洋裝搭配用了紅線、黃線及其他顏色構成的複雜刺繡，輔以嬌小的體型，穿上服飾的雪菜等人看起來就像從繪本偷溜到外頭的妖精。即使在市場的熱鬧人潮中，嬌小的她們三個仍是格外顯眼。

「怎麼樣呢，古城哥？可愛嗎？可愛嗎？」

凪沙用滿懷期待的眼神仰望古城問。

「噢，很合適耶。對吧，古城？」

古城還沒發表感想，矢瀨便搶先開口稱讚。的確——古城點頭表示。

「嗯，對啊。該怎麼說呢？感覺像擺飾一樣。」

「啥？擺飾？」

古城的評語和凪沙想聽的差遠了，她氣悶地噘起嘴脣。

笨耶——淺蔥急忙用手肘頂了古城的側腹部打圓場。

「要說的話，你應該稱讚她像洋娃娃才對吧。」

「對，我就是那個意思。」

凪沙瞪著馬馬虎虎更正的古城，死心地嘆了氣。古城自認為已經大力誇獎過妹妹，便不明白她為什麼心情不好。另一方面——

「好、好可愛……！天使！有天使在這裡呢！」

紗矢華大為興奮，與反應平淡的古城正好成對比。她連自己受託監視古城這件事都忘了，只顧用數位相機拚命拍雪菜穿民族服飾的照片，簡直像溺愛女兒的母親來看掌上明珠登台亮相一樣。

「紗、紗矢華……妳未免拍得太多了吧……？」

「不會。這是要保留在人類史上的寶貴畫面，我有義務將這些流傳到後世。」

「可是妳拿的那台相機是用來向獅子王機關做報告的耶！」

不習慣上鏡的雪菜面紅耳赤地規勸，內心燃起謎樣使命感的紗矢華卻聽不進去。雪菜害羞反而讓紗矢華有種施虐的快感，她還想從更大膽的角度繼續拍照。

「哎，可是叶瀨穿起來就完全沒有不搭調的感覺了。」

「就是啊，比不過夏音呢，太合適了。」

古城對夏音說出感想，凪沙也笑著表示同意。

「妳們的模樣也很迷人。」

含蓄地微笑的夏音搖了搖頭。

實際上，雪菜和凪沙將衣服穿得各有可愛之處。不過，阿爾迪基亞民族服飾的鮮豔用色格外能襯托夏音的頭髮與膚色。縱使她沒有印象，還是讓人實際體認到這個國家果然是夏音的另一個故鄉。

「大哥，合不合你的意呢？」

夏音在受到注目而害羞的同時，仍怯生生地問了古城。

古城開懷地笑著點了頭。

「嗯。這會是我美好的回憶。」

「是啊。我身為外甥女也與有榮焉。」

拉．芙莉亞用合乎她風格的措詞稱讚夏音。臉越變越紅的夏音則縮了起來。公主滿意地對夏音點了頭，然後緩緩看了四周的人潮一圈。

由於雪菜她們換了衣服，古城等人所在的觀光導覽處前面就在不知不覺中成了小有人氣的景點。為了見識異國少女的可愛模樣，到處都有人湧來，導覽處工作人員對意外的攬客效果也顯得很滿意。

而拉．芙莉亞確認過狀況以後，便露出一如往常的豔麗笑容說：

「那麼，差不多是時候了呢，古城。」

「咦？」

古城還來不及將目光轉過去，公主就摘掉遮著臉龐的兜帽。銀色秀髮翩然散開，吸引眾人注目。拉．芙莉亞更當著訝異的古城眼前拿下眼鏡，露出特徵明顯的碧眼。

「喂，拉……拉．芙莉亞！妳在這種地方拿掉眼鏡──」

「你很笨耶，古城！」

「啊……！」

古城大意地叫出公主的名字，淺蔥便急得像要動手打人一樣堵了他的嘴。

可是，為時已晚。原本半信半疑地盯著拉．芙莉亞的眾人臉上有篤定之色蔓延開來，哄然引發地鳴般的喧嚷聲。

「拉．芙莉亞大人……？」

「公主？難道說，那一位真的是她本人……？」

「拉．芙莉亞公主怎麼會在這種地方……！」

之前衝著雪菜她們才過來湊熱鬧的群眾全把興趣轉到拉．芙莉亞身上。他們發出的驚嘆聲又引來了更多人。

「哎呀～～不好了～～被發現了呢～～」

拉・芙莉亞假惺惺地發出聽似慌張的聲音，極盡照本宣科之能事。

幾近危險的興奮與狂熱情緒席捲了注視著公主的群眾。

拉・芙莉亞在這個國家的人氣是尋常女星或偶像根本不能比的。假如胡亂刺激民眾，甚至會有被聚集而來的人群踩平之虞。

話雖如此，感覺現在也無法蒙混過去了。因為在這個國家，不認得拉・芙莉亞長相的人可不好找。

而且當古城他們愣住的這段期間，包圍公主的群眾人數變更多了。

「公主，請妳避一避！」

紗矢華判斷再這樣人擠人會有危險，便擋到拉・芙莉亞前面喊道。這成了導火線，群眾一舉朝古城等人這邊湧來。

「紗矢華都這麼說了，我們走，古城。」

拉・芙莉亞沒有錯失群眾將目光指向紗矢華的短瞬空檔，主動用手臂朝古城勾了過來。她在不知不覺中已經重新戴上兜帽，還靈活地混進群眾之中，牽起古城的手就跑。

「咦？喂，拉・芙莉亞……！」

古城只好跟著公主。他認為無論如何先讓拉・芙莉亞逃脫才是第一要務。淺蔥和矢瀨發現古城他們溜掉，都訝然地回頭，洶湧而來的人潮卻成為阻礙，讓淺蔥他們動彈不得。紗矢

華更被群眾沖走，離拉·芙莉亞越來越遠。至於穿民族服飾的凪沙等三人則是因為工作人員機靈，都到觀光導覽處內避難了。

「學長！」

雪菜從建築物裡拚命朝古城逃走的背影伸手。

受阻於喧囂群眾，她呼喚古城的悲痛聲音傳不到任何地方。

4

拉·芙莉亞穿過熙熙攘攘的人群空隙，來到運河沿岸的窄巷後才總算停下奔跑的腳步。納伽利斯街發生的騷動都沒有傳來這條巷子。

「到這裡似乎就不要緊了。我們好像也甩掉護衛的騎士們了。」

拉·芙莉亞一邊確認背後的情況一邊對古城笑道。行人稀少的巷子裡也沒有看見她那些護衛的身影。為避免普通民眾察覺公主的存在，他們保持適當距離進行跟蹤的做法似乎是弄巧成拙了。

「從一開始……妳就打算這麼做對吧……？」

仍被拉・芙莉亞牽著的古城一邊微微喘氣，一邊提出問題。

公主毫不慚愧地點頭說：

「因為我想不到其他能與你獨處的方法。」

「跟我獨處？何必搞得那麼誇張……」

古城心存警戒地望著拉・芙莉亞。公主不惜動用這麼蠻橫的手段也要霸占古城，會讓他擔心有無企圖反而是當然的。

拉・芙莉亞卻語氣和緩地問古城：

「古城，你記得我昨晚在離宮說的話嗎？」

「妳指的是有願望要我幫忙實現？」

古城邊點頭邊反問，拉・芙莉亞便愉悅地微笑——流露一絲落寞的微笑。

「能隨心所欲得到任何意中物的我，也有唯一一項無法順心的事。」

拉・芙莉亞說著就將身子靠向古城。除了女方用戴到眼前的兜帽遮住臉這一點以外，彼此的位置關係猶如感情要好的情侶。

「那就是和喜歡的男士並肩走在街上。孤男寡女，像普通情侶一樣。」

拉・芙莉亞稍微伸了腰，細語似的在古城耳邊告訴他。

古城帶著呆若木雞的表情望向眼裡散發使壞般的光彩的公主。

「這就是……妳的願望？」

「你覺得意外嗎？別看我這樣，我也是正值青春的女生喔。」

拉．芙莉亞俏皮地用鬧脾氣似的態度這麼說完以後便仰望古城。即使明白純屬演技，仍會讓人為之心動的嬌憐表情。

古城回望這樣的公主，忍俊不禁地微微笑了一聲。

「你笑我？」

或許是古城的反應太出乎意料，公主訝異似的睜大眼睛。古城察覺到冷冽魔力正從她全身釋出，這才急急忙忙地搖頭。

「哎，不是啦。我剛想到，原來厲害如妳，對自己也了解得不多。」

「這話是什麼意思？」

拉．芙莉亞用不像演技的嘔氣口吻問。

儘管古城背後直冒冷汗，卻還是決定向她從實招來，放棄打迷糊仗。他不認為光耍嘴皮子就哄得了這位公主。

「希望妳不要動氣，因為在我看來，妳總是無法順心，為了得到真正想要的東西，妳似乎比任何人都努力。」

「咦？」

古城明知會挨罵還說出的話，讓拉・芙莉亞抹去了往常那種從容不迫的微笑。公主微微地瞪過來，使得古城尷尬地別開目光，又說：

「坦白講，我敬重妳那種性子，撇開血統或頭銜之類的不管。」

拉・芙莉亞默默地朝低聲吐露真心話的古城望了一會兒。

被人用隔了喬裝眼鏡也看得出多漂亮的臉蛋相對，讓古城心裡不自在。

「……拉・芙莉亞？」

古城好像無法承受沉默拖長，便叫了公主的名字。

拉・芙莉亞似乎想把歪掉的眼鏡重新戴好，就將雙手湊在臉頰並垂下目光。

不知為何，她的臉頰紅了。聽慣讚美的她絕不可能如此，可是那看起來簡直像真的在害羞。

然而，拉・芙莉亞的動搖頓時如虛幻一般消失了，回神後可以發現，她正用平時的沉著臉孔凝望古城。碧眼中蘊含的光彩之強，逼得古城微微倒抽一口氣。

「你說得沒錯。容我更正。對於自己真正想要的東西，我會用盡手段得到手。以往是如此，以後也是如此。」

「是、是喔。」

拉・芙莉亞笑容可掬地表態，古城被那種奇妙的魄力稍微嚇著了，卻還是對她點頭。

而公主又主動用右臂勾住古城的手臂說：

「那就幫我實現第一個願望吧。我想先挑戰所謂的邊走邊吃。」

「……好吧。反正大家講好在車站前會合了。」

古城望著拉．芙莉亞用手指著的可麗餅攤販，短短地嘆氣。

公主在市場現身導致的混亂仍未止歇，但古城認為被騷動波及的妹妹與朋友們應該尚無擔心的必要。雪菜和紗矢華就在那裡，些許物理性的危險，她們都有辦法應付。

事到如今，危險的反而是拉．芙莉亞。再被剛才那樣的騷動波及，坦白講，古城並沒有自信能獨自將公主保護好。

不知道拉．芙莉亞是否曉得古城心中的不安，她露出無憂無慮的笑容，朝可麗餅攤販走過去。

「呵呵，要殺價請交給我。以往我經歷過的眾多外交談判，可不是徒具其表。」

「欸，對攤販大叔展露王家的外交手腕感覺不好啦。」

古城馬上就覺得累了，卻還是陪著拉．芙莉亞買東西吃。看了公主笑得純真無邪的模樣，古城便不忍心責怪甩下護衛溜掉的她。起碼在停留於這個國家的期間，他希望自己能奉陪她的任性。

拉．芙莉亞吃著附贈滿滿配料的可麗餅，漫步於運河沿岸的巷道，然後搭供觀光客遊覽的小舟順運河而下。她在河邊和無數的鴿子嬉戲，還對街頭藝人的表演投以喝采。

表現得像個普通少女的她，讓古城的眼睛有好幾次被那副笑容吸引住。表情魅力無以倫比，假如有雜誌拍下她現在的照片刊登出來，保證會瘋狂熱銷。

「接下來要去公園喔，古城。」

「公園？」

古城對拉·芙莉亞的提議感到奇怪，仍前往她所指的方向。

公主領著古城到了位於小山丘上的迷你公園。

爬上長長階梯後有噴水池，噴水池後頭擺著優美的雕像。仿照女武神刻出的俊麗銅像。公園雖美，景觀倒沒有特別賞心悅目，更沒有顯眼的建築物，造訪公園的觀光客卻不少。

「大概是我的心理作用啦，感覺年輕情侶占的比例非常高耶。」

古城停在階梯途中，語氣納悶地嘀咕了一句。與其說情侶多，倒不如說幾乎只有情侶才對。將身體親密地貼到一塊的年輕男女，在地方不算大的公園各處談情說愛。

「因為就某方面來說，這裡是維爾特雷斯最熱門的觀光名勝。」

「是喔？」

拉·芙莉亞若有深意的說明，使得古城訝異地張望四周。他以為這裡有展示什麼具歷史性的文物。

古城的反應讓公主嬌聲笑了出來。

「有傳說認為在那座女武神銅像前接吻的情侶永遠都不會分手。」

「哦，是這麼回事啊。原來阿爾迪基亞也有這種浪漫的迷信。」

一臉像是白張望的古城嘆了氣。他在絃神島也有聽過類似的傳說，大多都是迎合觀光客隨便編造出來的故事。

拉．芙莉亞卻壓低聲音，還用認真的表情繼續說道：

「是的。據說男人要是失信，縱使逃到天涯海角，女武神的詛咒也一定會要他的命。」

「一點都不浪漫！妳講的傳說好恐怖！」

傳說的內容和預料中差遠了，古城著實感到害怕。與其稱為迷信，還不如說是詛咒。然而對阿爾迪基亞的國民來說，或許這種簡單易懂的內容比較投其所好，至少也符合拉．芙莉亞的性情才對。

「那麼，古城，麻煩你了。」

而拉．芙莉亞就在傳聞中的女武神銅像前面停下腳步，摘掉眼鏡。她祈禱似的將雙手交握於胸前，還默默地仰望古城。

「……咦！難道妳是在索吻嗎？向我？」

察覺拉．芙莉亞用意的古城慌了。古城發覺她會帶自己來這座公園，就是為了實行女武神銅像的詛咒。

「你不是要為我實現願望嗎？」

拉・芙莉亞毫無防備地閉著眼睛逼迫古城。假如這只是為了戲弄古城才開玩笑倒還好，但是拉・芙莉亞不會那樣胡鬧。假如她下令要古城吻她，那百分之百是認真的。

「這就是妳的願望嗎！呃，可是不妥吧，會有很多問題耶……！」

「你說的不妥，是指什麼？」

「哎，像這種行為，要找自己真正喜歡的對象——」

「錯了。你講的正好相反，古城。當下錯過這一刻，我就永遠沒有這樣的機會了。不容自由戀愛的王族之女，便是如此可悲。」

公主用平淡的語氣告訴他。聽來平靜和緩，然而她的話正是因為這樣才有力道。

擁有第一王位繼承權的拉・芙莉亞無權自由選擇交往的對象。

她成婚所要求的條件就是要有為王國帶來利益的影響力，如此而已。無關她的意願。

過去拉・芙莉亞免於受到政治婚姻的脅迫，據說是因為現任國王溺愛她，想將她留在身邊。可是，這種狀況未必能長久。正如公主本人所說，她能假裝談戀愛的機會，或許這就是第一次兼最後一次。

「還是說，你想要的不是吻，而是我的鮮血？」

拉・芙莉亞卻用絲毫不具悲愴感的口氣，引誘似的對古城將頭髮悄悄往上撥。銀色長髮隨脫掉的兜帽滑落，纖細的頸子露了出來。

「唔……」

古城的眼睛被公主的白皙肌膚吸引住了，心臟怦通猛跳。視野染為深紅，異樣的喉嚨乾渴感來襲。是吸血衝動。

古城忍著對血的強烈渴求，拉・芙莉亞便挑逗似的進一步將身體靠過來。

受到慾望觸動，古城想用雙手抱緊她。

就在此時，有驚人的殺氣朝古城襲來。

「找到妳了，拉・芙莉亞・立赫班！」

伴隨撼動大氣的怒吼，從女武神銅像背後縱身跳下的，是個穿著俗氣銀披風的壯漢。

手臂、雙腿以及被鎧甲罩著的肩膀與胸肌都只能用粗壯形容。蓬亂紅髮和粗眉讓人聯想到獅子的鬃毛；從全身釋出的霸道男人味，簡直光看就令人窒息。

男子左手拿著老舊圓盾，右手則握有巨劍。劍長超過一公尺，在男子手中感覺卻比普通的劍還短。劍身厚得像魔族使用的戰斧，上頭還刻了精密的魔法紋路。

「啥！」

巨劍二話不說地劈了下來，察覺劍鋒直指自己天靈蓋的古城臉色驟變。

「受死吧——————！」

壯漢帶著強烈衝擊波揮下的這一劍，使得地面與石板道粉碎，更揚起白茫的煙塵。情侶群聚的寧靜公園立時變成哀號四起的戰場。

5

「喝啊！」

壯漢用蠻力拔出陷入地面的大劍，並用憤怒的眼神瞪了古城。

古城立刻抱起拉．芙莉亞，並且著地於離男子有四五公尺之處。

「溜了嗎！耍小聰明……！」

男子重新舉劍擺出架勢。誇張模樣令人聯想到中世紀的維京人，卻毫無破綻。他是個身手超乎預料的劍士。

不知道是想取公主性命的刺客，或者反對舉行和平紀念典禮的恐怖分子——無論來者為何，都是大意不得的危險敵人。

「妳退下，拉．芙莉亞！」

「是，親愛的。」

「……什麼稱呼啊，唉，算了。」

古城讓公主逃到自己背後，並且放低重心備戰。拉．芙莉亞倍加信賴地望著他那模樣，還乖乖地聽從指示。目睹那一幕的壯漢氣歪了臉。

「小子，你是吸血鬼嗎！傳聞中的第四真祖就是你對吧！」

「說這些的你又是什麼人？」

古城一邊對抗男子迎面而來的殺氣一邊反問。然而，對方卻回以猶如砲彈的狂砍猛劈代替答覆。

「憑你這種巴結王族之女的螻蟻，也敢問本王名號！」

「啥！」

古城勉強躲開利刃，男子卻只靠出招的衝擊波就將他震退一個身位。不凡的強橫臂力。

「好強……居然比奧斯塔赫大叔還猛……！」

高大塊頭使出的斬擊強勁無比，讓古城想起洛坦陵奇亞的殲教師魯道夫．奧斯塔赫。可是眼前這個壯漢的力氣，相當於靠強化鎧甲增幅膂力後的奧斯塔赫，或者更甚。男子出招憑的是血肉之軀才有的細膩身手，就算靠古城變成吸血鬼後的動態視力也無法完全看透。

即使如此古城仍躲開了攻擊，逼得男子激動大罵：

「小子，有種別躲！你這樣還算男子漢嗎！」

「別說傻話！不躲就死定了吧！」

「假如你好歹也是男人，就當面接我一劍！接不住便是該死！濺出你那一身屬於懦夫的血，喪命於阿爾迪基亞的大地！」

「大叔，你未免太不講道理了吧！」

古城對自說自話的男子感到傻眼，一邊仍躲個不停。為了保護公園裡的市民與拉．芙莉亞，縱使形勢不利也不能逃跑。在警方或軍方趕到之前，他必須設法拖住這名男子。

然而，古城那種消極的戰法卻讓男子更加火冒三丈。

男子的劍彷彿呼應他激動的情緒，被魔法的光芒所籠罩。

「好吧。既然如此，我已不認為你是值得對等交手的男子漢！我要把你當成毫無自尊的野狗給宰了。」

「！蠢貨，快住手！」

古城察覺男子劍裡蘊藏的爆發性魔力，表情為之僵凝。熱能龐大到難以相信那是由活生生的人類在操控。要是他濫施那樣的招式，公園裡的眾多普通市民也會遭受波及。

古城體認到自己避無可避，就解放了吸血鬼的一部分力量。

吸血鬼以本身血液供為寄宿的眷屬之獸——第四真祖的眷獸，在古城眼前將耀眼的金剛石結晶凝聚成形。「神羊之金剛（Mesarthim Adamas）」的結晶防禦壁能承受敵方攻擊，並直接將其反射回去。

「唔喔！」

壯漢一劍劈中金剛石形成的防禦壁，還對古城出乎意料的反擊發出野獸般的嘶鳴。飛濺的結晶相互碰撞並改換角度，化為無數侵襲男子的子彈。

男子迎面承受自己出招的威力，龐大的身軀因而震飛。單是古城反擊的餘波就掀開了地面，揚起滿天塵土。衝擊之強，即使令常人粉身碎骨也不足為奇。

「糟糕……下手太重了嗎……」

第四真祖召喚眷獸造成的破壞超出想像，使得古城臉色發青。就算對方是凶惡的罪犯，這樣實在是防衛過當了。

「還沒結束，古城！」

拉・芙莉亞從動搖的古城背後厲聲喝斥。古城嚇得抬起臉龐，就看見男子撥開飛落的瓦礫並起身站穩的身影。

「你撐過剛才那一招了……？」

「真正的男子漢，才不吃你這種軟弱野狗的招式！」

壯漢一邊吼著亂七八糟的歪理，一邊再次舉劍。古城將剩下的金剛石結晶全部化為砲彈，朝男子射了過去。可是……

「喝——！」

「什麼！」

男子用劍將不朽不壞的金剛石結晶打得粉碎。霎時間，古城認出了男子所用魔法的真面目。可是，太遲了。

古城還來不及反應，男子已經將他納入自己的劍圍。防禦壁被毀，古城擋不住對方的攻擊。

然而，男子揮下的劍卻沒有將古城劈開。因為從旁而來的銀色閃光將他的劍彈開。

「唔？」

「學長！」

男子的驚呼，與少女的清澈嗓音重疊在一起。

援救古城脫險的，是手持銀色長槍的雪菜。她應該是在尋找古城與拉．芙莉亞的途中，發現這座公園正發生騷動才趕過來的。

「姬柊，妳要小心！那傢伙用的招式是——」

「我曉得。那是匠英系統。」

再次換上制服的雪菜，在著地的同時舉槍備戰。她瞪向壯漢，眼神已完全進入認真的戰鬥態勢。經過剛才那一瞬間的攻防，她應該就看出對方是鬆懈不得的強敵了。

第四真祖那毀天滅地的魔力，基本上根本沒有武器能與之比拚。為數稀少的例外之一，正是魔法裝置「匠英系統」造出的擬造聖劍。經魔法連結（Link）的精靈爐會送來龐大靈氣，將尋常武器的威力提升至聖劍等級。

但那是阿爾迪基亞王國的最高機密，只有聖環騎士團才能動用。

而操控擬造聖劍的人絕不可能是無名的泛泛之輩。來者不知道是技術力與聖環騎士團比肩的組織成員，或者騎士團內部的叛徒。無論為何者，都鐵定是危險的敵人。

不過被雪菜用兵刃相向的壯漢，卻一反與古城過招時的態度，顯得大受動搖。

「慢著，小姑娘！妳為何要袒護那個男人！那傢伙原本正準備對旁邊的公主不軌，他可是男子漢不屑為伍的淫賊啊！」

「你這個想殺公主的恐怖分子少胡扯！」

男子血口噴人，使得古城反射性地回嘴。古城差點拜倒於拉．芙莉亞的誘惑是事實，但他沒有道理要被陌生的來襲者指指點點。

不知為何，男子卻對古城說的話反應過度。

「你、你說誰是恐怖分子——！」

「伏雷！」

雪菜使出迴旋踢，重重轟在變得滿是破綻的男子下巴。漂亮的一記偷襲，讓男子高大的身軀無法站穩。男子「嘎」地發出痛苦悶哼，原本護著胸口的左臂垂下。

雪菜沒有錯失機會，鑽到男子懷裡。接著她就在絕對無法迴避的零距離之內，用拳頭抵向男子的心窩。

「撼鳴吧！」

咒力轉換為物理性的打擊力之後，雪菜便出拳搗向男子。攻擊活體內部，連以強韌肉體為豪的獸人種也會被揍得昏死過去。這是專精對付魔族的劍巫在近身戰中的殺手鐧。

可是，傳來的異樣手感，卻讓招無虛發的雪菜臉色僵凝。

「唔喔喔喔喔喔！這點技倆算不了什麼！」

「什……！」

招式被男子反彈，使得雪菜的嬌小身軀飛了出去。

雪菜並未失手，也沒有被對方用上特殊的防禦技巧。男子只靠肌肉和毅力，就硬是撐過雪菜的打擊。

話雖如此，男子難免也大傷元氣。拉．芙莉亞朝著動作終於變慢的他伸出了右手。她身邊被青白色燐光籠罩，清冽的魔力開始旋流。

「——眾神的女兒宿於我身。以軍勢成擒。狂暴之徒聽令！」

「慢、慢著！拉．芙莉亞！」

男子聽出公主唱誦的咒語，嚇得瞪大眼睛。

拉・芙莉亞當然不會停止歌詠。操控精靈的公主生出了連大氣也要變白結凍的極凍寒氣。那陣寒氣化為小規模的龍捲風，從男子身旁吹過。

「住手……唔喔……！」

即使那是魔法所致，低溫的大氣本身仍屬單純的自然現象。即使擬造聖劍能讓魔力失效，也擋不住公主的攻擊。

壯漢的全身上下連著鎧甲一起變白結凍，這才完全停下動作。

「打倒他……了嗎？」

古城看了站著凍成冰像的男子，不安地問自己。

常人受到拉・芙莉亞凶惡的魔法攻擊，即使當場斃命也不奇怪，這個男子卻讓人覺得他不會因為這點傷害就死。頂多只是凍得失去意識才對。

「為什麼恐怖分子會曉得公主的下落？」

仍舉槍備戰的雪菜偏過頭。

有人要向身為公主的拉・芙莉亞索命並沒有什麼不可思議，即使如此，這次的襲擊仍讓人費解。她喬裝上街這件事，是在王宮中也只有一小部分人知情的機密事項。然而，為什麼男子會曉得拉・芙莉亞的下落？

還有，為什麼他不是要公主的命，而是針對陪同在旁的古城——

當古城等人無法對疑問理出頭緒時，有幾輛車開來停到公園前面。從車上下來的，是一群全身穿黑色做低調打扮的男子。雖然不曉得那是警方還是王室的警備隊伍，不過拉．芙莉亞的護衛似乎抵達了——如此心想的古城鬆了口氣。

可是，神色緊繃的黑衣男子們卻沒有趕到公主身邊，反而搶先衝向結冰的來襲者。他們眼裡浮現的是不安與憂慮，以及灰心之色。

「陛、陛下！」

「陛下，您沒事吧——！」

「不行。這是拉．芙莉亞大人的凍結魔法，用現有的裝備沒辦法解咒，立刻送陛下回王宮。聯絡宮廷魔導技師！動作快！」

黑衣男子們合數人之力扛起男子魁梧的身軀，舉步維艱地將他搬上車。古城和雪菜則是呆站原地，茫然地望著那些人的行動。他們倆搞不懂到底什麼是什麼。

「陛……陛下？」

雪菜連長槍都忘記要藏，還用恍惚的語氣嘀咕。

「陛下是用來叫國王的吧？表示說，那個人就是阿爾迪基亞的國王……？」

等一下——古城說著就捂了眼睛整理思路。他從頭回想來襲者現身於眼前之後，所做的言行舉止。對方是阿爾迪基亞的現任國王，就表示那人是拉・芙莉亞的父親。既然他看見自己溺愛的女兒正與異國吸血鬼貼在一起，還準備索吻，身為人父或許會發火。應該說，保證會發火。絕對會發火。

這是怎麼回事——即使古城存疑看向拉・芙莉亞，公主也只會一臉滿不在乎地微笑。

古城和雪菜互相看了彼此的臉，然後直冒冷汗。

朝著一國之主用眷獸魔力猛轟的世界最強吸血鬼；以及踹了國王下巴，還出拳揍在他肚皮的吸血鬼監視者。這樣的兩人同時放聲大叫。

「咦……咦咦咦咦咦咦——！」

當著守望的女武神銅像面前，銀髮公主嘻嘻地笑出聲音。

第四章 維爾特雷斯之夜

A Night In Verterace

1

設有落地窗的典雅露臺被午後和煦的陽光照耀著。

這是阿爾迪基亞王國的中樞，維爾特雷斯宮殿的中庭。沿著橢圓形大桌擺了椅子，古城等人都已入座。

「呵呵呵呵呵呵呵呵呵。」

隔著桌子，在古城對面有位身穿脫俗套裝的女子，肩膀發顫的她正優雅地笑著。對方有一頭和拉．芙莉亞極為相像的銀色秀髮。聽說近四十歲，但看起來遠比實際年齡年輕。大概是少女般純真的笑容所致。

開朗笑著的女性旁邊，有一臉像是在嘔氣的壯漢坐著。

他之所以會不時吸起鼻涕，似乎是慘遭冰凍造成的後遺症。這兩位便是阿爾迪基亞國王，盧卡斯．立赫班與其妻子，波麗芙妮雅．立赫班王妃。

「哎，好好笑。是嗎，所以你就受了那樣的傷啊？呵呵呵呵。」

王妃從身為丈夫的國王口中聽了事情經過，便愉悅似的笑個不停。能讓觀者感到幸福，既柔和又有魅力的笑容。輕柔氣息可以感覺到和夏音共通的特質。某方面來說，那應該也是當然的。畢竟她們是姊妹。

「根本沒什麼好笑。」

盧卡斯不悅地托腮說道。他的下巴貼了白色藥膏。被雪菜踹的傷已經得到治療了。那一腳的力道足以踢碎常人下巴，他卻貼塊藥膏就能了事，果真不是普通人。

「真的很抱歉。我還以為你是想對拉・芙莉亞不利的恐怖分子……」

古城說著便向國王深深行了禮。雪菜也同樣惶恐地低著頭。

而賠罪的話講到一半，盧卡斯就打斷古城他們。

「別直呼別人女兒的名諱！」

「咦咦……？」

你氣的居然是那一點喔？古城困惑地回望阿爾迪基亞國王。這時候——

「你不用道歉，古城。任誰看了都會覺得那是正當防衛。」

坐在盧卡斯旁邊的拉・芙莉亞說完，就用冷冷的目光看向父親。

哼——盧卡斯像孩子鬧脾氣一樣把臉從公主面前轉開說：

「想保護女兒的父親，不會受法律制約！」

「會從女兒的未婚夫背後出劍傷人的男人，才沒有資格自稱父親。」

拉．芙莉亞斷然把話說絕，使得盧卡斯「唔」地語塞了。

凪沙聽見他們父女倆的對話，就嚇得看向古城。

「未婚夫？原來古城哥是公主的未婚夫嗎！」

「呃，沒有──」

出聲表示「沒有那回事」的古城說到一半，就被盧卡斯用怒吼蓋過。

「我不認同！本王絕不承認什麼婚約！」

「又沒有什麼認不認同的問題──」

「啊～～啊～～！聽不見！我聽不見你講的藉口！」

盧卡斯用雙手摀著耳朵大吼大叫，無視古城的發言。與其說是難應付的父親，他這種舉動更像不聽話的小孩。感覺實在不是國王會有的表現。

另一方面，王妃則是微笑不絕地從容點了頭說：

「哎呀，有何不可呢？妳說是吧，崔妮？」

「是的。元老院之中也有不少人正在策劃，要讓公主殿下嫁給國內外的王公貴族。不過，假如殿下的未婚夫是第四真祖，他們就不得不退讓了吧。」

向王妃回話的，是一名隨侍在後的年輕女官。適合戴眼鏡又給人正經印象的祕書官。名叫崔妮的她發言以後，盧卡斯便氣得聲音發抖。

「那傢伙可是魔族啊！讓阿爾迪基亞王室的高貴血脈混進魔族之血，妳以為國民會接受這種醜事嗎……！」

「啥？這算什麼話！」

砰的一聲，淺蔥粗魯地踢開椅子站了起來。盧卡斯貶低古城的那些話，似乎觸怒她了。對於自豪在「魔族特區」長大的她來說，應該無法容忍阿爾迪基亞國王的歧視性言語。

「冷靜點，淺蔥！為什麼是妳在生氣啦！」

「我當然氣！我不懂什麼王室的血脈，可是用這種爛理由瞧不起別人的爛貨還能自稱為王，魔導先進國聽了都要笑掉大牙啦。」

「說得太好了，淺蔥。我也抱持同樣的想法。」

拉．芙莉亞對激動的淺蔥表示贊同，然後微微一笑。銀髮公主望著她的父親盧卡斯，露出冰一般的微笑。

「王家的血脈？基本上，若要談這一點，陛下您不也是他國平民出身嗎？」

「唔……！」

女兒拋來的辛辣言詞讓盧卡斯滿面通紅。然而，拉．芙莉亞在下一刻便恭恭敬敬地仰望盧卡斯，並且和氣地笑道：

「但是，我比任何人都敬愛這樣的父親，也為此感到驕傲。我國的民眾應當也是。」

「唔、唔嗯。」

盧卡斯被公主先貶後褒的話術玩弄，再也說不出什麼。

始終聽著兩人對話的波麗芙妮亞王妃露出微笑，直直地望向古城，然後若有深意地說：

「要自稱阿爾迪基亞之王，與生來所具的身分並無關係。只要受精靈庇佑的皇女，認同對方為伴侶──唯有這樣的人物，才會獲准得到國王名號。」

「是、是喔。」古城只能含糊地點頭。

「阿爾迪基亞的國民約有兩成是來自戰王領域的移民，除此以外，據說與魔族混種所生的人也占了一成左右，以上數據僅供參考。陛下對於剛才的歧視性發言，恐怕要盡早更正才好。」

崔妮拿出了平板電腦，還用公事公辦的口氣勸誡盧卡斯。歪著嘴的盧卡斯鄭重點頭，並用怨恨的眼神瞪向古城。

「我明白！本王不中意的並不是魔族，而是他本身！」

「可是，眾多國民好像不那麼認為。」

「什麼？」

盧卡斯不消片刻就受到反駁，便吃驚地回過頭。仍望著平板電腦的崔妮扶正眼鏡說：

「第四真祖在我國具有傲人的極高聲望與喜愛度，據街頭調查顯示，填選非常喜歡、喜歡、可以算喜歡的人合計為百分之七十四。相信第四真祖實際存在的國民超過九成。」

「咦？為什麼？」

聽了王宮祕書官報告，疑惑的反而是古城。以往從未拜訪過的國家，會有這麼多人對自己有好感，讓他一點也不明白原因為何。

「因為古城打倒了迪米特列．瓦特拉啊。對我們阿爾迪基亞來說，那一位是在過去幾百年來反覆挑起血戰的仇敵。」

拉．芙莉亞愉悅似的笑著回答。因為她這番話，古城到現在才想起來，阿爾迪基亞位於「戰王領域」與人類作戰的最前線。

長達數百年的戰爭，讓眾多阿爾迪基亞國民喪失了性命。

在那之中應該也有被瓦特拉殺的人。即使終戰後締結和約，人們仍不會忘記那段仇恨。

正因為如此，兩國的和平紀念典禮獨具意義，更有派系打算從中攪局。

在真祖大戰那一次，古城意外介入了他們之間的問題。後天的紀念典禮對古城來說，並不是與已無關的節目。

「哼。多管閒事。本王原本就已經拿定主意，遲早要讓那個戰鬥成癮又愛擺闊的傢伙人頭落地。」

盧卡斯說著便低聲咂嘴。「哎呀呀。」波麗芙妮雅王妃望著丈夫不服輸的臉龐，露出苦笑說：

「說是這麼說，古城和亞拉道爾決鬥時，你不是還拚命為他聲援嗎？」

「妳少胡……錯了！那只是因為他戰鬥的方式太不成氣候，讓人看不下去……！我可沒有聲援你這臭小子！」

盧卡斯滿臉通紅地朝古城大罵。古城則是搔搔頭向對方致意。

雖然不曉得當時盧卡斯是否就在現場，還是看了轉播，但他似乎也有目睹古城與亞拉道爾之間的決鬥。光是參與決鬥這種趕不上時代的行為就已經夠羞恥了，還被認識的人看見，如此的事實讓古城心裡越來越尷尬。

「請容我補充，第四真祖從魔導士工塑的奸計中救回公主殿下，並且替遇害的騎士們報仇雪恨一事，在我國也被盛大報導過。」

崔妮不管古城心慌，還淡然地繼續說明：

「當時獲救的公主殿下，便在真祖大戰中支持第四真祖對抗奧爾迪亞魯公，拯救了世界的危機——報導中更形容兩人的英姿，簡直像阿爾迪基亞建國時的傳奇之王與王妃一樣。」

「哎，只聽那一段，感覺確實是很棒的佳話。」

矢瀨苦笑著點頭。

淺蔥則蹙眉瞪了拉・芙莉亞問：

「公主……難道妳從最初就已經算計到這些……？」

「算計？妳在說什麼呢？我只是想幫朋友的忙喔。」

拉・芙莉亞洋溢著聖女般的微笑說。

淺蔥默默地聳了聳肩。無論公主意圖為何，阿爾迪基亞國民對第四真祖抱有好感是事實。縱使盧卡斯貴為國主，也無法輕易扭轉這樣的局勢。換句話說，他不能明目張膽地干擾拉・芙莉亞的婚約。

「王位呢！王位繼承權要怎麼辦！」

被逼急的盧卡斯神色緊切地追問女兒。

拉・芙莉亞擁有阿爾迪基亞王家的第一繼承權。要是她嫁給人在絃神島的古城，下任國王的寶座就成了空位。那將造成無謂的權力鬥爭，難保不會連帶削弱王室的向心力。那並非拉・芙莉亞所願才對。

「不是有蓉德和帕莎卡莉亞在嗎？」

拉・芙莉亞卻面色不改地給了答覆。她大概從一開始就準備好答案了。

「……誰啊？」古城忍不住反問。

「拉・芙莉亞公主的兩位妹妹。」雪菜在古城耳邊細語。

「妹妹？原來她有姊妹？」

「是的。雖然兩位應該都還是小學生。」

這樣啊——古城心服地點頭。由於兩位妹妹還不到登上外交舞台的年齡，便沒有拉．芙莉亞這麼知名。假如拉．芙莉亞拋棄王位繼承權，她們其中之一就會自動接位。但……

「哎呀，那可不行喔。」

對拉．芙莉亞的意見有異議的人，沒想到反而是波麗芙妮雅王妃。

王妃瞪了立刻想反駁的拉．芙莉亞一眼就讓她沉默下來，然後她帶著笑容望向古城。

「由一名國王治理兩個以上的國家，在歷史上也不算稀奇吧？古城，這點小事你辦得到的，對不對？」

「咦？呃，這個嘛——」

「當然了。因為古城承諾過，他會實現我的任何願望。」

拉．芙莉亞把古城欲說又止的話接了過去，並且斷然向眾人明言。

古城對擅作主張的公主無言以對。盧卡斯則發出不構成任何意義的驚呼。

「古城，你……」

「學長……」

「曉古城～～……！」

淺蔥、雪菜甚至紗矢華，都用鄙視的眼神朝古城看了過來。古城不負責任的發言似乎讓她們幾個傻眼到極點。

相反的，凪沙和夏音的反應卻意外良好。她們倆都臉紅地掩著嘴邊，還微微發出歡呼。

矢瀨則只是露出像在同情古城的表情，一面還賊賊地笑著。

於是古城終於回神過來搖頭說：

「我沒有說！我可沒有說任何事都能實現！」

「本王饒不了你！絕對饒不了你！假如你無論如何都要跟拉．芙莉亞成婚，就先打倒本王再談！」

盧卡斯氣得起身，還把手放到了腰際所佩的劍。

波麗芙妮雅王妃用笑容制止國王，並看似納悶地微微偏頭問：

「哎呀呀，你不是已經和古城打過一場，還敗給他了嗎？」

「那、那一場不算！剛才只是因為那個小姑娘和拉．芙莉亞替第四真祖助陣，本王才會一時不備，我還沒有輸！」

「在真正的戰場上敗陣之後，你也打算用這麼不堪的藉口？」

「唔……！」

王妃坦然道出的疑問，讓盧卡斯結凍似的僵住了。

波麗芙妮雅無意譴責丈夫，只是坦白提出她感到疑問的部分。正因如此，她的話深深傷了盧卡斯的心。也可以說王妃並不像太后或拉．芙莉亞那樣會玩弄心機，反而更加惡質。

而王妃仍帶著和氣的微笑，目光沉靜地望向國王問：

「基本上，你是不是忘了自己所用的擬造聖劍，是託誰之福才能發動出來？難道你想說自己會敗陣，是因為我的力量比不上那位小姑娘？」

「沒、沒有的事。」

阿爾迪基亞國王猛流冷汗，收回了自己的意見。

王妃確認丈夫已經完全沉默，便滿意似的看向古城。

「那麼，我很慶幸能談成這門美好的親事。」

「等……等一下。妳先等等。」

古城折服於王妃的謎樣魄力，卻還是打斷了她的話。他對王妃滿懷期待的眼神產生罪惡感，收斂表情說：

「拖到現在是不好啟齒，但我完全沒有跟拉．芙莉亞訂婚的意思——」

「臭小子！你對本王的女兒有什麼不滿！給我說！」

古城話還沒講完，盧卡斯就捶桌站了起來。他無意允許古城跟女兒結婚，卻好像也不能接受女兒被甩掉。

「唉，這個大叔好麻煩……」

古城如此嘀咕以後，就生厭地嘆息。波麗芙妮雅王妃望著古城的反應，看似愉快地嘻嘻笑了出來。

「我明白。這是我們女兒為了牽制元老院謀劃的政治婚姻，才安排好的局吧？」

「……咦？」

「這麼做形同在利用你，真的很抱歉。我無意逼你們成婚，所以請你放心。」

啊，好的——古城鬆了口氣似的點點頭。

他目光一轉，看向拉・芙莉亞那邊，公主鬧脾氣般鼓著腮幫子的模樣便映入眼簾。大概是自己的策略被看透讓她不服氣吧。

「母親大人果真高明。您從最初就明白一切呢。」

「當然了。我可是妳的母親喔。」

拉・芙莉亞嘟著嘴唇問，波麗芙妮雅則是呵呵輕笑，並且得意地對她挺起胸脯。

凪沙和夏音聽完她們的對話，似乎也總算理解狀況了。她們倆露出了夾雜安心與失望色彩的複雜表情。矢瀨稍微寬心似的苦笑，淺蔥和紗矢華也將戒心解除了一點。

波麗芙妮雅似乎就趁著緊繃氣氛得到舒緩的這一瞬空檔，輕輕地拍手說：

「話說回來，生小孩還是要及早才好呢。古城，你想生男孩還是女孩呢？假如是你跟拉・芙莉亞生的孩子，肯定很可愛。」

王妃帶著無邪笑容表示「真期待呢」，還向古城尋求贊同。拉．芙莉亞故作害羞地把手湊在臉頰，而盧卡斯動搖得說不出話，只能像金魚一樣將嘴巴開開闔闔。

「你們幾個……根本就聽不懂人話啊啊啊——！」

王妃比拉．芙莉亞更想讓生米煮成熟飯，使得古城忍不住放聲大喊。

雪菜來回看著古城與王妃，面無表情地嘆了氣。

2

停留於阿爾迪基亞王國的第三天——

當天近傍晚以後，古城等人再次拜訪了維爾特雷斯王宮。因為王妃親自邀請他們參加和平紀念典禮的預祝活動。

古城和矢瀨是穿跟前天一樣租來的晚禮服，不過女生這邊各自換了新的雞尾酒裙。她們是在白天到拉．芙莉亞介紹的王室御用店家挑好衣服穿來的。

已經習慣社交的財閥當家矢瀨、政治家的女兒淺蔥，還有隨遇而安的夏音，他們的表情都一如往常。相對的，凪沙顯然掩飾不了緊張。穿不慣的高跟鞋，以及背後鏤空一大片的禮服，好像難免會令她介意。

不過——

「好……好厲害喔。滿滿都是高峰會或其他大活動上會見到的人耶！像是別國國王、總統、大臣、大企業的董事長……！」

一到派對現場，凪沙就興奮得用發亮的眼睛四處張望。

因為是王宮舉辦的晚會，招待的賓客自然全都是世界名人。連對國際政治不感興趣的古城也認得的臉孔到處可見。

「居然被請來王宮參加派對。再沒有比這更不適合我們的場合了。」

「反正是只邀了王室親友的私人晚會，有什麼關係？又沒有人認識我們，安分點就不會出問題了吧。」

矢瀨退縮似的發起牢騷，淺蔥便淡然地朝他拋了一句。

實際上，會場裡氣氛融洽，與講究形式的嚴肅氣息，或者繃緊神經的緊張感沾不上邊。參加者臉上也一律顯得輕鬆愉快。大概是反映了主辦晚會的阿爾迪基亞國王——盧卡斯・立赫班毫不矯飾的為人吧。

「那麼，狀況如何？」

淺蔥把臉湊到矢瀨耳邊低聲問道。矢瀨瞥向別在外套袖口的偵測器，然後聳了聳肩。

「不愧是以魔導技術聞名的阿爾迪基亞王宮，好猛的魔術結界。竊聽和偷拍都被澈底隔絕，感覺要從外部入侵也幾乎不可能。」

是嗎──淺蔥點點頭。

「這裡對付駭客的措施也很有一套。有幾道防火牆連我都覺得棘手。總之我是讓摩怪入侵，要它蒐集軍方與騎士團的情資，不過阿爾迪基亞國民對第四真祖有好感的說法，似乎並不是謊話或誇大。他們對王室也有篤厚的忠誠心呢。」

「看來暫且不用擔心恐攻或暗殺。」

矢瀨無力地嘆氣。淺蔥他們幾乎無理取鬧地跟來阿爾迪基亞，就是怕古城被恐攻波及。古城是他們倆寶貴的朋友，同時卻也是絃神市國唯一的最強戰力，更可稱其為獨立自治權的關鍵。絕不能讓古城在阿爾迪基亞受事件波及，甚或失去他的狀況發生。正因如此，淺蔥他們為了協助古城才專程偕同來到阿爾迪基亞。

既然沒有麻煩事出現，那當然最好，不過兩人因此閒了下來也是事實。

「我們要不要先吃飯呢？」

「也好。難得有一票這麼正的女僕，我去跟她們親近一下。」

「你很差勁耶。」

「為什麼啦！這是打聽情報的基本吧！」

矢瀨被淺蔥用冷冷的目光看待，便有些賭氣地找藉口。於是——

「不好意思。」

突然間，有人朝這樣的矢瀨搭話了。是個剛邁入老年的高大黑人男子。

「這位莫非是矢瀨家的新當家？」

「泰修拉會長？你是紐斯特里亞投資銀行的——」

矢瀨端正姿勢並轉身面對男子。努諾・泰修拉是在國際金融界廣為人知的企業家。活動範圍是以包含阿爾迪基亞在內的歐洲方面為重心，但最近也在絃神島及亞洲等地的事業下了工夫，和矢瀨家的財團更是關係深厚。

「您記得我啊。上個月那件大型精靈爐的案子，能順利談妥真是太好了。然後呢，其實我這裡有條值得一聽的新情報——」

「是、是嗎……」

矢瀨露出緊繃的客套笑容，陪泰修拉談起生意。淺蔥認為事情會談很久，就丟下矢瀨走向擺著菜餚的桌子。

不愧是王宮主辦的晚會，餐點豪華得嚇人。素材不只高級，更經過精心調理。當淺蔥由衷猶豫著該從哪一道菜開動時，眼前就出現了熟面孔。有著棕色肌膚的修長外國人。

「『該隱巫女』嗎？」

男子訝異地挑眉。

意外的人物出現，讓淺蔥微微地板起臉孔。她沒想到會在這種地方遇見知道自己真面目的吸血鬼。

「晚安，裴瑞修．亞拉道爾議長。我想，這應該不算巧遇吧。畢竟和平典禮另一邊的主角，就是你們『戰王領域』。身為帝國議會議長的你出席典禮，反而是理所當然。」

「關於我的部分正如妳所言。令人意外的是妳，『該隱巫女』。」

黑長髮的吸血鬼用正經口吻這麼說道。「戰王領域」帝國議會議長裴瑞修．亞拉道爾。據說連迪米特列．瓦特拉也要敬其三分，強大的「舊世代」吸血鬼。明天要代理第一真祖「遺忘戰王」出席紀念典禮，沒有比他更合適的人選。

而亞拉道爾正用險惡的臉色瞪著淺蔥。

「阿爾迪基亞王家會招待第四真祖可以理解。第二真祖及第三真祖的部下，應該也會在明天抵達這個國家。然而，妳來這裡未免太過輕率。」

「這話是什麼意思？」

淺蔥毫不畏懼地反問回去。

不知為何，亞拉道爾似乎是認真地在擔心淺蔥。話雖如此，忽然被形同初次見面的人說教，心情不可能會好。

「告訴妳，支撐著第四真祖領『曉之帝國』的乃是妳本人，對於這樣的事實，妳應該更有自覺一點。第四真祖的戰鬥力確實具威脅性，但曉古城獨自能辦到的事情有限。因為他並沒有吸血鬼的眷屬。」

亞拉道爾說著便憂鬱似的嘆了氣。

「即使如此，含日本政府在內的所有國家沒對絃神島出手，是因為有操控『聖殲』之力的妳在。實際上，在絃神島的妳比第四真祖更具威脅性。因為實屬魔具的整座人工島，會操控一切的偶然與必然來保護妳。」

「而我大搖大擺地離開島上，讓你很意外？」

淺蔥自信地露出笑容，並仰望亞拉道爾。

黑髮吸血鬼一臉不悅地點頭了。

「與其說意外，更應該稱作輕率。為了斷絕未來的禍根，我甚至在思索是否該趁這個機會殺了妳。」

「你要不要試試自己是否能辦到？」

哼哼——淺蔥挑釁地問。亞拉道爾眼中浮現了困惑之色。

「什麼？」

「裡與外的概念意外模糊喔。在現實世界裡，又不像地圖一樣畫有邊界。比如國外大使館的建地，不就視同本國土地嗎？」

「確實是如此。」

亞拉道爾不甘願地這麼告訴淺蔥，一邊觀察她。淺蔥和氣地微笑，並且光明正大地迎面承受在「戰王領域」實力位居前茅的怪物視線。

經過好似要讓人窒息的沉默以後，先轉開視線的是亞拉道爾。

「原來如此。看來妳並不是毫無準備就離開了島上。方才的發言是我失禮了，我向妳謝罪。」

「不會。謝謝你為我擔心。」

黑髮吸血鬼承認了自己的不是，淺蔥也對他道出感謝之語。

亞拉道爾自嘲似的露出苦笑說：

「我並不是在擔心妳，只是想避免無謂的混亂。多虧瓦特拉不在了，戰王領域內部也有些紛爭，偏激派變得動作頻頻。這代表以抑止力而言，那個戰鬥狂(Battle Mania)在過去多少有所貢獻。」

「意思是，紀念典禮有可能遭受襲擊？」

淺蔥刻意將亞拉道爾暗示的情報說出口做確認。

哎——黑髮吸血鬼含糊地點頭回答：

「很遺憾，我不能完全否認。雖然在戒備森嚴的典禮會場，恐攻得逞的可能性本來就無比接近於零——」

「原來如此。這我可以充作參考。」

淺蔥理解似的嘀咕以後，又想對亞拉道爾多答謝一次。

就在隨後，亞拉道爾似乎察覺了什麼，便瞇眼露出銳利的目光。

會場某處發出了玻璃被打碎的聲音。

亮麗的大廳照明忽然轉暗，還傳出好幾道尖叫聲。

3

古城和雪菜站在王宮大廳牆際，茫然望著派對的景象。阿爾迪基亞的通用語言自是不提，古城連英文也說不好，就沒辦法向陌生的參加者隨意搭話，結果便閒得發慌。

當然，只要古城主動報上第四真祖的名號，狀況應該會有一百八十度的轉變。然而，他拒絕做那種招搖的舉動。還不如無所事事地待在會場角落，感覺好得多。

另一方面，在古城他們旁邊，凪沙和夏音正在跟年幼的少女們玩耍。儘管雙方只會阿爾

迪基亞語和日文的隻字片語，意外地還是能設法溝通。

凪沙講話穿插了大動作的比手畫腳，讓少女們笑得打滾。長相宛如夏音變得更年幼的一對銀髮雙胞胎。蓉德．立赫班以及帕莎卡莉亞．立赫班，聽聞是拉．芙莉亞的妹妹。

「……很不自在耶。應該說，感覺有莫名其妙的視線。」

古城緩緩地嘆氣並發出嘀咕。

凪沙似乎在講跟古城有關的話題，銀髮雙胞胎帶著憋笑般的表情，朝古城這裡偷瞄。與其說那是在瞧不起他，更像同情、羨慕與憐憫適度調和後，顯得難以言喻的表情，還摻雜了對雪菜的一絲尊敬之念。

到底在聊什麼啊？古城隱約感到不安，但他介意的當然不是她們的無邪視線。讓古城神經過敏的，是瀰漫於會場的那些充滿戒心及猜疑的目光。

「因為有來歷不明的蠢男人黏在王族身邊啊。」

朝臉色苦悶的古城搭話的人，是推著一車餐點的紗矢華。她穿的並非禮服，而是為王宮服務的女侍制服。長及腳踝的窄裙與大尺寸泡泡袖，和高挑的紗矢華十分搭調。

「有必要罵我蠢嗎！煌坂，話說妳怎麼會在這裡當女侍？」

「不這麼做就不能把『煌華麟』帶進會場啊，我有什麼辦法。其實我也希望和雪菜一起行動。」

紗矢華指著手推車，嘔氣似的鼓著腮幫子說。

銀色手推車的頂板背後，裝著她專用的銀色長劍武神具。雖然只是用鐵絲硬綁上去的，看來倒也像精心設計的裝飾。

除古城等人以外，在派對會場還有日本政府派來的幾名重要人物。紗矢華為了保護他們，才扮成女侍在會場裡巡邏。

「對不起。只有我領到了偽裝用的樂器。」

雪菜望著擺在腳下的大提琴，體恤似的對紗矢華說道。

派對參加者並不只政治家與企業家，也有許多知名影星和音樂家。會場裡還可看見現場演奏的樂團人員。或許是因為這樣，即使雪菜帶著樂器盒，也沒有人對此在意。

「雪菜這樣就好啦。畢竟妳這件禮服可愛嘛！」

紗矢華眼神認真地強調。她那一如往常的態度讓雪菜困擾似的回答：這不能算理由。

不過事實上，黑白雙色的雞尾酒裙形象清純，雪菜穿了合適到不能再合適，肯定也是她不讓人起疑的原因之一。沒有任何人覺得如此嬌憐的東洋少女會是與王室無關的普通人。

「偽裝用的樂器？盒子裡不只放了『雪霞狼』嗎？」

古城忽然對雪菜說的話感到好奇，便問了一句。是的——雪菜點頭說：

「為了通過搜身，『雪霞狼』是藏在大提琴裡面。實際上也可以演奏。」

「是喔……欸，姬柊，原來妳會拉大提琴？」

「呃，沒有，我算是做了一點練習，其他都要靠內藏的自動演奏功能應付。」

雪菜說著便害羞地垂下目光。

「自動演奏……獅子王機關太強了吧……」

與其說古城佩服他們的技術，工作人員多餘的講究更讓他感慨地嘀咕。

「可是，妳說妳練習過，就表示會一點點吧。下次彈給我聽嘛。」

「咦！不、不行。怎麼可以，我真的拉得一點都不好……」

雪菜臉紅搖頭。對於做任何事都不出差錯的她來說，會有這種反應挺稀奇。古城尋開心似的對雪菜的反應笑著說：

「不用那麼介意吧，每個人一開始都是生手啊。」

「可、可是，我還是會覺得不好意思。」

「一下下，一下下就好。我會對凪沙她們保密的啦。」

「為……為什麼學長要這麼強硬嘛……真是的……」

雪菜咬著嘴脣，往上瞟向古城。古城則當著她面前雙手合十說：

「拜託。下次我們獨處時試試看嘛。」

「假如學長願意保密……真的就一下下而已喔……！」

「——等一下！大提琴嗎？你們談的是演奏大提琴對吧！」

不知道紗矢華是怎麼想歪的，她急忙打斷古城和雪菜的對話。古城和雪菜不明白她心急的理由，都愣著偏過頭。

這時在古城身旁泛起了一股亮麗生輝的氣息。

穿著豔麗銀色禮服的拉．芙莉亞一邊揮手一邊走來。

「呵呵，派對是否讓各位玩得愉快呢？」

公主依偎似的站到古城旁邊，微笑問道。

被她用胸前雙峰貼著上臂，古城全身都僵掉了。會場中的男性目光成了嫉妒地朝古城捅來的利刃。

「這樣好嗎，拉．芙莉亞？引起注目了喔。」

與其說為求自保，古城介意拉．芙莉亞的立場，便問了一聲。

古城並沒有借鑑紗矢華剛才的台詞，他是擔心拉．芙莉亞和身分不明的少年親近，會害她身價下跌。

拉．芙莉亞卻帶著使壞的臉孔，愉快似的呵呵笑道：

「這樣才好喔。多虧如此，元老院的那幾位起碼還要安分兩年。這是古城的功勞。」

「才兩年而已啊。」

古城臉色苦悶地回望公主。

為了妨礙政治婚姻的壓力，即使她策劃得如此周密，效果也只能保持短短兩年。古城似乎現在才被事實震撼到。

不過拉．芙莉亞卻說了聲「哎呀」，並且表情從容地微笑道：

「只要古城在兩年內成為我真正的未婚夫就好啦，這麼賭並不會划不來喔。有兩年時間都能生兩個小孩了。我們加油吧。」

「拜託妳別來這套，我說真的。就算是玩笑話也太惡質了。」

古城態度軟弱地向拉．芙莉亞抗議。拉．芙莉亞則不可思議似的望了古城，表情像在說：我明明沒有開玩笑。

紗矢華聽著古城和公主的互動，便疲倦地微微嘆氣。她沒有想像中那麼慌張，大概是因為對拉．芙莉亞的性格差不多已經習慣了。

「小、小孩……」

基於其他緣故而慌張的是雪菜。或許她想起了大約三週前遇見的那個與自己十分相像的少女。雪菜仰望古城的臉龐，紅著臉搖搖頭，像在告訴自己：不可能有那種事。隨後——

「學長！」

突然間，雪菜蹦也似的抬起臉。幾乎同一時間，拉．芙莉亞和紗矢華也現出警戒之色。

他們察覺到派對現場的狀況有異。

「怎麼搞的，這種噁心的感覺是……？」

目眩般的空間震波來襲，使得古城站不穩。這股波動和南宮那月使用空間移轉（Teleport）造成的餘波類似，感覺卻粗糙又令人不適多了。

「空間操控魔法……！有東西被傳送過來了！」

雪菜發現會場四處出現魔力的光芒，便出聲叫道。她立刻打開大提琴想取出長槍，卻被拉．芙莉亞悄悄阻止了。

「慢著，雪菜。妳現在不能有動作。」

「可、可是……」

雪菜訝異地望向拉．芙莉亞，但銀髮公主只是靜靜搖頭。

於此期間，好幾道傳送門（Gate）在王宮大廳打開。有巨大怪物強行將門打開，並從中現身。

那是全長達七八公尺的奇怪生物。具有被堅硬皮膚保護的強韌四肢，背後讓凶惡且尖銳的甲殼包覆著。猶如遠古肉食恐龍的頭部，長了鋸齒狀的成排銳利獠牙。即使形容得含蓄，其外觀仍凶猛得嚇人。

「這些傢伙是魔獸嗎……？」

察覺怪物真面目的古城驚呼。身為生物卻能操控魔力，從正常進化鏈跳脫出來的謎樣存

在。當中還不乏像利維坦或Ⅸ4那樣凌駕於人類武器的驚人怪物。

「是塔拉斯克呢。主要棲息於西歐的魔獸。能讓巨船沉沒，令城市毀滅，危險度Ⅵ──據稱可以匹敵吸血鬼眷獸的怪物。」

回答古城疑問的人是拉．芙莉亞。她的嗓音冷靜得教人傻眼。

「魔獸？為什麼那種東西會透過空間移轉出現？」

「塔拉斯克是凶暴的魔獸，卻具有高智能，從小馴養就能讓牠們聽從命令。據說在現代仍有一部分國家會養來當成動物兵器，這當然違反了禁止將魔獸利用於軍事的聖域條約。」

「表示有敵人送了動物兵器過來嗎……！」

總算理解狀況的古城歪了嘴。想當然耳，棲息於遠方的稀有魔獸，並不可能湊巧出現在阿爾迪基亞的王宮。這是某個主使者以人為手段將牠們送來的。目的自然就是要妨礙明天的和平紀念典禮才對。

在這座會場，不只有阿爾迪基亞的王族，還聚集了預定出席典禮的各國重要人物。在他們之中若是出現犧牲者，要舉行典禮大有可能變得困難。屆時恐怖分子就會達成其目的。

「紗矢華，回崗位執行妳的任務。不用擔心夏音和凪沙，聖環騎士團會保護她們。」

「好、好的！」

紗矢華從手推車抽出長劍之後，便聽從拉．芙莉亞的命令拔腿急奔。她趕去保護政府的重要人物了。

潛入派對會場的護衛並非只有紗矢華。

趁著阿爾迪基亞的騎士團員們湧進大廳引開魔獸（塔拉斯克）時，不知從何出現的各國攻魔師便趕緊讓自國的重要人物去避難。儘管有魔獸透過空間移轉出現，對於突發狀況仍因應迅速。阿爾迪基亞王家早就料到派對會場將遭受襲擊，拉．芙莉亞能保持平靜恐怕也是因此所致。

「雪菜，妳就用這副打扮對四周保持警戒。魔獸來襲，恐怕是為了讓會場混亂的障眼法。安排這場騷動的主使者，應該另有目的。我不想讓對方得知妳的真實身分。」

「……難道說，魔獸是誘餌……？」

雪菜板起臉，並且朝派對會場看了一圈。

寬廣的王宮大廳裡，聚集了含護衛、服務人員在內的一千多人。即使操控魔獸的恐怖分子就混在他們之中也分辨不出。

因此，拉．芙莉亞才叫雪菜不要動，為了保留雪菜這份戰力以對付敵人的奇襲。

所幸之前跟拉．芙莉亞兩位妹妹玩耍的凪沙和夏音已經由王宮的騎士團員率先保護並完成避難了，表示雪菜不必另外保護她們。

「我要做什麼才好？」

古城代替被指示待命的雪菜問。

拉・芙莉亞笑著似的瞇眼看向古城。她會邀古城來阿爾迪基亞正是要防備這樣的事態。

「麻煩你排除魔獸。畢竟，你的能力不適合用於護衛。」

「無妨嗎？」

古城開口確認，銀髮公主便微笑著向他點頭。古城擁有的第四真祖眷獸力量強大。假如在建築物裡將其解放，肯定會對周圍造成損害。

「些許的損失就不予追究了。人們的安全才是第一要務。」

「了解！妳可別忘記這些話喔！」

古城提醒公主，並且衝向大廳中央。會場出現的魔獸共有八頭。負責警備的騎士們正勇敢地持續交戰，但魔獸數量太多了。頂多只能將那八頭分開，再絆住牠們的腳步。

不過會場裡的混亂意外地少。因為晚會所招待的貴賓，全是世界一流的大人物。幾乎沒有人形象全失地尖叫失措。

他們一邊悠然觀察發狂的魔獸，一邊聽從護衛們的指示靜靜地避難。古城便代替那些貴賓站到魔獸跟前，還挑釁似的往上瞪了那巨大的怪物。

他對著回頭的魔獸伸出右手，將抑制住的魔力予以解放。

「迅即到來，『雙角之深緋』(Alnas Minium)——！」

古城從全身噴發魔力，造出了轟然旋流的暴風。那陣暴風扭曲大氣，化為深緋色的召喚獸身影。第四真祖的第九號眷獸——司掌超振動與暴風的雙角獸（Bicorn）。

遙遙凌駕魔獸的深緋色巨軀，發出了猶如音速戰鬥機飛翔聲的震耳咆哮。其吼聲變成衝擊波砲彈，迎面對魔獸造成劇烈的衝擊。

重量超過十噸的兩頭魔獸一塊震飛了。

可是，古城用眷獸帶來的破壞並不只如此。

貫射魔獸的衝擊波子彈打穿了王宮外牆，在中庭刻下巨大的爆炸痕跡。炸飛的甲殼碎片像散彈槍子彈一樣迸射開來，從背後撲向其他正在與魔獸交戰的騎士團員。爆壓餘波讓大廳裡的玻璃悉數碎散，還倒了好幾根石造的樑柱。景象已讓人分不出誰才是恐怖分子。

「搞、搞什麼嘛，曉古城！你想連我們都殺掉嗎！」

差點被古城這招波及的紗矢華揮劍抗議。

「就算弄成這樣，我也拚命在克制力量了啦！」

古城一邊費心操控大肆發威的魔獸一邊開口辯解。第四真祖的眷獸強大過頭，最擅長不經分別的大規模破壞，可是一旦要壓抑威力，操控的難度就會大幅上升。如果稍有鬆懈，眷獸難保不會瞬間失控。

即使如此，古城仍設法安撫雙角獸，並成功讓第三頭魔獸無力化。籠罩超振動波的雙角獸蹄將魔獸驅散，使其昏死過去了。和一開始的攻擊相比，對四周造成的損害也較少。頂多只在王宮大廳的地板弄出直徑廣達十公尺的下陷而已。

「小子，別打倒了兩三頭魔獸就得意！本王還沒有認同你！」

盧卡斯．立赫班原本正指揮騎士團和魔獸作戰，卻因為獵物被搶而氣得跺腳，表情十分不甘心。

「現在不是說這些的時候吧！」

古城發現有新的魔獸從阿爾迪基亞王背後逼近，便吼了回去。

盧卡斯轉身舉起大劍備戰，然而魔獸實在太大了。縱使有擬造聖劍的恩惠，那並不是能規規矩矩地正面迎戰的對手。

即使如此，盧卡斯仍舊不退。他自信地笑著瞪向進逼的魔獸。

魔獸似乎懾於盧卡斯那樣的視線，唐突地停下了腳步。眼前的離譜景象讓古城無言以對。盧卡斯光是散發鬥氣就當眾嚇阻了魔獸。

而且——

「舞吧，『暴食者(Choulah)』！」

在古城茫然注視之下，魔獸的巨軀噴出了鮮血。從虛空出現的成群短劍如冰雹一般，朝魔獸灑落而下。

操控黑色短劍的是黑長髮吸血鬼。

「亞拉道爾！」

「這麼做雖有僭越之處，也讓我提供一份助力吧。可以嗎，阿爾迪基亞王？」

亞拉道爾全然無視於訝異的古城，還向盧卡斯問道。

阿爾迪基亞王放下大劍，鄭重地點頭說：

「嗯。塞維林侯，感謝你充滿男子氣概的這番話。」

「你的態度會不會跟對待我的時候差太多！」

古城瞇著眼瞪了對亞拉道爾參戰致謝的盧卡斯。與其說國王明顯偏心，不如說這才是正常的反應。用滿懷敵視心理的態度對待古城才叫異常。

「囉嗦！我才不會把女兒嫁給你這臭小子！有意見就來打倒本王！」

「不就跟你說現在不是扯那些的時候了！」

「——古城！小心後面！」

當古城和盧卡斯為了沒營養的事情鬥嘴時，突然間，有新的怪物從他背後出現。第九頭魔獸靠空間移轉現身了。

然而，因為別人出聲警告而回頭的古城，卻看見魔獸被深紅子彈射穿，然後變成巨大鹽塊瓦解崩落的身影。

「淺蔥！妳怎麼……會有這種力量……？」

古城望著打倒魔獸的淺蔥，聲音沙啞地問道。

淺蔥所用的是改寫世界的禁忌魔法——「聖殲」。理應只能在絃神島上動用的「聖殲」，她卻在阿爾迪基亞的這塊土地上當眾使出來了。

「我懂了。存放於網路的資料，適用的是伺服器所在地的法律。妳透過網路，發揮了絃神島身為魔具的力量。」

亞拉道爾嘀咕的內容，回答了古城的疑問。黑髮吸血鬼凝視著淺蔥用右手拿的智慧型手機。在那小小的畫面上，有個醜布偶造型的人工智慧化身正挖苦般笑著。

「答對了。你果真厲害，亞拉道爾先生。基本上，透過手機能用的力量實在有限，頂多只能保護我自己。」

淺蔥說著便晃了晃手機給對方看。

換句話說，淺蔥是利用魔法原則的脆弱性，在絃神島之外也一樣將「聖殲」重現出來，似乎就這麼回事。

「漂亮，『該隱巫女』——原來如此。妳確實有本事和瓦特拉分庭抗禮。」

亞拉道爾帶著夾雜傻眼和讚賞的臉色嘀咕了。

「是啊。難怪我寶貝的拉．芙莉亞會認同這個情敵。她可愛聰明又可愛。」

對他那句話表示同意的人，則是用悠哉腳步走來的波麗芙妮雅王妃。好像是為了提供擬造聖劍發動所需的靈力給眾騎士，她才刻意留在淪為戰場的大廳。

「咦，不是啦，沒有那種事……我哪是什麼情敵……」

「呵呵，我也不能輸呢。精靈啊，拜託你們——」

王妃對害羞的淺蔥和氣一笑，隨手就使出了魔法。那和拉·芙莉亞在公園用過的凍結魔法一樣。可是，威力卻差了一大截。存活的四頭魔獸都凍成白色，動作也逐漸遲緩。

「原來這就是阿爾迪基亞王家的力量……」

大顯身手的國王與王妃令士氣振奮，動作變慢的魔獸便不是騎士們的對手。騎士團的活躍讓魔獸立刻無力化，使得古城暗自咂嘴。

雖說有古城以及亞拉道爾等人協助，打倒九頭魔獸花不到五分鐘。阿爾迪基亞王家何止沒有信用掃地，彷彿還反過來將評價拉抬上去了。

「這樣就結束了？哪裡會呢。」

會場中每個人都認為恐怖分子發動的襲擊應該失敗了，唯有拉·芙莉亞在這種局面中仍未放鬆戒心，環顧著會場之內。

而她唯一的死角——拉·芙莉亞本身腳下，突然有空間移轉用的傳送門開啟。

「原來如此。對方的目標是我啊——」

銀髮公主到最後仍冷靜地這麼嘀咕了一句。

正常來講，要感應空間移轉這種大規模魔法的兆候並不難。拉．芙莉亞沒有道理受制於如此單純的陷阱。

可是，連續傳送九頭大型魔獸以後，對這一帶的空間造成了劇烈搖晃。再加上古城與亞拉道爾，甚至淺蔥及波麗芙妮雅都令龐大魔力四射飛散，大廳裡充斥著高密度的魔力。結果，連拉．芙莉亞都無法感應到有陷阱存在。動用九頭魔獸襲擊，就是為了聲東擊西讓拉．芙莉亞一個人中伏。

「拉．芙莉亞！」

察覺有異的古城喊了出來。可是，此時公主的身體已完全陷入傳送門。

「唔！」

「雪菜！」

紗矢華短短地尖叫了一聲。因為在吞下拉．芙莉亞的傳送門關閉之前，雪菜就衝進那道門了。雪菜的身影如蜃景般搖曳，就這麼逐漸消融於虛空之中。

「姬柊！拉．芙莉亞！」

在拚命趕到的古城眼前，傳送門無聲無息地消失了。漣漪般的空間波動也轉瞬即逝。

「姬柊和拉．芙莉亞，居然……被抓走了……」

「怎麼會……為什麼會這樣……」

古城和紗矢華杵在雪菜她們消失的地點，無力地發出嘀咕。

沒有人對他們應聲，只有駭人沉默充斥於荒廢的大廳。

4

古城等人回到特諾提亞離宮，是將近深夜零點的事。

拉・芙莉亞與雪菜被擄，阿爾迪基亞已出動軍方與警方搜索。古城等人留在王宮，也只會妨礙到他們。

儘管腦袋明白這一點，內心卻依舊放不開，就這麼拖著疲憊的身體到房間。侍女長出來迎接的冷漠態度，反倒令人感激。

「已經上新聞了啊。」

衛星播送的新聞頻道上，正反覆播出王宮遭受襲擊後的影像。眼熟的大廳顯示在畫面，讓古城忍不住眉頭深鎖。

「把犯罪聲明連同存證的影片廣發給媒體，是恐怖分子常用的手段啦。」

矢瀨用彷彿事不關己的口氣應聲。實際上，犯案組織的犯罪聲明，似乎在王宮遭受襲擊

後就公開到網路的影片網站了。電視台播放的魔獸出現畫面，也是犯案組織上傳的。

「畢竟襲擊王宮還成功劫走公主，對犯人來講算戰果豐碩啊。沒有不宣傳的理由嘛。」

淺蔥懶洋洋地一邊把玩手機一邊說道。心情明顯不好，大概是她本人就在現場，卻被恐布分子擺了一道所致。

古城也一樣覺得不甘心。

拉．芙莉亞在事前就警告過古城：派魔獸襲擊是誘餌，犯人另有目的。古城卻沒有把她保護好。要說拉．芙莉亞自己也沒有看透敵人的計策，便是不得已的藉口。因為將魔獸全部打倒後的那一刻，古城有所鬆懈仍是事實。

「雪菜……」

夏音祈禱似的將雙手交握在胸前，微微地嘀咕了一句。

凪沙湊向古城，臉色認真地問：

「古城哥，不會有事的，對不對？雪菜不會被殺，也不會遭遇凶險吧？」

「這……」

古城什麼也回答不了。因為連抓走雪菜她們的犯人叫什麼名字，古城都不知道。對方打算如何處置雪菜和公主，當然沒有人答得出來。

「哎，姬柊學妹的話，我想是不用擔心啦。假如那幫人懂得盤算，就不會傷害第四真祖心愛的——不對，傷害跟第四真祖有關係的人，搞出特地與世界最強吸血鬼為敵的花樣。」

矢瀨大概是想讓凪沙放心，就故意用輕浮的口氣說道。近似聊以自慰的樂觀臆測，卻也不能說是毫無根據的假設。

古城等人是與這個國家無直接關聯的局外者。即使犯案組織對阿爾迪基亞王家懷有敵意——正因如此，應該更不希望和古城敵對才是。

「這表示，姬柊學妹可以當成防止第四真祖介入事件的人質呢。」

「畢竟她本來就只是受了針對公主的移轉魔法波及啊。」

矢瀨對淺蔥嘀咕的內容點頭。

雪菜被用來挾持拉．芙莉亞的傳送門波及，是出乎襲擊者預料的事態。結果，他們便面臨了與世界最強吸血鬼為敵的危機。

既然如此，對他們來說，最妥當的選項就是拿雪菜當擋箭牌，要求第四真祖靜觀其變。換句話說，雪菜身為人質有其價值。除非發生什麼天大的狀況，否則對方想必會善加對待。

「問題在於拉．芙莉亞吧。」

古城像是不耐煩地抖著交握的雙手。

那些襲擊者從一開始就和阿爾迪基亞處於對立，事到如今也不可能害怕招致王家怨恨。就算要拿拉．芙莉亞當談判籌碼，人活著也就夠了。受困的她並無保證能免於遭受凶險。

「犯人那邊的要求似乎是停止舉辦和平紀念典禮，還有釋放四十三名正在服刑中的魔導罪犯。」

淺蔥唸出電視畫面顯示的來自犯人的通牒。

矢瀨傻眼地嘆了一聲。

「這種要求實在無法答應吧。照做的話，阿爾迪基亞政府就顏面盡失了。等於證明這個國家無法靠自己保住一位公主，還得聽恐怖分子吩咐。何況聽從他們的要求，也不保證公主就會獲得釋放。」

「可是這麼一來，拉．芙莉亞公主會怎麼樣呢？」

凪沙語氣消沉地問。這次連矢瀨都只能用凝重的沉默當回答。

「拉．芙莉亞的老爸正在跟底下的人討論那一點。不會有事的。」

古城用簡直像在說服自己的語氣告訴凪沙。古城不負責任的那句話讓凪沙默默點頭。

隨後，有陣中規中矩的敲門聲傳來。在侍女長引領下，有個高個子的少女走進房間。那是換上平時的制服，而不是穿侍女服的紗矢華。

「煌坂？會議結束了嗎？」

古城忍不住起身詢問，紗矢華便表情鐵青地點了頭。

「嗯。之後在凌晨一點，似乎會由政府的新聞發言人開記者會。」

「他們決定好要怎麼因應恐怖分子的要求了嗎？」

矢瀨蹙眉問。紗矢華把行李扔到空著的沙發，幾乎像累倒一樣沉沉坐了下來。漫長的會議似乎消耗甚大。

「政府承認王宮受到襲擊。但是拉‧芙莉亞第一公主被挾持的說法並非事實。所以也不會聽從他們的要求——王宮對外所採的方針就是這樣。」

「並非事實……欸，不是吧，有這回事啊！實際上不就被劫走了！」

古城愕然地回話。矢瀨卻「哦」了一聲，佩服似的瞇眼說：

「打算一面掩蓋公主被挾持的事實，一面私底下跟犯人談判是嗎？不錯的手段。」

「意思是，表面上維持不跟恐怖分子談判的說詞，背後再偷偷跟對方交易？或許想保住國家顏面又要救公主，確實是沒有其他辦法……」

淺蔥有些訝異地交互看著矢瀨和紗矢華。

「最好討價還價對他們管用啦。」

矢瀨虛弱地笑著收了下巴。抓走拉‧芙莉亞的那些人，並不是求利益的綁票犯。交易不保證能成立。

「至少對拖延談判的時限有效果。靠討價還價爭取時間，再趁機救公主。現實中唯一有效的方法便是如此，這似乎就是高層導出的結論。」

紗矢華用聽似壓抑著不滿的口氣說道。她本身應該並沒有接受開會的結論。然而，紗矢華不過是日本政府的攻魔師（探員），話語權並不足以推翻開會結果。

「要救拉．芙莉亞，真的辦得到嗎？」

古城用責備似的眼神看向紗矢華。紗矢華則用含著淚光的眼睛狠狠瞪著古城說：

「辦不到也得辦啊！要不然，公主和雪菜就……」

「抱歉，是我表達的方式不對。我想問的是我們有沒有必要幫忙。」

古城搖了搖頭，然後像在安撫紗矢華一樣露出微笑。

「哎，就算叫我們別出手，我還是會自己弄啦。」

淺蔥在掌心轉起手機，平淡地嘀咕了一句。

「說得對。被抓走的不只公主啊。」

「嘿咻。」矢瀨發出活像老人家的吆喝聲，悠哉地伸起懶腰。

「你們想做什麼？」

紗矢華呆愣地睜大眼睛反問回去。淺蔥冷冷地聳肩說：

「無論怎樣，不查出拉．芙莉亞公主的下落就什麼也無法著手了吧。我們會用我們的方式自己找。」

「所以我才問你們打算做什麼啊……！」

「我們不會礙到阿爾迪基亞的警方或騎士團啦。還是獅子王機關（你們那邊）有什麼想法？」

矢瀨挖苦似的賊賊笑著問。紗矢華語塞了。

「我們……只是被派來做紀念典禮的維安工作……」

「紀念典禮嗎？」

古城把兩肘擺在自己的腿上沉思。原本紗矢華被派來，目的是要保護日本政府的重要人物。就算雪菜和拉．芙莉亞被抓，要擅離崗位去追查仍不會被容許。因為紀念典禮的維安工作比救出她們倆更為優先。

只不過，也要紀念典禮真的會舉辦才能談到這一環。事實上，犯案組織要求的就是中止紀念典禮，兩人更成了談判此事的籌碼。

「慢著。拉．芙莉亞預定也會參加典禮吧？」

「嗯。」

紗矢華立刻回答古城的疑問。拉．芙莉亞身為第一公主，當然會代表阿爾迪基亞出席典禮。還不如說，為了見到她的身影而參加典禮的國民應該也不在少數。

「那麼，萬一在紀念典禮開始之前沒能救出拉．芙莉亞會怎麼樣？」

「……阿爾迪基亞王家應該會就此信用掃地。」

紗矢華難以啟齒似的咕噥回答。

古城則像在默默思考一樣垂下視線歪了嘴。

「換句話說，典禮開始的時間，就是救出拉．芙莉亞的時限吧。」

「恐怖分子對此當然也明白。看來要談判會很麻煩。」

淺蔥把目光轉向窗外，喃喃自語起來。對於她的嘀咕，有回話聲從意想不到的方向傳來了。

「是啊。不過，要顛覆那樣的劣勢，我倒是有一項計策。」

古城等人一起轉向聲音傳來的方向。站在房間入口的人是位剛邁入老年的女性——拉．芙莉亞的外祖母繆潔太后。

「太后大人……？」

淺蔥驚訝似的仰望她。太后緩緩地將古城他們所有人看了一圈說：

「只是，這項計策沒有你們幾位協助就無法實現。拜託這種事雖不合理，但夏音——」

太后說完就在夏音面前用單膝跪下。接著她朝夏音深深地低頭。

「能不能將妳的力量借給我，好拯救阿爾迪基亞——不，拯救拉．芙莉亞呢？」

想都沒想到的景象，讓古城等人說不出話。

尊貴的阿爾迪基亞太后，向身分雖是王族，卻毫無地位的夏音低著頭。換句話說，太后對夏音相求之事，便是要逼她付出此等決心與犧牲的行為。

「夏音……」

在空氣好似為之凍結的緊張當中，凪沙怯生生地叫了夏音。雖說是為了拯救阿爾迪基亞，夏音仍無任何理由非犧牲自己不可。無論夏音做出什麼選擇，自己都會支持到最後，這就是凪沙盡全力想表達的意思。

夏音溫柔地對凪沙回以微笑，然後走到太后面前。在跪下的太后面前蹲下身，緊緊握住太后的手。

接著，夏音毫不猶豫地斷然告訴她：

「我當然願意。」

5

深夜一點的電視畫面上顯示著陌生男子的身影。相貌給人知性耿直印象的中年男性。阿爾迪基亞政府的新聞發言人。

相機的閃光燈同時亮起，畫面一瞬間染白。政府對昨晚王宮襲擊事件召開的官方記者會開始了。

「開始了嗎？」

矢瀨一邊有耳無心地聽著發言人用英文做的說明，一邊嘀咕。

夏音和陪著她的凪沙都跟太后一起離開了，因此房間裡只剩淺蔥和矢瀨，還有古城與紗矢華四個人。

「紀念典禮的開始時間是今天正午。換句話說，剩下不到十一小時呢。」

淺蔥打開了愛用的筆記型電腦，敲著鍵盤嘆了氣。

「得在那之前找到拉．芙莉亞才行吧。」

古城別無用意地開口確認。是啊——啜飲著咖啡當消夜的淺蔥說：

「事情若有萬一，就要靠太后大人的策略了，但是不在典禮開始前找出公主的下落，那樣做的效果就會打對折呢。在那之前要先將辦得到的事情都辦妥。」

「呃，藍羽淺蔥？妳從剛才就在忙些什麼？」

淺蔥淡然地忙個不停，紗矢華便隔著她的肩膀探頭看了電腦畫面。顯示在上頭的，是王都維爾特雷斯地圖上浮現的無數光點。從光點跳出的小小視窗裡，正飛快地播放著畫質粗糙的黑白影像。

「我竊據了維爾特雷斯全區的監視攝影機。不愧是魔導技術先進國，網路的基礎建設完備，幫了大忙。」

淺蔥架構原創的臉部辨識程式，並隨口說道。

她那台電腦正在處理的，是只要攝影機拍到雪菜或拉・芙莉亞身體一部分，就能立即找出其位置的特殊程式。讓電腦推理綁架犯的逃亡路線及藏匿處，然後對附近進行重點式搜索的演算法也寫在當中。甚至還裝有監聽軍方及警方通訊，並盜取必要情資的功能。淺蔥就是用這種方式，來彌補人生地不熟的劣勢。

「竊據……欸，妳那樣根本就是犯罪耶……！」

紗矢華的表情僵掉了。淺蔥則是一臉傻眼地仰望那樣的她說：

「姬柊學妹的生命有危險時，就不是介意那些細節的時候了吧。」

「話、話是這麼說……！」

紗矢華把講到一半的話吞了回去，並緊咬嘴唇。她朝著默默地不停改良程式的淺蔥望了一會兒，然後下定決心似的咕噥問道：

「為什麼妳肯為了雪菜和公主做這麼多？」

「假如立場反過來，姬柊學妹會棄我不顧嗎？」

淺蔥頭也不回地答了話。紗矢華則默默地搖頭。

「既然這樣，我總不能落於人後吧。要不是發生這種事，能賣人情給那個女生和公主大人的機會可不多。」

淺蔥用打趣般的口吻說著笑了出來。

「藍羽淺蔥，妳還真有君子風範呢……」

紗矢華傻眼似的嘆息。不過，她在心裡卻對淺蔥的態度感到訝異。

假如被抓的是淺蔥，雪菜應該會拚命救她。那是因為雪菜身為攻魔師。保護人們不受魔族的威脅——她是為此被培育長大的。

可是淺蔥並非如此。即使或多或少擁有過人的能力，淺蔥仍只是學生，她根本沒有義務救雪菜或拉．芙莉亞。

反倒是雪菜或拉．芙莉亞就這樣消失甚至還對淺蔥有利。雪菜是古城的「血之伴侶」，公主則主張古城是自己的未婚夫。對於心繫古城的淺蔥來說，自然不可能樂見她們存在。

然而，淺蔥卻毫不猶豫地冒著成為犯罪者的危險，想要救雪菜她們。她那模樣讓紗矢華產生了尊敬之念，同時也覺得有一絲恐怖。

拉．芙莉亞認同淺蔥是情敵，紗矢華想起波麗芙妮雅王妃的這句話。

為貫徹自尊不擇手段——淺蔥確實和拉．芙莉亞是同類。拉．芙莉亞是阿爾迪基亞的皇女；同樣地，藍羽淺蔥則是「該隱巫女」——第四真祖領「紘神市國」的巫女。

假如淺蔥變成第四真祖的「伴侶」，曉古城不就成了任誰都動不得的危險存在嗎？忽然間，紗矢華陷入這樣的不安。

「總之，我將陷阱設好了。只要有任何一瞬間拍到公主或姬柊學妹的身影，立刻就能查出其位置。她們應該還在維爾特雷斯的某個地方才對。妳說是吧？」

淺蔥問了心懷不祥妄想的紗矢華。

紗矢華連忙一邊粉飾表情一邊急著回答：

「是、是啊。通往王都之外的道路全都受到嚴密監視，除了像『空隙魔女』那種被視為例外的施術者，理應是無法靠空間移轉進行長距離移動……」

「問題就在於，沒有設置監視攝影機的地下水道及森林地帶——」

淺蔥不甘心地噘起了嘴。阿爾迪基亞的電子網路再怎麼充實，沒有監視攝影機的地方還是弄不到影像。有別於整座島皆屬於人工產物的絃神島，阿爾迪基亞並不是所有國土都交由電腦來管理。

「那部分我會想辦法。廣範圍有點勉強，但只是要辨別有沒有人的話應該還做得來。」

矢瀨用提不起勁的口氣一邊嘀咕一邊起身。紗矢華用納悶的目光看了他。

「什麼意思？你有哪種能涵蓋廣範圍的搜查手段嗎？」

「抱歉，這是企業機密。哎，別抱太大期待，妳等著吧。」

矢瀨冷淡地說道。「唔～～」紗矢華不悅地將嘴脣閉成一線。

倘若是利用式神進行探測的咒術，紗矢華也會，然而要搜索整座維爾特雷斯就是不可能

的把戲了。辦得到那種事情的人，在獅子王機關恐怕只有「三聖」而已。話雖如此，用偵測衛星之類的電信手段，感覺也無法對地下水道之中進行探測。可是矢瀨卻爽快表示能辦到，這嚴重傷了紗矢華身為咒術專家的自尊心。感覺就像被人點破自己的無能。因此——

「我和煌坂該做什麼才好？」

當古城語氣無助地這麼說的時候，紗矢華稍微寬了心。

於是淺蔥簡潔地回答了古城的問題：

「睡覺。」

「啥？」

古城目瞪口呆地看了淺蔥。紗矢華不小心和這樣的古城對上眼，臉頰頓時泛上紅暈。

「為、為什麼我要跟曉古城這種人睡……睡覺……！」

「叫你們先睡是為了保留體力！不趁現在睡的話，找到公主她們以後，要忙的就是你們了！」

淺蔥瞪著想歪而抗議的紗矢華怒罵。

古城應了一聲點頭表示理解。紗矢華則是羞得發不出聲音。

「是喔。既然這樣，我回房間了。有什麼狀況就立刻叫我起來。」

古城站起身，走向男生的寢室。紗矢華急忙追過去。

電視上依然在開記者會。新聞發言人主張第一公主平安無事，記者們毫不留情地不斷對他發問。

「曉古城！」

趕在古城將寢室的門關上以前，紗矢華追到了房間裡。古城想起剛才的丟人誤會，就板著臉回過頭。

「怎樣？」

「呃……雪菜她沒事的，對不對？」

「嗯。」

何苦這麼問我呢？古城心想，在旁邊的沙發坐了下來。

寢室裡不負離宮之名，相當寬敞。不只有床，還擺了沙發與桌子，衛浴也一應俱全。

話雖如此，孤男寡女共處一室，就算是古城也難免會緊張。

另一方面，紗矢華則是在古城對面的床鋪挑了一小角坐下來。經過剛才的對話，有這種舉動即使被當成在誘惑古城也不奇怪。極端討厭男人，卻處處有機可趁。雖然如此，古城總不能予以指正，只好無奈地嘆氣。

「哎，不用擔心姬柊那邊吧。再怎麼說，都有拉・芙莉亞跟她在一起。那位公主的口才有多好，煌坂妳也曉得吧。」

「要那麼說……是也沒錯。」

紗矢華缺乏自信地垂下目光了。她重視雪菜這一點，古城也很清楚。其實她應該是想要立刻動身去救雪菜才對。

正因為古城明白紗矢華的心情，也就沒辦法對她太刻薄。

「總之，現在就交給淺蔥和矢瀨吧。阿爾迪基亞的軍方和警方應該也動用了全力在搜索，沒事的，馬上就會找到人。」

「也對。」

紗矢華緊緊地揪著裙襬，微微點了頭。

實際上，古城等人現在再怎麼心急也一籌莫展。還不如照淺蔥說的，努力保留體力才好。紗矢華應該也明白這一點。

「倒不如說，妳怎麼會跑來我跟矢瀨的房間？女生的房間在那邊吧？」

「我、我又不是想來才來的。可是，既然雪菜沒辦法繼續監視你，我就必須接手她的任務……」

「就算這樣，睡在同一個房間未免太奇怪了吧！既然要睡，妳回自己的房間去——」

古城想把找藉口的紗矢華趕走，卻突然將說到一半的話吞了回去。他想到了一點主意。

「對了，煌坂，妳會用讓人睡得安穩的咒術嗎？」

「咦？」

紗矢華臉上現出露骨的不信任感。

「你硬要讓人睡著，是打算做什麼……？」

「錯了啦。我是要請妳幫助我安穩入睡。心裡牽掛著姬柊她們，實在無法立刻睡著。」

「是喔。」

紗矢華會意似的點了頭。古城身為吸血鬼本來就是晝伏夜出。雖然跟魔獸交戰後會累，目前也不覺得睏。

「拿你沒辦法。這樣的話，我倒是可以幫忙。」

紗矢華說完以後，就從後腦杓綁的馬尾拔了一根頭髮。原來如此——古城暗自佩服。從使用頭髮這一點來看，確實很有咒術的感覺。

接著，紗矢華從口袋裡摸出了一枚金色的硬幣。她把那跟自己的頭髮綁在一起，然後拿到古城眼前。

栗色秀髮的前端，有五圓硬幣晃來晃去。古城茫然地望著那東西說：

「妳拿五圓硬幣……是要用催眠術喔？」

「沒有其他方法了嘛！吸血鬼抗性太強，用魔法或咒術都不會有效啊！」

「……換成催眠術就會有效嗎？」

紗矢華聽似有理的說明，讓古城半信半疑地反問。紗矢華一臉認真地點頭說：

「所謂的催眠暗示，就是由你本身的無意識來操控你的肉體，所以對魔法的抗性再怎麼強，應該都沒有關係。即使不用五圓硬幣，換成鐘擺、蠟燭火焰、鈴聲、香氛，只要可以誘使別人受催眠，用什麼都是可以的。」

「哦……聽妳這麼一說，我開始覺得會管用了耶。」

「明白的話，你就專心看這枚五圓硬幣的動向。」

好——古城凝視了紗矢華懸著的五圓硬幣。起初還覺得這樣做很蠢，但是盯著像鐘擺一樣規則搖晃的硬幣以後，感覺心情確實放鬆了。在五圓硬幣的另一邊，可以看見表情亂嚴肅的紗矢華也挺有趣。

而紗矢華的身體，就在古城的視野中忽然躺下了。

「——欸，睡著的是妳嗎！」

在古城注視之下，趴到床上的紗矢華開始酣然發出鼾聲。雖然不曉得是不是催眠術生效的關係，但她睡得可熟了。

「哎，我是知道妳很累啦。會感冒喔。」

古城無力地搖頭，幫紗矢華脫了鞋子。他抱起紗矢華以個子來說格外輕的身軀，讓她好

好地躺上床。

紗矢華平時給人的印象都在生氣，睡著以後感覺卻著實可愛。長睫毛與秀麗臉孔；具光澤的嘴唇呈淡櫻花色；隔著衣服也能明顯看出的豐滿胸脯；從不整的裙襬底下露出了修長的大腿。

「去沖個澡好了。」

感到渴得厲害的古城連忙替紗矢華蓋了毯子。吸血衝動的前兆讓犬齒發疼。古城想讓腦袋先冷靜冷靜，便逃也似的走向浴室。總覺得在這種情況下，紗矢華就算讓人做了什麼都沒立場抱怨，但古城認為自己並沒有那麼落魄，要對中了自己催眠術的迷糊蛋動手動腳。

「唉……」

冷水澡沖著沖著，吸血衝動便消退了。等到恢復冷靜，雪菜她們被抓走之後的安危又令人牽掛起來。

那些恐怖分子看準王宮辦晚會的時機，將大群魔獸送到了會場。不過，那只是聲東擊西，他們真正的目的是以空間移轉綁架拉．芙莉亞。抓公主當人質，迫使和平紀念典禮停辦，並要求釋放入監中的犯罪魔導師。策略單純，但是卻有效。

無論聽不聽從對方要求，阿爾迪基亞王家都會喪失權威，期望挑起戰爭的恐怖分子就可以得逞。沒有什麼好奇怪。

可是，古城對於太過順暢的流程，卻感到有一絲不對勁。自己好像忽略了什麼。會有這種感覺的理由之一，或許在於古城是南宮那月的學生。外號「空隙魔女」的她，可以將空間移轉的魔法操控得有如呼吸般自在。

然而，犯人「並不是那月」──！

「對了……座標運算……犯人是怎麼精確得出拉・芙莉亞所在的位置？」

淋浴的古城將溫度調高，然後埋頭思索。

空間操控會被視為高階魔法，是因為施法需要經過龐大的運算求出座標。

相對距離；相對速度；海拔的變化，還有地殼彎曲；月相導致的潮汐力變化；還有伴隨地球自轉及公轉而產生絕對座標偏差。

南宮那月是藉著與惡魔訂下契約──靠名符其實地超越人智的力量，才能瞬間求出那種複雜運算的答案。然而，單純的魔法師不可能和那月有樣學樣。

恐怖分子卻能將九頭之多的魔獸送進王宮，還精確地當眾在拉・芙莉亞的腳下打開傳送門。除非對方事先調查過王宮內的座標，還將發訊器裝到拉・芙莉亞本人身上，否則不可能辦到。

「難道說，王宮裡有內賊……？」

古城聽著淋浴聲，在口中嘀咕。

假如是能進入王宮的人，要事先調查空間移轉需要的座標，還有在公主的衣服上裝發訊器，應該都是可行的。可是，犯人準備得如此周到，為何要用襲擊派對這種魯莽的手段？假如只是要綁架拉．芙莉亞，理應有更多簡單的機會。

不過，倘若綁架拉．芙莉亞這件事本身，就是為了掩飾更大宗的計畫——

「古城大人。」

「唔喔！」

古城差一步就理出頭緒的思考，被忽然傳來的聲音打亂了。淋浴時被人從背後搭話，縱使是世界最強的吸血鬼也難保平靜。假如那是女性的聲音就更不用說了。

「失禮了，曉古城大人。請問打擾到您了嗎？」

「呃，不對啦，與其說打擾——」

我正在洗澡耶——古城光著身子回頭。區隔浴室的玻璃另一邊，有個穿著侍女服的年輕女子站在那裡。古城認得那張臉。

「我記得，妳是在國王身邊的——」

「是的。我是王室祕書官崔妮．哈爾登。請直接叫我崔妮。」

女子看了古城赤裸的身體也沒慌，還平靜地這麼告訴他。對方出現在浴室，表示應該是穿過旁邊的寢室走進來的吧。連她闖入都沒有發現，古城有點怨恨在床上熟睡的紗矢華。

「所以崔妮小姐，妳怎麼會在這裡？」

古城把浴巾纏到腰際，設法找回最起碼的冷靜。

這是第一公主剛被綁架的晚上，身為王室祕書官的她應該會忙得難以置信。難不成她還有空來這裡？古城感到疑惑。

「我帶了第一公主要轉達的話過來。」

崔妮拿掉蒙上熱氣的眼鏡，用認真的語氣說道。

「拉・芙莉亞要轉達的話？」

「正是。公主吩咐過，假如她本身遭遇不測，就要轉達給第四真祖大人。」

「我明白了。我立刻穿衣服，妳到外面等。」

古城驚訝地這麼交代。她這位王室祕書官會專程來傳話，恐怕是相當緊急的信息。既然有這層因素，不得已跑來洗澡的地方也是可以諒解，但——

「不，毋須如此。我過去您那邊。」

「啥……？」

古城看崔妮突然脫起衣服，這才完全陷入混亂。

崔妮當著僵住的古城眼前，脫掉了典雅的束腰禮服上衣。接著她脫掉裙子，把手伸向褲襪。

「慢著慢著！為什麼連妳都要脫衣服！」

總算回神的古城叫了出來。崔妮則納悶似的微微偏頭說：

「因為穿著衣服無法進浴室。」

「我不就說過了，要妳在外面等我出去嗎！」

「事到如今，何必害臊呢？您身旁都已經有那麼多的情婦服侍。」

呵呵——崔妮一邊嫵媚地微笑，一邊踏進浴室。

清純的白襯衫脫掉之後，她的肌膚便暴露在外。如今遮著她那副身軀的，只剩煽情的黑色蕾絲內衣而已了。

以阿爾迪基亞的女性來說，崔妮略顯嬌小。即使如此，從她成熟的肉體仍可以感受到雪菜她們沒有的成熟女人味。豐滿的胸脯，緊實的細腰，還有蠱惑人的香水味。

「能不能請您也試試我的身體呢，第四真祖？」

崔妮把半裸的古城逼到牆際，還用柔軟的胸脯貼了上來。古城猛吞口水問：

「妳這是什麼意思？不是說拉．芙莉亞有話要轉達——」

「那當然是用來接近您的藉口啊。與其談這些，我們不如一起快活。」

崔妮用雙臂勾住了古城的頸子。她用舌頭遊走在古城的頸子，然後直接咬向他的耳朵。

那一瞬間，古城湧上了強烈的目眩感。

感覺並無不快，反倒有種發麻般的酩酊感，逐漸讓身體內部受到支配。

「崔妮小姐……妳……」

古城癱靠在浴室牆邊，身體陣陣往下滑。崔妮騎到他身上，用舌頭濡濕了紅脣。

「是啊。就這樣，閉上眼睛。把一切交給我。」

崔妮脫掉內衣，全身逐漸被柔軟的獸毛所包裹。從她微笑的嘴脣間露出了白色獠牙。她低頭看著古城，細細眼睛正像貓一樣發亮。

「我會將無上的快樂獻給你，第四真祖。永遠永遠——」

古城仰望著獸人化的崔妮，視野逐漸模糊。

浴室裡只剩白茫熱氣，還有她散發的官能氣息瀰漫著。

第五章 背叛的天空

Traitor In The Sky

1

近似馬達低鳴聲的振動，讓雪菜醒來了。

跟鐵路車輛的客房(Compartment)類似，具機能性卻死氣沉沉的房間。自己為什麼會在這樣的地方？雪菜一瞬間想不起來而感到混亂。

收納式的床鋪有兩人分。狹窄的桌子與小沙發。只擺了休息最起碼需要的家具，其他什麼也沒有。塑膠製的牆面連窗戶都沒有，嵌在上頭代替的是電視螢幕。

「是個美好的早晨呢，雪菜。睡得好嗎？」

耳旁傳來了公主的聲音，雪菜嚇得撐起身體。霎時間，手臂有種奇妙的不適感。雙腕被套了金屬手銬的觸感。

「拉·芙莉亞？妳平安嗎！這裡……到底是……？」

話說到一半，雪菜微微地發出了尖叫。她發現自己除了緊身胸衣與底褲之外，身上什麼也沒穿。

「不用擔心。幫妳脫衣服的是我。難得準備的禮服要是有損傷，那就可惜了。」

銀髮公主坐在沙發上，愉悅地看著心慌的雪菜，笑吟吟地這麼告訴她。

猛一看，房間的壁鉤上確實掛著雪菜昨晚穿的那一襲雞尾酒裙。

「襲擊王宮的犯人，似乎不打算凌辱我們。至少不會立刻動手。假如他們有意，應該早就那麼做了。」

「凌……凌辱……」

拉．芙莉亞隨口提到的字眼，讓雪菜背脊發冷。她不顧後果就衝進傳送門，然而被恐怖分子俘虜，即使落得那種下場也不奇怪。

雪菜表情僵硬，拉．芙莉亞便用認真的眼神望著她說：

「沒有錯，雪菜。具體來說，那些因獸慾而變得滿眼血絲的粗野男子，會強脫妳的禮服，扒掉妳身上的清純內衣，再按住排斥的妳，用又粗又肥的手指粗魯地揉妳小巧的乳房。還會用蠻力扳開妳的雙腿，將妳尚未讓古城摸過的那塊——」

「不用了！不用說明具體的內容！」

公主突然講起危言聳聽的妄想，雪菜就面紅耳赤地阻止了。

看了拉．芙莉亞嘻嘻發笑的表情，可以明白她脫雪菜的衣服並不是為了避免禮服受損，而是為了看雪菜受驚嚇來取樂。

「妳會渴嗎？冰箱裡有飲料喔。雖然酒精類的似乎就沒有替我們準備了。」

「呃，是喔。」

雪菜勉強恢復冷靜後，含糊地點了頭。在跟平時一樣從容的拉．芙莉亞面前，會覺得獨自焦急好傻。

雪菜的記憶是斷在她追向拉．芙莉亞，立即衝進空間傳送門之後的那一刻。空間移轉的衝擊，似乎讓她失去了意識。因為雪菜強闖原本只供拉．芙莉亞一個人移轉的傳送門，只造成這點傷害反而該說是幸運的。

「我已經對抓我們的那些人做了說明，妳是第四真祖的情婦。」

「情、情婦……？」

「就算是他們，似乎也有足夠的智慧判斷，與第四真祖為敵會很不妙。他們似乎想把妳當成對付第四真祖的人質。」

「我是人質……這樣啊，難怪。」

雪菜一邊輕聲細語一邊趕著穿上被脫掉的禮服。晚會用的禮服實在稱不上活動方便，但沒有其他衣服可穿，也就不得已了。

幸好藏在內衣底下的幾張咒符都沒事。恐怖分子信了公主指稱雪菜是第四真祖情婦的說詞，就沒有對她搜身。

連藏在大提琴盒裡的「雪霞狼」都不需動用，區區手銬的鏈條，雪菜用式神就能輕易切斷。

「房間外似乎沒有人看守呢。我馬上為逃脫做準備。」

雪菜一邊閉眼刺探門外的動靜一邊說道。

門板雖是用極為輕巧的材質打造，但機密性高於預料又牢固。不過，門鎖的部分意外脆弱，靠蠻力破壞應該不會多困難。

雪菜以咒術強化體能，擺好架勢要將門踹開，卻被拉·芙莉亞靜靜地阻止了。

「不必這麼做。反正我們是不可能逃脫的。」

「不可能？可是——」

「這個房間沒有受監視是因為不需要看守。就算離開房間，我們也去不了任何地方。」

拉·芙莉亞語氣和緩地斷言。雪菜警覺地看了四周。她想起自己以前也被人用類似的形式監禁過。

「難道說，這裡……是在船上嗎？」

雪菜說著便看了自己的腳邊。

格局精巧的狹窄房間。從整個房間傳來的沉沉振動聲。種種跡象，都顯示這個房間是位於大型交通工具的內部。

幾乎感受不到搖晃，表示應該不是鐵路或飛機。可以想到的是「深洋之墓」那種大型客船，或者軍艦。還有，假如這裡是在船上，要逃脫確實有困難。

「這個嘛。勉強可以給妳及格的分數。」

拉．芙莉亞聽完雪菜的答案，若有深意地這麼說著露出了微笑。

「我們先一邊喝茶一邊看看新聞吧。畢竟犯人會準備電視，應該就是希望讓我們看。」

銀髮公主從冰箱取出飲料，操作牆上的面板將電視打開。顯示的是以英語播送的國際新聞頻道。

眼熟的建築物殘骸，蜂擁而至的新聞記者以及正在勘查現場的警官們，還能看見護衛騎士們的身影。阿爾迪基亞王國維爾特雷斯宮的影像。

「這是在報導王宮襲擊事件的新聞嗎？」

「主張根絕魔族的激進組織『七月之紫（July Purple）』，似乎提出犯罪聲明了。」

公主回答雪菜的問題。「七月之紫」是以東歐及西亞為中心展開活動的知名國際恐攻組織。過去曾在世界各地實行多起恐怖攻擊，也已受到聖域條約機構關注的危險團體。

「在這次襲擊中，他們聲稱綁架了拉．芙莉亞第一公主；更要求停辦和平紀念典禮，並釋放四十三名魔導罪犯，當作釋放人質的條件。另一方面，王室則表示並無公主遭到挾持的事實，對犯人的要求予以拒絕。」

「並無遭到挾持的……事實？」

雪菜聽完公主的說明，愣愣地眨了眼睛。

實際上的問題是，拉．芙莉亞在國王等人的眼前被綁架，還跟雪菜一起遭到恐怖分子監禁。王宮不可能沒有掌握到她們被挾持的事實。

「那是為了讓談判有利的假情報。假如承認公主被挾持，政府方面的因應對策也就有限。既無法在檯面下跟犯人談判，以圖用金錢解決；也無法準備我的替身，然後主張在這裡的我其實是冒牌貨。」

公主簡單明瞭地對困惑的雪菜做解說。儘管本身成了交易的籌碼，卻彷彿事不關己的冷靜嗓音。

「但是，否定犯人這邊的主張，條件就變得平分秋色了。因為犯人非得證明我就是真正的拉．芙莉亞．立赫班。」

拉．芙莉亞用好似感到有趣的語氣說道。

的確，恐怖分子要證明綁到的公主不是冒牌貨會有困難。假如比任何人都重視拉．芙莉亞性命的王室都否定公主被挾持，那就更不用說了。

「可是……那樣的話，妳身為人質不就有危險了……？」

雪菜緊張得聲音緊繃了。

既然王室不接受犯人的要求，拉．芙莉亞在這裡就沒有當人質的價值。雪菜尚有第四真祖的莫名威脅保護，相較之下，拉・芙莉亞的立場是更加危險的。然而——

「那也沒辦法。這就是王族的宿命。」

拉・芙莉亞平靜地這麼說。那沉著的表情反而讓雪菜折服。

「更何況，犯人這邊同樣在說謊吧。」

「妳是指……他們話中有假？」

「犯人未必真正是『七月之紫』，他們的要求也不保證是真的。倒不如說，那些大有可能是用來玩弄阿爾迪基亞政府的假要求。」

拉・芙莉亞望著電視畫面，優雅地將飲料送到口中，舉止優雅得不像只是在喝瓶裝水。

從片斷的些許情報，拉・芙莉亞便以慧眼看透了王室與恐怖分子雙方的盤算，使得雪菜無言以對。然而，並沒有人能保證拉・芙莉亞的那些話就不是欺瞞。

充滿惡意的算計來來去去，雪菜要理解也趕不上。

「假要求？他們那樣做，又有什麼意義……？」

「對方沒有傷害我們，還如此殷勤對待的理由，就是妳要的答案。代表犯人想談判的對象，並不是王室。他們希望與『我們』做交易。」

拉・芙莉亞說完就把目光轉向關著的門。霎時間，門的另一邊有了動靜。雪菜發現有人不知道從什麼時候就站在那裡。

「我有說錯嗎，崔妮？」

公主靜靜地朝門的另一邊喚道。

房間外隨即冒出了忍俊不禁的笑聲。年輕女子的聲音。

「不愧是以聰明伶俐而聞名的拉・芙莉亞・立赫班公主。這樣談起來就快了。」

她所說的話隔著喇叭播了出來，讓雪菜咬住了嘴脣。當房間外沒有人看守時就該察覺才對。雪菜和拉・芙莉亞的對話從一開始便是受到竊聽的。

強化塑膠門不出聲響地打開，聲音的主人現出身影。

是個穿著服貼緊身衣，樣貌煽情的女性。

「什……！」

雪菜發出含糊不清的驚呼。她並不是被女子的身影嚇到。雪菜會心生動搖，原因在於女子的身旁有個穿晚禮服的少年結伴站在一起。

髮色素稀疏的瀏海，以及還算端正卻顯得有些懶散的臉孔。雪菜認識他，因為他是雪菜的監視對象。

「學長……你為什麼會……？」

雪菜用發抖的聲音問。

「看來妳挺好的嘛，姬柊。拉・芙莉亞也是。」

曉古城望著穿禮服杵在原地的雪菜，還對她露出了冷冷的笑容。

2

「我先做個介紹，他是我們『聖域解放機構』的新同志。同時，也是我聽話的僕人——第四真祖，曉古城。」

女子驕傲地看著說不出話的雪菜，並且主動把胸部貼向古城的右臂。

可是，雪菜連對此憤怒都做不到。因為她無法理解眼前發生了什麼。她不認為這是現實中的景象，感覺像某種惡質的夢。

「厲害，崔妮．哈爾登。我也實在料不到妳有這一手。」

拉．芙莉亞佩服似的聳聳肩。

被稱作崔妮的女子說了聲「哎呀」，看似意外地瞇起眼睛——

「妳沒有死鴨子嘴硬，真了不起呢，公主。」

她用有些開心的語氣這麼說道。能嚇到親口評為聰明伶俐的公主，她似乎是滿意了。

「妳是……」

雪菜望著女子的那副表情，稍微瞪大了眼睛。因為服裝和氣質都不同，雪菜便沒有察覺，但是她以前也見過對方。雪菜想起了這一點。

「我是阿爾迪基亞王國的王室祕書官崔妮．哈爾登。我們又見面了呢，姬柊雪菜。」

崔妮轉向驚訝的雪菜，恭敬地行了禮。熟習王宮禮儀者特有的俐落身段。

「王室祕書官……替襲擊王宮的恐怖分子引路……？」

雪菜茫然地嘀咕一句。崔妮身為王室祕書官，曾在古城等人謁見時，於席間和盧卡斯．立赫班還有波麗芙妮雅正常交談。地位如此高的人物與恐怖分子有所勾結的事實，讓雪菜隱藏不了驚訝。

可是另一方面，雪菜似乎明白她為何帶古城過來了。憑王室祕書官的地位，應該可以毫不引起懷疑地接近被王家請來作客的古城。她更利用身為人質的雪菜以及拉．芙莉亞，要古城言聽計從。肯定是如此，雪菜感到理解。

「頭銜固然好聽，但所謂的王室祕書官只是負責照料王族起居，說起來就跟負責雜務的人員一樣，沒有任何政治上的權力。可是卻工作繁忙，休假稀少，薪水微薄，還要被王族的任性耍得團團轉……我想她必然大有不滿吧。」

拉．芙莉亞用彷彿事不關己的掃興語氣發出嘀咕。

「既然有自覺，就請妳下工夫改善！妳以為你們害我吃了多少苦——」

崔妮反射性地改回王室祕書官的口氣，並且吼了出來。現出身為恐怖分子的本性以後，長年在王宮生活而染上的習性，似乎還是沒辦法一下子改掉。

「……算了。反正多虧如此，我才能輕易地混進王宮。」

崔妮小聲清了清嗓，粉飾似的加快了說話的速度。

「沒有錯。基於工作不具實權，王室祕書官要進王宮是很容易，採用時的身家調查也放得較寬。」

拉・芙莉亞冷冷地望著崔妮微笑。

「比方說，即使妳並非持有阿爾迪基亞國籍的『崔妮・哈爾登本人』，被發現的可能性也不高。先抓個在海外留學且身高相似的年輕人，再冒充那名人物混入敵國。以公務人員身分進入政府中樞——這是間諜常用的手段呢。」

「間諜……？」

拉・芙莉亞突然提到的字眼讓雪菜蹙了眉。銀髮公主言下之意，恐怕是在暗示崔妮並非單純的恐怖分子，而是隸屬於某國的諜報工作員(SPY)。

而且，崔妮沒有否定公主這番話。

「傷腦筋，妳真的很聰明，拉・芙莉亞・立赫班。大姊姊敗給妳嘍。妳這麼有餘裕，是因為已經發現我們劫持妳的真正理由了？」

崔妮語氣苦澀地問。

銀髮公主則用泰然的臉色仰望崔妮。

「你們真正的目的，在於殲滅『戰王領域』派來參加閱艦儀式的艦隊吧。」

「殲滅艦隊……？」

雪菜無意識地發出了疑問之語。

拉・芙莉亞所說的閱艦儀式，應該是指今天的和平紀念典禮預定要舉行的節目之一，國際閱艦儀式。說起來就是展示眾多軍艦的閱兵遊行，然而在軍事交流與親善目的之下，友邦也有許多艦艇會參加。在那當中，當然也包含了和平紀念典禮的另一位主角「戰王領域」的軍艦才對。

不過，「戰王領域」的艦隊若被殲滅，那就形同開戰了，跟王宮襲擊事件的恐怖攻擊無法比。感覺對方並沒有那種本事。

「並非不可能，只要有這艘『虹橋』。」

拉・芙莉亞斷然否定了雪菜樂觀的猜想。

「『虹橋』……！」

雪菜繃緊了表情，望向自己的腳邊。

阿爾迪基亞建造的超大型裝甲飛行船「虹橋」，雪菜也略有所知。可是，她實在想都沒想過自己竟然會被帶到那上頭。

這個房間位於船上，雪菜如此推理既沒有錯，但也不算完全正確。她很能理解拉・芙莉亞在評分時為何會說「勉強及格」。

「對。只要有阿爾迪基亞自豪的這艘飛行戰艦，要擊沉『戰王領域』的區區幾艘艦艇是輕而易舉。就算無法將其殲滅，仍會留下阿爾迪基亞對『戰王領域』發動攻擊的事實。」

崔妮尋開心似的看著驚恐的雪菜說道：

「恐怖分子干擾紀念典禮，對於阿爾迪基亞和『戰王領域』的和平條約恐怕也沒有任何影響。不過，假如是阿爾迪基亞的戰艦攻擊『戰王領域』的艦艇，那就另當別論。人類與魔族的戰爭應該會在這塊土地上再次引爆。」

「——要啟動『虹橋』，必須由阿爾迪基亞的王族進行活體認證。」

拉・芙莉亞淡然地予以指正。崔妮的嘴角歪了些許。

軍用航空機及艦船，很少會有所謂的啟動鑰（Ignition）。如果有兵器因為鑰匙（Key）搞丟這種愚蠢的理由而無法開動，那就意義全失了。

但是當然有例外，比如核子武器或彈道飛彈。能散播大規模破壞，對政治、外交造成重大影響的這類戰略武器，一般都會加上嚴密的使用限制（Lock），非國家元首便無法動用。

「虹橋」應該也和那些武器一樣，被設計成非王族就無法啟動。換句話說，那也證明了

「虹橋」具有可匹敵戰略武器的威力。

「要求中止典禮及釋放魔導犯罪者，純屬為了讓外界認為我只是人質的障眼法。你們要的其實是『虹橋』的啟動鑰匙，也就是我本人。」

拉．芙莉亞直望著崔妮，並且靜靜地微笑了。

答對嘍——崔妮聳了聳肩，朝銀髮公主瞪回去。

「妳會協助我們對不對，拉．芙莉亞．立赫班公主殿下？」

「——我協助你們，能有什麼回報？」

拉．芙莉亞瞇起碧眼，微微地偏了頭。身為被劫持的俘虜，她仍想和崔妮對等談判。

而拉．芙莉亞如此有膽識的提問，讓崔妮露出挑釁的笑容。

「維爾特雷斯居民的八十萬條性命，妳覺得如何？」

「我不聽從，你們就會毀滅維爾特雷斯？」

王女的脣邊失去了笑意。崔妮則故作哀戚地垂下目光。

「可以的話，我們也不想做出那種事喔。我們的目的在於毀棄聖域條約，而不是虐殺阿爾迪基亞的國民。」

「你們能毀滅維爾特雷斯的證據在哪？」

「他不就是為此而在的嗎？對吧，古城？」

崔妮帶著撒嬌般的態度倒向古城。原本一臉無聊地聽著崔妮和公主對話的古城則回應「是啊」，還自信地笑了笑。

「學……長……？」

古城溫柔地撫弄崔妮的頭髮，使得雪菜用難以置信的表情望了他。

那並不是受制於人質才被迫聽命的態度。與其說感情良好，更像關係糜爛的情侶間會有的氣息。

古城似乎注意到了雪菜怪罪的視線，就苦惱似的垂下目光。他用右手遮著眼睛，用作戲般的誇張語調訴說：

「原諒我，姬柊。然而，這是我繼承了受詛咒的莫大力量所要負起的宿命。如今我是為崔妮大人理想而殉的殺戮者，過去與妳為友的男人曉古城已經不在了。」

古城擺出了謎樣的耍帥姿勢，還陶醉地對自己所說的台詞點頭。

雪菜目不轉睛地盯著古城那副模樣，表情嚴肅地問了一句：

「……什麼？」

心。

3

「煌坂同學，所以當妳睡在古城床上這段期間，他人就不見了？」

早上，在特諾提亞離宮的客房。淺蔥喝著侍女長端來的濃咖啡，這麼說著並將手湊到眉心。

紗矢華像挨罵的孩子一樣縮起全身，小小地點了點頭。

「我、我會睡在曉古城的床上，也只是因為想對他施催眠術才不小心睡著，並沒有說兩個人睡在一起……」

「啊～～不要緊。我明白。」

淺蔥捏起綁著五圓硬幣的頭髮，微微地嘆了氣。

她知道紗矢華這幾天為了安排政府重要人員的護衛，還有替古城他們領路，已經忙到嚇人的地步。恐怕一直到昨天，紗矢華幾乎都沒有睡才對。在那種狀態想施催眠術，卻不小心先睡著，說起來並不是多荒唐的事情。

可是另一方面，紗矢華身為咒術專家，難道會犯下如此初步的失誤嗎？這也讓人有疑問。不慎中了某人的術法或能力而入眠——這麼想反而覺得踏實。

「然後，妳說浴室有古城洗過澡的痕跡，裡面還留下了這個。」

淺蔥說著，就把紗矢華撿到的遺落物品在眼前攤開了。女用服飾的一部分，從矯正內衣衍生的配件。

「什麼玩意？這是叫束腰嗎？」

矢瀨從淺蔥手中接過衣服，頗感稀奇似的望著那件東西。穿在裙子外面，款式高雅的束腰。想來不太具機能性，有高級感卻是毋庸置疑的。

「好像有股香味耶。香水嗎？」

「你居然……聞起來了！怎麼可以這樣，拿了女性的衣服，突然就……！」

矢瀨像狗一樣用鼻子嗅出聲音，讓紗矢華厭惡感畢露地瞪了他。

我看看——淺蔥也把臉湊到拿回來的束腰上說：

「確實有味道呢。和麝香好像不太一樣。」

「藍羽淺蔥，連妳也……！」

「印象中在王宮工作的女官就是穿這種束腰禮服。因為很可愛，我一直有點好奇呢。」

淺蔥這麼嘀咕，敲了自己那台筆記型電腦的鍵盤。

顯示在畫面上的，是王宮錄用的女官們的執勤資訊。她擅自偷看王宮的人事資料。

剛發生過恐怖攻擊，王宮人員幾乎全都出勤了。為了善後與協助警方調查，似乎連沒有排班的人也被叫來了。從昨晚就不眠不休地一直在工作的人員也不少。

在這種情況下，只有一名女官離開職守。未報備的擅自缺勤。

「有了。二等王室祕書官崔妮‧哈爾登。昨天的恐攻發生之後，她就離開王宮而下落不明。此外，她的身分證(ID)後來還被用於進入特諾提亞離宮。」

「意思是，這位大姊把古城帶走了？」

「呼嗯。」矢瀨望著電腦顯示的大頭照，歪了嘴。

那是個戴著眼鏡，相貌顯得精明的女性。年齡據載為二十七歲。以阿爾迪基亞人而言算是比較罕見的黑頭髮，似乎有在洛坦陵奇亞留學的經驗。她所穿的王宮祕書官制服，就包含跟犯人遺落的同款束腰。

「假如王宮祕書官是恐怖分子之一，挾持公主時會那麼有效率也就得到說明了。」

淺蔥板起臉孔嘀咕。現在回想起來，魔獸發動襲擊的絕妙時間點，還有展開傳送門的異常精確度，都是王宮裡有人居中牽線才可能辦到的。

「追得到這女人的行蹤嗎？」

矢瀨望著淺蔥的臉龐問了一句。淺蔥連鍵盤都沒碰就點頭說：

「正在辦。摩怪，情況怎樣？」

『中大獎啦（BINGO），小姐。』

跟淺蔥搭檔的人工智慧化身用挖苦般的口氣回答。崔妮・哈爾登開著副駕駛座載了古城的轎車，似乎被幹線道路的監視攝影機清楚拍到了。

從影像分析出來的轎車目的地，和照片一併顯示於畫面。矢瀨看過以後，表情就明顯僵掉了。

「去處是阿斯科拉空軍基地……？」

「……原來如此，難怪在維爾特雷斯室內再怎麼找，也找不到公主她們。畢竟軍方設施我就沒有駭入（Hacking）了。」

淺蔥服氣似的聳肩。軍方正規設施會有恐怖分子藏匿，完全是盲點。軍方人員應該也在協助搜索拉・芙莉亞，但他們肯定沒想到公主會被監禁於自家基地之內。

「為什麼阿爾迪基亞空軍要綁架自國的公主？」

紗矢華混亂似的問。淺蔥則感到無趣地搖頭說：

「就算待在空軍基地，也未必就是空軍的將兵啊。恐怖分子都當了王宮祕書官，綁架犯會扮成士兵也沒有什麼不可思議吧？」

「是、是喔。說得也對……可是，為什麼要去空軍基地呢？難不成她想劫機逃亡？」

「那樣的話，挑民航商務機就行了吧。空軍的飛機原本就監視得夠嚴了。」

紗矢華的疑問讓矢瀨跟著皺起眉頭沉思。淺蔥也一語不發地偏了頭。

醜布偶造型的化身打破沉默，咯咯發笑。

『在阿斯科拉空軍基地，有配備阿爾迪基亞的飛行戰艦。』

「飛行戰艦？」

那是什麼——淺蔥反問。摩怪在畫面中莫名得意地笑著說：

『虹橋級飛行戰艦一號艦「虹橋」——最新銳的超大型裝甲飛行船。』

「好大一艘耶。」

矢瀨望著秀出的影像驚呼：這太扯了吧。

停泊在空軍基地上空的，是宛如將兩頭藍鯨連在一起的雙艙式裝甲飛行船。周圍沒有其他比較物，因此不太能實際體認到，不過唯有巨大無比這一點是十分清楚的。感覺簡直像目睹戰艦飛在天上一樣。

「具有凌駕飛彈驅逐艦的火力，速度仍是標準驅逐艦的八倍左右，再加上可匹敵戰車的裝甲強度。含蓄說來就是艘怪物呢。缺點在於製造成本太高，以及難以操控。沒有阿爾迪基亞的魔導技術，確實無法讓這種玩意飛上天。」

淺蔥語帶傻眼地予以讚賞。

正常來想，建造太過巨大的裝甲飛行船幾乎沒有意義。這跟大艦巨砲獨領風騷的時代不同。然而，唯獨阿爾迪基亞要另當別論。因為阿爾迪基亞擁有世上唯一能在飛行船上裝載精靈爐的技術。

藉由精靈爐產生的龐大靈力，阿爾迪基亞的裝甲飛行船具有超越飛機極限的動力性能，以及高度防禦力。可以用比一般船艦快幾倍的速度抵達都市上空的空中要塞。那就是飛行戰艦「虹橋」的真面目。

『啟動這東西需要麻煩的魔法儀式，因為鎖得密不透風，就算偷了也沒辦法開走，不過還有緊急時的捷徑。只要有阿爾迪基亞的王族進行活體認證，好像就可以強行啟動。』

「綁架公主就是為了這個嗎……」

矢瀨聽了摩怪的解說，便咂嘴出聲。原本零碎的情報片段，感覺正完整地串連到一塊。描繪出的恐怕卻是最慘的未來預想圖。

「不妙了呢。讓這種東西發動攻擊，造成的騷動跟魔獸可不能比。紀念典禮會連同場地一起被轟得精光喔。」

淺蔥看了時鐘做確認。上午十一點將至。紀念典禮的場地也就是廣場上，已經有眾多參加者開始聚集。從阿斯科拉空軍基地到典禮會場，直線距離不到三十公里。憑「虹橋」的速度，頂多只要花十分鐘。

用飛行戰艦「虹橋」的火力，將和平紀念典禮的會場化為火海。假如恐怖分子的目的是

干擾紀念典禮，應該沒有比這更有效的手段。但是——

『咯咯，光是紀念典禮完蛋倒還好。』

摩怪用合成語音說出更加令人不安的話。

「什麼意思？」

『在待會兒的和平紀念典禮中，還安排了國際閱艦儀式。』

「閱艦儀式？」

那又是什麼名堂？淺蔥納悶地眨了眨眼。

「由軍艦當主秀的閱兵遊行。還會邀請到其他國家的艦艇，藉此宣揚和平抑或增進交流，目的很多種，不過簡單講就是展示軍威啦。看大船列隊很過癮吧？」

矢瀨以自暴自棄的語氣說道。摩怪在畫面中愉快地點點頭。

『閱艦儀式中，也有幾艘「戰王領域」的艦艇會參加。它們差不多該進入阿爾迪基亞的領海了吧。』

「這……這不是鬧著玩的耶！」

淺蔥變了臉色，瞪向自己的電腦。

「假如阿爾迪基亞的飛行戰艦擊沉『戰王領域』的軍艦，光是下跪道歉可不能了事。搞不好人類與魔族會全面開戰……！」

「糟糕了……」

從矢瀨的聲音中，也聽不見平時的輕浮。淺蔥則遷怒似的揪住了青梅竹馬的領口。

「當然糟糕啊！都說會引發戰爭了！」

「呃，不是那樣。那個叫崔妮．哈爾登的女人也把古城帶走了對吧？對方抓的不只公主。這表示，古城也在飛行戰艦上面不是嗎？」

「啊……」

淺蔥的臉瞬間失去了血色。

「虹橋」確實是強大的兵器，但是第四真祖的十二頭眷獸擁有根本無可比擬的壓倒性力量。別說擊沉「戰王領域」的軍艦，甚至要摧毀整支艦隊都有可能。

假如崔妮．哈爾登用某種方式操控古城，她大有可能命令他攻擊「戰王領域」的艦隊。如此一來，事情將不只是阿爾迪基亞和「戰王領域」之間的問題，連絃神島還有日本都會被牽連到戰爭之中。

「煌坂同學！」

「我、我明白。我立刻跟王宮聯絡！得阻止『虹橋』啟動才行……！」

『很遺憾，好像已經來不及了。』

摩怪用嘲弄似的口氣告訴紗矢華。

「來不及……？」

紗矢華困惑地反問。摩怪寄予同情似的低聲咯咯笑著說：

『「虹橋」的啟動程序開始運作了，離完成差不多剩兩分鐘。接下來只要公主進行活體認證就結束了。飛行戰艦大駕光臨嘍。』

4

雪菜和拉・芙莉亞被崔妮帶到「虹橋」的艦橋。這段期間，古城一直都站在崔妮身邊。與其說是在保護崔妮，感覺更像服侍女客人的牛郎，或者被年長女性養的小白臉，有這樣的氣氛。

在艦橋這裡，已經有八名乘員就位，正準備啟動「虹橋」。他們察覺到雪菜等人的身影，便一起對崔妮敬禮。

「所以說，『虹橋』的乘員也已經納入妳的支配了嗎？」

拉・芙莉亞環顧艦橋之中，看似興趣濃厚地這麼嘀咕了一句。「虹橋」艦內也有崔妮帶來的恐怖分子同夥搭乘，但是艦橋裡只有正規的乘員。

可是，他們都聽命於崔妮，而非原本的主子拉・芙莉亞。這些人和古城一樣，被崔妮的能力操控了。

「飛行戰艦屬於從航空機發展出來的系列，所需的乘員人數比水上艦艇少，不過這倒是起了反作用。不，你們的計畫就是算到了這點。」

拉・芙莉亞冷靜地繼續分析。換成普通的軍艦，即使是驅逐艦級別，要發揮原本的性能，含換班人員會需要近百名乘員，「虹橋」所需的核心乘員卻僅有十六名。看來這樣的人數，崔妮是有辦法完全支配的。

「這房間有點熱呢，古城。替我脫衣服。」

崔妮一進入艦橋便要求古城幫自己脫上衣。

「我很樂意，崔妮大人。」

古城動作迅速地湊到崔妮背後，從她的手臂抽出了上衣的袖子。脫掉上衣之後，身材線條本就分明的崔妮變得更暴露了。

從無袖設計露出的肩膀與上臂、大塊鏤空的背部，還有經過強調而不怕被人看的乳溝。挑逗的香水味在艦橋內幽幽散開。

「這邊也麻煩你了，古城。」

崔妮大大方方地坐上準備給艦隊司令官的座位，還把右腿伸到古城面前。她是在命令……

脫絲襪。

「交給我吧。」

「啥！」

古城單膝跪下，把手伸到崔妮的大腿根部。雪菜目睹那一幕，變得橫眉豎目。

「哎呀，妳是怎麼啦，姬柊雪菜？擺那麼恐怖的臉。」

崔妮望向雪菜，戲弄似的問道。雪菜則握緊拳頭，肩膀發抖硬是忍下那樣的屈辱。

古城這時候已經脫下崔妮右腿的絲襪，跟著就要改脫左腿。

「謝謝你，古城。這是大姊姊給你的獎勵喔。」

「光榮之至。」

古城輕輕吻了崔妮伸過來的左腳腳背。雪菜將牙關咬得格格作響。

「怎麼會……為什麼……？心靈支配系的魔法應該對吸血鬼不管用……！」

雪菜氣得臉頰泛紅，用壓抑的聲音嘀咕。

之前雪菜還感到半信半疑，但是古城剛才的行動讓她有了把握。古城並不是因為雪菜她們被抓來當人質才不得不服從崔妮，他的心靈完全被崔妮支配操控了。

可是，古城身為吸血鬼真祖，對魔法有強大的抵抗力，尤其是干涉心靈的魔法，據說幾乎無法產生效果。過去成功操控過古城的人，只有魔女仙都木優麻。而且那並不是支配古城的心靈，而是透過空間操控魔法將雙方肉體的神經強行錯接的成果。

然而，崔妮看似沒有冒著優麻那樣的風險就輕易操控了古城。雪菜不明白當中的原理。

換言之，意思就是她不知道該如何從崔妮的支配中解救古城。

「他對妳還真是百依百順呢，崔妮。為了後生晚輩，能不能也教教我們讓男士聽話的祕訣？」

拉．芙莉亞用坦然佩服似的語氣問。崔妮則開朗地哼聲笑道：

「祕訣？我想想，會不會是成熟的魅力呢？對不起喔，回答得這麼殘忍。」

崔妮炫耀似的強調乳溝，並語帶挑釁地嘲笑雪菜。雪菜頓時氣得腦子一片空白。

「學長！拜託你醒醒！為什麼你要聽這種人的話！」

雪菜含著眼淚瞪了過來，使得古城一副不可思議地回望她。

「怎麼了嗎，姬柊？可惜了妳這張漂亮的臉。」

「啥！」

雪菜氣得說不出話。古城看她憤怒得發抖，便露出不解的表情。感覺不像心靈受到支配，十分自然的反應。

「啊。難道說，妳在吃醋？放心吧，妳一樣有可愛的地方，這套禮服也很適合妳。」

古城用自我陶醉般的做作語氣說話，還想摸雪菜的頭髮。接著古城忽然停下動作。彷彿

要回想自己正在做什麼的奇妙沉默。

隨後——

「好了，到此為止。扮家家酒的時間結束嘍。」

崔妮說完，硬是把古城拉向自己。接著她用下巴示意，要拉．芙莉亞到艦橋中央。

「啟動『虹橋』吧，拉．芙莉亞．立赫班。」

「不可以，拉．芙莉亞……！也許真的會引發戰爭！」

雪菜瞪著銀髮公主喊了出來。拉．芙莉亞卻靜靜地搖頭說：

「維爾特雷斯的居民，八十萬條人命是無可取代的。雪菜，妳也不希望讓古城犯下大屠殺的罪過吧？」

「這……！」

雪菜語塞了。拉．芙莉亞不啟動「虹橋」，崔妮大概就會命令古城攻擊維爾特雷斯。目前的古城很有可能照著崔妮的命令，將王都焚毀殆盡。要扛起大屠殺罪過的會是古城。

「所謂政治，就是為了其中一方的利益，將另一方割捨。而下決定就是王族的使命。假如避免不了犧牲，就選擇相對理想的未來吧。」

「引發人類與魔族的戰爭，就是相對理想的未來嗎……！」

「如果獲得的利益能超越犧牲，戰爭也會是一項政治性的選擇。」

公主冷酷的話語讓雪菜無言以對。崔妮吹了個口哨。

「過去我們阿爾迪基亞承受『戰王領域』的侵略千年之久。遭到蹂躪的國土，犧牲的人們——那段仇恨至今仍在國民之間延燒。並非所有人都希望和平，事情便是如此。」

雪菜盯著拉．芙莉亞毫無感情的眼睛。她什麼也無法回嘴。

「要談更實際的話題嗎？阿爾迪基亞是以魔導技術立國，而那些高端技術是隨著戰爭促使兵器演進而來的。換言之，兵器與軍事技術才是這個國家真正的骨幹產業。新的戰爭，應會為我們帶來莫大的利益。」

「怎麼會……」

「世界上也有許多國家並沒有批准提倡魔族與人類共生的『聖域條約』。他們應該會歡迎我做的這項決定吧。貴組織……是叫聖域解放機構對嗎？你們也會協助我吧，崔妮？」

「是、是啊。沒錯。當然了。」

拉．芙莉亞忽然將目光轉到崔妮身上，使得崔妮急忙附和她所說的話。

「有第四真祖與我們同在。『戰王領域』不足為懼啊。」

「聽妳這麼說，我放心了。」

拉．芙莉亞滿意地點頭後，走到艦長席前。她靜靜地將自己的右手按向設在那裡的半球型面板。

「阿爾迪基亞王盧卡斯·立赫班的長女拉·芙莉亞在此下令——甦醒吧，『虹橋』。」

在拉·芙莉亞宣達命令的同時，半球型面板微微點亮了。飛行戰艦的巨軀隨之振動，艦橋內的機器陸續動了起來。

「這樣『虹橋』就啟動了嗎？」

儀式一下子就結束，讓崔妮失望似的嘀咕。

拉·芙莉亞微笑著回頭說：

「嗯。不過，由王族進行活體認證將船強制啟動，是為了緊急狀況所準備的例外機制。」

基於正規指揮系統的一般作戰行動便無法執行。」

「什麼意思？」

「意思就是『虹橋』除了實彈兵器外的武裝，依然上了鎖。要動用魔法兵裝，必須由我個別認證。」

「表示沒有公主允許，這玩意就沒辦法發揮原本的性能？」

崔妮一邊咂嘴一邊看了坐在艦長席的男子。穿著聖環騎士團制服的艦長鄭重點頭，對公主說的話表示肯定。

「這是事實。」

「真麻煩。」

傷腦筋——崔妮聳了聳肩。也許崔妮原本是想在「虹橋」啟動結束的時間點，將完成職責的拉．芙莉亞收拾掉。不過她的盤算落空了。要利用「虹橋」仍必須有拉．芙莉亞協助。

「不用客氣。要開戰時，我會鼎力相助。」

拉．芙莉亞始終以對等的語氣對崔妮笑。隨後——

「重要的是我流汗了。請替我做梳洗的準備。」

「什、什麼？」

拉．芙莉亞的要求太過唐突，讓崔妮連要發火都忘記了，只是愣愣地張嘴。她疲倦似的發出嘆息，並且對一名乘員下令，要對方帶公主到浴室。

「我們走吧，雪菜。還有古城，待會兒再見面吧——」

銀髮公主昂揚地點頭說完話以後，便朝著浴室邁步而去。

雪菜覺得頭有點暈，卻還是只能跟在拉．芙莉亞後面。

5

令人傻眼的是，「虹橋」船內除了有日本溫泉風格的大澡堂，連道地的三溫暖設備都齊

備。若照公主的說法，阿爾迪基亞是三溫暖的發祥地，許多家庭都設有三溫暖。

雪菜還有拉．芙莉亞身上只圍了浴巾，坐在木製的長椅上。本來洗三溫暖要穿泳裝才符合阿爾迪基亞的規矩，但船上實在沒有準備泳裝。

「在三溫暖流汗果然舒服。聽說日本艦艇也有充實的洗浴設施，不過在裝甲飛行船上常備三溫暖，應該就是阿爾迪基亞獨有的了。這套系統利用了精靈爐的冷卻水，對地球也很環保。」

「是、是喔。」

雪菜帶著曖昧的表情望著銀髮公主看似得意地道來。

確實如公主所豪語，「虹橋」的三溫暖相當氣派，還設有電視與供水設備，讓人過得很舒適。

「欸，妳真的只是想洗澡而已嗎？我還以為妳想到了什麼計策耶……！」

「哎呀，浴室可是最適合釐清思緒的地方喔。以往著名的古代科學家也是在入浴時發現了浮力原理，據說高興過頭就光著身子跑到大街上了。」

拉．芙莉亞用毛巾擦著額頭上的汗水，露出了嬌豔欲滴的微笑。

由於長髮用毛巾裹著，她纖細的頸子暴露在外，白皙肌膚微微泛紅，隔著浴巾也能明顯看出身材凹凸有致。拉．芙莉亞入浴的模樣不負美神再世之名，美得超凡脫俗，連同性的雪菜也差點看得入迷。

不過，雪菜當然也有自覺，狀況並不容許她們悠哉地入浴。

「現在不是慢條斯理地說這些的時候了吧！再這樣下去，說不定真的會引發戰爭啊！」

「我明白。但是，崔妮率領的國籍不明兵有二十人以上。如果把聽從她的阿爾迪基亞騎士也算進去，敵人的戰力會更多。妳再有本領，也無法讓這麼多人無力化吧？」

「是這樣……沒錯。」

雪菜看似不甘地低下頭。獅子王機關的劍巫是對付魔族的專家，卻不習慣打團體戰。要獨力鎮壓經過指揮的士兵集團——還是精悍的阿爾迪基亞騎士們實有困難。

「何況崔妮身邊有古城在。他並不是能戰勝的對手。假如妳敢用七式突擊降魔機槍誅滅他，那倒是另當別論。」

「誅滅……學長……？用『雪霞狼』……？」

雪菜用力咬緊嘴唇。如果古城要攻擊維爾特雷斯市區或「戰王領域」的艦隊，在那之前阻止他便是雪菜身為監視者的使命。她並沒有忘記這一點。所幸為此需要的武器，目前仍在雪菜的身邊。但……

「請等一下。假如學長是被崔妮小姐用魔法操控，或許可以用『雪霞狼』的能力令其失效。」

「不，那恐怕行不通。」

雪菜蘊含著一縷希望所說的話被拉．芙莉亞輕易否定了。

「心靈支配系的魔法，對魔法抗性強的吸血鬼沒有用。這是妳說過的喔，雪菜。」

「那麼，學長為什麼會聽崔妮小姐的話……？」

雪菜近似哭訴的聲音迴盪於三溫暖室。

拉．芙莉亞凝視著混亂的雪菜，溫柔地點點頭。

「對。不解開那道謎，我們就沒有勝算。反過來說——」

「是嗎……只要學長恢復清醒……」

雪菜祈求似的自言自語。

「嗯。只要古城站到我們這一邊，崔妮有幾個部下都沒關係。若是第四真祖的眷獸，就可以一擊將這艘『虹橋』轟沉。」

拉．芙莉亞微笑著這麼說，略顯憂愁地垂下目光。

「但是，要說古城目前不清醒就令人存疑了。在我看來，他似乎是自願聽從崔妮。」

「再怎麼說……學長也不可能那樣吧……」

「不正視現實，會看不透敵人的真面目喔。」

雪菜用沒把握的語氣想擁護古城，拉．芙莉亞卻說了重話斥責她。

「不要緊，雪菜，妳要有自信。身為監視者的妳不替古城取回心智，要由誰來做呢？我們要從崔妮的身邊搶回古城。」

「可是，我不知道怎麼做才好……」

雪菜揪著浴巾的邊邊，聲音軟弱發抖。她想起古城對崔妮的聽話模樣，心情變得非常糟。以往不曉得的漆黑情緒正在蔓延，好似要讓人心碎。

而拉・芙莉亞輕輕摸了雪菜的下巴，然後優雅地瞇眼。

「不用擔心。妳有崔妮沒有的武器。」

「妳說……武器嗎？」

雪菜低頭看向自己用浴巾裹著的胸口，缺乏自信地嘆了氣。

儘管她對自己以整體來說較為嬌小這一點有自覺，以往卻不曾介意過。然而，看了崔妮那種明顯以豐滿身材為豪的態度，多少會自卑也是難免。果然男生對特別有料的胸部就是招架不住，她認真地煩惱起這種沒營養的事情。

「看來紀念典禮好像開始了——」

拉・芙莉亞在無心間的嘀咕打斷了雪菜憂鬱的思緒。

公主看著嵌在三溫暖室牆上的電視畫面。和平紀念典禮會場透過實況轉播顯示在上頭。

典禮開始的時刻已近，因此會場早就聚集了各國的重要人物、身為「戰王領域」代表的

亞拉道爾，還有阿爾迪基亞王家的眾人。在那當中，雪菜看見了意想不到的身影，忍不住叫道：

「拉．芙莉亞公主……？怎麼會！」

在典禮會場一塊站著的阿爾迪基亞國王與王妃旁邊，有公主盛裝打扮的身影。

對方將長髮往上梳起，還飾以頭冠，然而端整臉孔與令人印象深刻的碧眼，無疑就是拉．芙莉亞公主本人。國民們看著轉播，沒有任何一個人顯露出起疑的模樣。

「大概是準備了替身吧……原來如此，他們用這招啊。」

拉．芙莉亞摸著汗濕的臉，嘻嘻發笑。於是雪菜總算察覺了。她想起還有另一個和拉．芙莉亞相貌酷似的少女存在。

「夏、夏音……！」

「外祖母大人授意的吧。呵呵，事情變有趣了。」

拉．芙莉亞由衷開心似的笑了。

夏音待在典禮會場，表情顯得有些緊張。即使如此，她仍有扮好公主的替身。夏音當然是比拉．芙莉亞嬌小，臉孔也較為稚氣，但差異並沒有大到會在電視轉播被人認出。何況一般的國民到了會場，遠遠看去根本不可能發現。

「那麼，從崔妮的角度來想，應該會期待我缺席紀念典禮，導致阿爾迪基亞王家失去信賴，但這樣立場就逆轉了。將綁架公主一事當成實績宣傳的恐怖分子會被認為純屬騙子。」

拉．芙莉亞笑累似的調整呼吸，並用認真的語氣說道：

「企圖干擾紀念典禮的恐怖分子應該不會只有崔妮這一派，但他們肯定變得難以出手了。畢竟胡亂出手就會被看成是騙子的同夥。如此一來，崔妮那些人所剩的選項便不多。」

當拉．芙莉亞把話說完的同時，雪菜她們所在的三溫暖室牆面震動了。

有如巨大機械相連接的沉沉聲響傳出，好似地面傾斜的奇妙加速感湧上。

「『虹橋』……！」

雪菜察覺那陣轟鳴聲的真面目，發出驚呼。原本為避免醒目而保持停機狀態的「虹橋」終於動起來了。

「沒錯。崔妮無法期待典禮會場發生混亂，就只能動用『虹橋』。而且『虹橋』一動，也會讓王宮得知我在這裡。話說回來，似乎也有人早就發現了——」

公主把目光轉向三溫暖室的小小窗口。飛行戰艦上浮中，從窗口只能看見萬里無雲的藍天。可是，在那片天空的角落，有像鳥一樣的黑影孤零零地飄浮著。

雪菜認出那顆黑點的真面目，頓時倒抽一口氣。

猶如冰河光芒的粉藍裝甲；黃金鑲邊，還有手握大劍的女武神徽章。

那是曾造訪絃神島，還參加過真祖大戰的另一艘裝甲飛行船——

阿爾迪基亞聖環騎士團的旗艦「蓓茲薇德」。

6

「糟糕。『虹橋』居然起飛了。」

裝甲飛行船「蓓茲薇德」的艦橋——矢瀨用預備的望遠鏡看，拉高了聲音。

理應在空軍基地待命的飛行戰艦掙脫繫索，逐漸抬升高度。不符其巨軀的猛烈速度。

飄浮在空中的「虹橋」遠比影像中所見更為巨大。在飛行戰艦的英姿之前，連全長超過一百五十公尺的「蓓茲薇德」也讓人覺得無助而渺小。

淺蔥望著那樣的飛行戰艦，表情嚴肅地沉思說：

「它本來就是飄在半空，你應該說上升才對。」

「現在是悠哉談這些的時候嗎！」

紗矢華握緊銀色長劍，還帶著掩飾不盡焦慮的表情低吼。

「虹橋」啟動，就可以篤定被綁架的拉．芙莉亞和雪菜是在艦內了。但即使知道下落，也沒有手段救她們。這樣的事實正讓紗矢華焦躁不已。

「果然趕不上嗎……船長，是否能與基地司令通訊……？」

繆潔太后坐在供王族用的座椅，表情險惡地朝裝甲飛行船的船長問道。

離紗矢華等人發現崔妮・哈爾登的下落還不到四十分鐘。可是，太后接到報告後的對應卻很迅速。

她立刻與騎士團聯絡，同時也把在王都上空放哨的「蓓茲薇德」叫到特諾提亞離宮；還親自坐上「蓓茲薇德」，前往阿斯科拉空軍基地。在王妃時期經歷過多場戰役的她才會有這種過人行動力。

不過憑太后如此迅速的對應，還是沒能阻止「虹橋」啟動。因為對阿斯科拉空軍基地的通訊曾遭到隔阻。

「通訊是接上了，但基地內部似乎大為混亂。之前那種魔獸正在基地內肆虐，似乎造成了大量的傷患。」

樣貌讓人聯想到中世紀海盜的粗壯船長臉色凝重，摸了摸下巴的鬍鬚。

「爭取時間好讓『虹橋』完成啟動準備是嗎？」

哼——太后優雅地嗤之以鼻。

由於基地內遭魔獸入侵，基地管制官連停泊中的「虹橋」已經啟動這一點都沒有發現。

那是軍方未能阻止崔妮陰謀的直接原因。

但是通訊既已恢復，表示基地內的混亂似乎正在收束。

「隸屬阿斯科拉基地的戰鬥機已經進入緊急起飛（Scramble）狀態了。他們揚言在最糟的情況下，就算打穿引擎也要攔住『虹橋』。」

「不能讓『虹橋』開到海上。我支持基地司令的判斷。」

太后嚴肅地頷首了。「虹橋」雖是阿爾迪基亞王國的重要資產，但也不能坐視其攻擊他國的艦艇。與其促成戰爭的導火線，先將它擊落是理所當然的判斷。

雖說「虹橋」是以機動性高的裝甲飛行船自居，其速度與迴旋性能仍遠遠不及戰鬥機。而且從吸排氣口外露的引擎部，對飛行船來說是致命要害。如果只破壞引擎，也不必擔心會傷及被充為人質的拉·芙莉亞。

眾人聽見船長與太后對話，「蓓茲薇德」的艦橋讓安心的氣氛籠罩了。可是——

「船長，『虹橋』艦上出現強大的魔力反應！突破檢測極限！」

負責搜敵的乘員開口報告，差點放鬆的氣氛立刻僵凝。

從飛行戰艦釋出的龐大魔力密度提高，化成了巨大召喚獸的身影。濃密得足以具現化的魔力聚合體，吸血鬼的眷獸。

「『甲殼之銀霧（Natra Cinereus）』！曉古城的眷獸怎麼會……！」

紗矢華認出了現身的眷獸，驚訝地尖叫出聲。

被銀色鎧甲所覆的巨大甲殼獸，是第四真祖的第四號眷獸——象徵吸血鬼「霧化」能力的幻獸。

將自身肉體化為霧消失蹤影，是眾多吸血鬼擁有的基本能力。可是，第四真祖的魔力過於龐大，不只能讓自己變成霧，連周圍的所有物質也會遭受牽連。而且操控眷獸若有失手，便不保證能變回原本的狀態。除破壞之外別無用途的惱人眷獸。

那頭銀色的甲殼獸，將能力指向阿斯科拉空軍基地的飛機跑道。

銀霧擴散而開，將跑道完全掩蓋。接著當霧被風吹散的時候，跑道就消失蹤影了。只留下被狠狠掀開的地面——古城的眷獸在一瞬間將跑道消滅了。

超乎想像的破壞景象讓「蓓茲薇德」的艦橋被沉默籠罩。

第四真祖荒謬的戰鬥能力。還有崔妮·哈爾登已將他支配並為己所用——乘員們重新體認到如此險惡的現實了。

「好在沒有人受傷，但這樣戰鬥機就無法起飛了。」

「意思是，不能期待來自空軍基地的救兵嘍。」

矢瀨與淺蔥已經對第四真祖的誇張程度見怪不怪，就率先打起精神，然後冷靜地提出意見。

「只能靠我們對抗了呢。」

太后表情嚴峻地嘀咕並看向船長，像是要尋求認同。

「哎，盡力而為啦。坦白講，這一仗會很吃力。畢竟『蓓茲薇德（這艘船）』沒有設想過要跟裝甲飛行船互搏。」

船長搔著腦袋，將厚厚的嘴唇撇到一邊。

即使同為裝甲飛行船，「蓓茲薇德」的主要任務是運送及支援騎士團。裝載的武裝也以自衛用的機槍及迎擊飛彈為主，並未設想過要與敵方艦艇正面交火。

另一方面，「虹橋」是為了投入戰鬥最前線所造的飛行戰艦，若兩者正面比拚，「蓓茲薇德」沒有勝算。說起來，兩者火力就天差地遠。

「找到了。姬柊學妹和公主大人都在。」

矢瀨戴上愛用的耳機，振奮地「噢」了一聲。

「她們倆平安嗎！在哪裡！」

紗矢華立刻對雪菜的名字起了反應。

矢瀨則豎耳聆聽似的閉著眼睛點頭說：

「我想暫且平安啦……怎麼會有這種回音？在浴室嗎？」

「……啥？」

「呃，姬柊學妹和公主大人似乎一起在洗澡耶。」

矢瀨露出困惑的表情說道。

理應成為人質的拉．芙莉亞和雪菜仍在有所動作的飛行戰艦中悠哉入浴。好像連矢瀨都完全搞不懂狀況。

紗矢華氣急敗壞地逼近歪著頭的矢瀨問：

「怎麼回事！我也快要一年沒有跟雪菜一起洗澡了耶！話說你怎麼會曉得狀況！你在偷看她嗎！」

「誰會啊！我只是靠聲音迴響和位相變化來分析周圍的狀況！」

「那是怎樣？類似……竊聽狂嗎？」

「不用討論我啦！重要的是古城那邊才糟糕。他跟那個叫崔妮的女人一起待在艦橋。」

紗矢華發現矢瀨話中的意思，也就停下了動作。

慘慘慘——淺蔥說著便捂起眼睛搖搖頭。

「想是有想過，不過這太糟了。古城那傢伙果然受了崔妮．哈爾登操控。」

「妳說操控……可是，她怎麼辦到的？」

紗矢華提出疑問，淺蔥愛理不理地聳肩回答：誰曉得。

「會不會是中了美人計呢？」

「怎麼可能！曉古城再怎麼離譜也不會……大概吧……」

開玩笑歸開玩笑，淺蔥的嘀咕裡仍有一絲認真，紗矢華便缺乏自信地對她反駁。

就在隨後，「蓓茲薇德」的艦橋裡響起了警報聲。

「確認遭射擊管制雷達照射。砲擊要來了。」

「展開擬造聖盾（寒盾系統）！迴避！」

船長立刻下指示應對。備戰的眾乘員迅速對命令做出反應。

飛行戰艦映於窗口的巨軀上四處閃爍著凶惡光芒。是砲火的閃光。

「精靈爐最高功率。展開擬造聖盾！」

「交由戰術人工智慧掌舵。實施預知迴避！」

打雷般的巨響與衝擊對「蓓茲薇德」的船體造成劇烈搖晃。名為擬造聖盾的青白色光輝包裹住裝甲飛行船，砲彈在光膜的表面炸開。

「報告損傷！」

「機械正常，裝甲無損傷。擬造聖盾負荷率為百分之七。」

「……命中的只有普通砲彈嗎？」

通訊員的報告讓船長露出了疑惑之色。

「虹橋」身為飛行戰艦，裝載了功率比「蓓茲薇德」更高的精靈爐。用那股龐大靈力進行魔法砲擊，理應就能打穿「蓓茲薇德」的擬造聖盾。

「看來拉・芙莉亞沒有解開魔法兵裝的封印呢。」

太后露出了威風的微笑。

「虹橋」未獲得正規出擊命令，要動用魔法兵裝必須由王族進行認證。雖然成為人質的拉・芙莉亞已准許啟動「虹橋」，卻沒有核准使用魔法兵裝。換句話說，目前「虹橋」是處於無法發揮原本性能的狀態。

「看得見勝算了啊。」

大鬍子船長所說的話，與他苦澀的語氣恰巧成了對比。就算魔法兵裝仍被封藏著，也不代表他們就能推翻船艦的性能差距。他明白戰況並無法樂觀看待。

「副長，能用『司法神』單點射穿對方的引擎嗎？」

「要瞄準是可行的。不過，艦對空飛彈的威力未必能穿透『虹橋』的裝甲——」

「那就去辦！」

船長硬是要冷靜地繼續報告的副長閉嘴，並且下令反擊。

副長大概也習慣那種粗裡粗氣的對待方式，就毫未表露不滿地複誦。

「了解。『司法神』一號到四號，開始攻擊。」

「『司法神』一號到四號，發射。」

發射的沉沉衝擊讓「蓓茲薇德」的艦橋稍稍搖晃了。

艦對空飛彈「司法神」原本是用於迎擊敵方戰鬥機的武器，威力不足以將「虹橋」的裝甲擊穿並擊沉。

不過，若是「虹橋」吸入飛彈炸開的碎片，大有可能對引擎造成深刻損傷。對方似乎明白這一點，便讓「虹橋」的對空機槍發出彈幕，打算擊落射來的飛彈。

「離著彈剩下四秒。對方沒有展開擬造聖盾！」

「給我中啊……」

船長祈禱似的交握雙手。他的祈禱似乎靈驗了，射出的四發飛彈當中有三發在穿過彈幕後抵達「虹橋」的船體。

即使說是再牢固的飛行戰艦，同時承受三發飛彈，想必也不會毫髮無傷。

當所有人都如此抱持期待的瞬間，有陣炫目的黃金閃光像在保護「虹橋」一樣出現了。

「啥！」

「『獅子之黃金（Regulus Aurum）』——！」

船長和紗矢華的叫聲重疊了。

黃金閃光的真面目是第四真祖的第五號眷獸——身披雷光的巨獅。

牠在一瞬間掃過所有射來的飛彈，還迅如電光地調頭衝向「蓓茲薇德」。

「迴、迴避！」

船長的號令被巨響與衝擊蓋過了。雷光巨獅的攻擊輕易將擬造聖盾的結界擊破，更對「蓓茲薇德」本身造成了莫大的傷害。艦橋內有無數警報聲響起，到處都有乘員在慘叫。

「擬造聖盾瀕臨極限了。右舷第三引擎及第四引擎嚴重毀損。停供燃料。」

「光是擦身而過，就有這種威力……！」

跌落船長席的船長仍未起身，就目瞪口呆地發出驚呼。大概是眷獸手下留情，損傷還不至於讓他們墜毀，不過戰鬥能力肯定是大幅下滑了。「蓓茲薇德」想隻身擋下「虹橋」可說陷於絕望處境。

「那傢伙的眷獸一旦變成敵人，簡直是犯規嘛！有古城就不需要什麼魔法兵裝了吧！」

來不及護身就摔在地上的矢瀨一邊揉背一邊站了起來。

「世界最強吸血鬼的外號並非浪得虛名呢。」

太后在嘀咕間流露了遺憾之意。就連她也想不出打破局面的對策吧。

機關砲的微薄威力對「虹橋」的裝甲不管用，好像勉強管用的飛彈又會遭受雷獅迎擊。即使沒有擬造聖盾提供的結界，飛行戰艦仍是固若金湯。

但是「蓓茲薇德」不能逃。「虹橋」會停留於這塊空域，是在提防「蓓茲薇德」從背後發動的攻擊。萬一「蓓茲薇德」撤退，崔妮應該會立刻前往殲滅「戰王領域」的艦隊。

要阻止她的計畫，只有在此將「虹橋」無力化一途。

「早知道這樣，我們應該把那月美眉也帶來阿爾迪基亞呢。」

淺蔥不甘心地撇嘴嘆了氣。即使靠淺蔥的能力，也無法遙控駭入運作中的軍艦。要竊據「虹橋」的操控權，唯有直接對艦內的電腦進行存取。

「對喔……只要上了那艘船，古城也就不能對我們用眷獸……」

矢瀨帶著認真的表情說。

魔法兵裝未發揮機能，表示「虹橋」目前無法防範來自外界的魔法攻擊。換句話說，用空間移轉入侵對方艦內是可行的。

然而，雖說雙方正在近距離交火，從「蓓茲薇德」到「虹橋」仍有近六千公尺的距離。能不經準備就移轉這麼長距離的空間施術者，頂多只有「空隙魔女」南宮那月。

「空間移轉……！」

紗矢華似乎想起了什麼，便用力地抬起臉孔。淺蔥他們的對話，讓她想起了在真祖大戰時的艱苦體驗。

「艦長，這艘船的空間移轉室能用嗎？」

「妳要用移轉室？」

船長詫異地瞪大了眼睛。

裝甲飛行船「蓓茲薇德」上頭裝載了利用精靈爐的高功率，強行讓人員進行長距離空間移轉的裝置。紗矢華知道那項設備的存在，因為之前拉・芙莉亞硬是帶她使用過一次。

「可以的。不過，憑精靈爐目前的功率倒無法連續使用。」

「意思是不可能送出大部隊？」

副長的報告讓大鬍子船長板起臉孔。空間移轉室能容納的武裝騎士最多就兩名，即使硬塞手無寸鐵的人員，恐怕三四個就是極限吧。

把這麼點人送上被恐怖分子占據的飛行戰艦，想必也沒有意義，形同看著他們去送死。

「既然這樣，把我傳送過去。我會用艦內的電腦篡改『虹橋』的戰術人工智慧。」

「藍、藍羽淺蔥……！」

淺蔥不以為意地舉手志願，讓紗矢華表情驚愕地看了她。

在與外部網路隔離的「虹橋」艦內，淺蔥無法使用「該隱巫女」的力量，只是個無力的高中女生而已。這樣的她要闖進恐怖分子陣營當中，感覺幾乎就是自殺行為。

可是，紗矢華卻覺得自己懂她的心情。淺蔥並不是為了阻止戰爭，而是為了救朋友才打算冒那樣的危險。為了解救被俘的雪菜與拉・芙莉亞，進而避免古城受人操控而背負大屠殺罪名——

「船長先生，你能不能拿到『虹橋』通訊用的存取代碼？」

「當然能，可是……」

被淺蔥一問，船長露出苦惱的表情。他應該是在猶豫，該不該將列為軍事機密的存取代碼交給身為外國人的淺蔥。

「無妨，船長。請你告訴她。」

太后對百般糾結的船長下令了。這表示一切責任有她擔。

「優絲緹娜，妳也一同隨行，繼續保護『該隱巫女』。」

「——遵旨，太后陛下。」

不知從哪裡傳來了答話聲，隨後，從艦橋天花板上突然有高個子的女騎士縱身而下。削齊的銀短髮，以及改造得像忍者服一樣的無袖軍裝。是優絲緹娜．片矢伏擊騎士。

感覺優絲緹娜有好一陣子沒看見人影，其實她好像一直暗中保護著淺蔥等人。她恐怕忠實地在履行拉．芙莉亞的命令。

「等、等等，要護衛的話算我一份！我也要去！」

紗矢華急忙朝著前往空間移轉室的淺蔥她們追了過去。

阻止國際魔導恐攻，原本該是紗矢華任職於獅子王機關的攻魔師之務。她不可能把職責推給民眾出身的高中女生，自己卻悠哉地待在後方。何況紗矢華是詛咒與暗殺的專家，這種潛入敵陣的工作，對獅子王機關的舞威媛來說屬專精領域。

「謝啦，煌坂同學。那你要怎麼辦，基樹？」

淺蔥自信地微笑並看向矢瀨。

「講一講變成連我也非去不可嗎？假如搞到沒命，我可是會恨你的，古城……！」

即使矢瀨欠缺直接的戰鬥力，他那種可以精確得知「虹橋」艦內狀況的能力，在這種狀況下有用得嚇人。對此，矢瀨本身應該也有自覺。和講話的口氣恰好相反，他帶著有些愉悅的表情聳了聳肩。

「請等一下，有來自『虹橋』的發光信號。這是……拉．芙莉亞公主殿下？」

有一名乘員叫住準備離開艦橋的紗矢華等人。

在螢幕所顯示的「虹橋」窗口可以看見有小小的光源閃爍。

以初階魔法造出的光球。拉．芙莉亞似乎打算靠那陣明滅來傳達某種訊息。待在「虹橋」艦內的崔妮等人都不會發現，高招。

「拉．芙莉亞說了些什麼？」

太后用警戒般的語氣問了乘員。年輕乘員帶著十分困惑的臉，把簡短寫下的筆記遞給太后。

「公主是說，要我們趕緊把這東西帶過去。」

「這是……？」

「什麼玩意兒啊？」

「什麼情形？」

探頭看了筆記的太后、淺蔥還有紗矢華的聲音重疊在一起。拉·芙莉亞送來的訊息內容便是如此令人意外。

「傷腦筋。不知道那孩子在想些什麼……優絲緹娜，妳能立刻準備嗎？」

太后感到頭痛似的把手湊到太陽穴，如此提問。

「遵命。」

能幹的女騎士像在表示「包在我身上」地把手湊在胸前，然後行了禮。

第六章 煙火

Hanabi

1

儘管季節尚冷，維爾特雷斯的中央廣場卻被熱氣籠罩著。

為了紀念阿爾迪基亞王國與「戰王領域」締結和約滿四十週年，來自全國各地的人聚集於此。包含「戰王領域」在內，來自鄰近諸國的訪客，以及為了一睹傳聞中的美麗公主而來瞎起鬨的觀光者也不少。眾多攤販衝著他們在會場周圍一字排開，舞者與樂隊的遊行更為典禮增色。

另一方面，典禮當事者盧卡斯．立赫班正從敞篷車的座位向群眾揮手，並用險惡的臉色望著遠方，朝阿斯科拉空軍基地的方向。

以晴朗天空為背景，不時有狀似雷電的微弱閃光亮起。靜靜地豎起耳朵，還能聽見有如海潮聲的低鳴。兩艘大型裝甲飛行船正展開空戰。

「你說『虹橋』與『蓓茲薇德』正在交戰……！」

護衛騎士的報告讓盧卡斯的肩膀陣陣發抖。

第四真祖失蹤；魔獸出現在空軍基地；還有空中戰艦遭劫——

已經查到被抓的拉・芙莉亞的下落，狀況卻更為惡化了。

再加上他本身要參加典禮便無法行動。總不能讓聚集在會場的民眾與各國來賓隨之恐慌。如此複雜的立場造成壓力，就連剛毅的國王也難掩湧上的焦躁。

「被搶的『虹橋』恐會針對預定參加閱艦儀式的『戰王領域』航空母艦戰鬥群而來。」

騎士低聲耳語的內容使得盧卡斯惱火地咕噥。

隸屬阿爾迪基亞軍的裝甲飛行船對「戰王領域」艦隊展開攻擊。盧卡斯也能輕易想像那會招致的慘烈未來。

「戰況如何？」

「『蓓茲薇德』喪失戰鬥能力，目前正在後退。不過有報告指出，優絲緹娜・片矢伏擊騎士與其餘人等已用空間移轉室入侵至『虹橋』內部了。」

「唔。」

在盧卡斯咕噥的同時，東方天空再次亮起爆炸的閃光。現在仍被群眾的歡呼所掩沒，幾乎沒有人發現，但不曉得這樣的狀況能持續多久。

「有何困擾嗎，阿爾迪基亞王？」

坐在盧卡斯旁邊的黑長髮吸血鬼用認真的語氣問道。「戰王領域」帝國議會議長裴瑞修・亞拉道爾——近來雖被稱為穩健派，在以往的眾多戰役中，他仍是從人類手中拿下顯赫

戰果的英勇貴族。

為了收拾局面，仰賴他的協助也是一種選擇。但是，那就代表阿爾迪基亞會對「戰王領域」欠下莫大的人情。考慮到結果在政治上、經濟上帶來的損失，便不能輕易接受。

「沒什麼，家務事而已。你別介意，塞維林侯。」

盧卡斯用苦澀的語氣告訴對方。亞拉道爾則靜靜地望著阿爾迪基亞王的臉龐說：

「與昨晚的王宮襲擊事件有關？」

「不，那件事已經解決了。如你所見，被綁架的拉．芙莉亞也救了回來。」

盧卡斯說著就指向並駛的別輛車上所載的銀髮公主。

扮成拉．芙莉亞的叶瀨夏音正親切地微笑，向路旁迎接的人們揮手。那模樣跟賣乖時的拉．芙莉亞本人別無二致，甚至連身為父親的盧卡斯都分不出來。

「呼嗯。救了回來……是嗎？」

亞拉道爾緩緩地回頭，並且與車上的夏音目光相接。

一瞬間，他的雙眼染為深紅，猶如黑色火焰的強烈氣息被釋放出來。

對亞拉道爾來說，不過是將平時壓抑著的力量稍微解放。然而，那卻化為常人無法承受的強烈威迫感，襲向夏音。

感覺連受過訓練的士兵都會不由得陷入恐慌的魔族波動——

可是，夏音悠然微笑著應付過去了。據說只有阿爾迪基亞王家女子才有的皇女之力——足稱精靈庇佑的龐大靈力，將亞拉道爾的氣勢抵銷。

「原來如此。看來並非迫不得已才準備的廉價替身。我了解了，阿爾迪基亞王。我們就再旁觀一陣子吧。」

失禮了——亞拉道爾對夏音點頭致意，然後朝盧卡斯笑了笑。

他那彷彿看透一切的話語，讓盧卡斯微微地板起面孔。對於空軍基地上空發生的異象，亞拉道爾似乎早已察覺。

車輛載著盧卡斯等人抵達典禮會場的舞台。

舉拳高過頭頂的盧卡斯一下車，聚集的群眾便發出歡呼。

亞拉道爾跟著下來以後，同樣有雷動的掌聲與歡呼迎接。和盧卡斯下車時相比，感覺年輕女性發出的聲音更加顯著，但是盧卡斯現在並沒有餘裕介意那些。

最後，當波麗芙妮雅和夏音揮手時，群眾的興奮情緒便達到頂點。趁著人們將注意力轉向夏音她們，盧卡斯朝空軍基地的方位瞥了一眼。

空戰似乎仍在持續，從這裡實在看不出詳細戰況。可以的話，他想立刻拋開典禮，然後趕往戰場。

「不可以喔，親愛的。事情交給拉．芙莉亞和她的朋友去處理吧。」

波麗芙妮雅似乎看透了盧卡斯那些心思，便在他耳邊細語。

「可、可是……」

悶哼的盧卡斯看似不甘地握起拳頭。對騎士團出身的他來說，不能親自到戰場，還只能眼睜睜地旁觀的現狀可比極刑。倘若是賭上阿爾迪基亞王國命運的重大局面就更不用說了。

無關於盧卡斯內心的想法，典禮開始的時刻仍在逼近。

在騎士們的引領下，盧卡斯準備走上舞台。

這時候，夏音忽然開口了。

「不要緊的，國王陛下——」

盧卡斯停下腳步看了夏音。夏音瞇起碧眼，對訝異的他笑了笑。好似能讓觀者感到安心的柔和笑容。

替拉・芙莉亞代打上陣，夏音應該不會全無緊張感，朋友被抓肯定也令她擔心。即使如此，夏音還是望著成為戰場的天空說：

「因為有大哥和雪菜在那裡啊。」

夏音寄予話中的絕對信賴，讓盧卡斯不自覺地點頭附和了一聲「是嗎」。

隨後，他便帶著沒了迷惘的表情前往台上。

2

雪菜把肩膀泡進冷水，發出嘆息。

砲擊造成的衝擊與振動讓浴池的水面搖晃生波。雖然說，泡冷水冷卻在三溫暖室熱起來的身體是合乎道理，有股危機意識卻在質疑：現在是做這種事的時候嗎？

「呃，拉・芙莉亞？我們要洗澡洗到什麼時候呢？」

雪菜朝同樣入浴中的公主問了一句。

拉・芙莉亞用手掌掬水，緩緩抬起臉看雪菜。

「——雪菜，我有件事要問妳。妳為什麼會在我被綁架的時候一起衝進傳送門呢？」

有別於平時總是讓人覺得帶有稚氣的作風，拉・芙莉亞直言不諱地問了雪菜，口氣彷彿在責備雪菜。

「因為妳不在，結果連古城也被崔妮挾持了。身為第四真祖的監視者，妳的行為會不會太過輕率了？」

「這……妳說得對，拉・芙莉亞。」

雪菜承認自己的錯，沒有找藉口。

假如自己在古城身邊，就不會白白地讓他遭受崔妮支配。沒做到這一點是雪菜失策。以結果來說，雪菜不只讓公主蒙受生命危險，還讓阿爾迪基亞王國與「戰王領域」——不，讓全世界被戰爭波及的人都面臨危機。

「可是，在這裡的恐怖分子有可能不回應任何談判，就直接將妳殺害。知道妳或許會被殺，我怎麼能坐視不管呢？」

「身為獅子王機關的劍巫，妳能說那是正確的判斷嗎？」

「——是的。」

雪菜毫不迷惘地點了頭。雪菜從獅子王機關那裡接獲的任務是監視曉古城，但其中意涵似乎就是要控制第四真祖具有的潛在威脅性。

雖然古城平時都裝得懶懶散散，但是在本質上，他對於自己身邊的人們受傷害這件事懷有極端的恐懼。那恐怕是以往沒能保護妹妹凪沙以及奧蘿菈所造成的負面效應。

得到世界最強吸血鬼之力的他之所以好歹掌控得住那種力量，絕大部分要導因於他想保護其他人的欲求。

假如被抓的拉．芙莉亞在那樣的古城眼前被恐怖分子殺害，他會有什麼反應？答案明如觀火。

他的絕望絕對不會饒過那些恐怖分子，連同對方的後台，應該都會被殲滅至死絕。然後報復會帶來更多報復，將世界捲入殺戮的漩渦。

那正是之前自稱吸血王（The Blood）的少年所期望的未來。

雪菜身為第四真祖的監視者，有義務予以阻止。

對雪菜來說，最糟的未來並不是崔妮成功發動恐攻；而是古城重視的人受到傷害，讓他化為真正的「災厄」。為阻止那樣的慘劇，雪菜做了應該保護拉・芙莉亞的判斷。她對自己的決定並不後悔。

「可是，不只是因為那樣。」

公主露出了失望的神情，而雪菜一邊猶豫一邊嘀咕著補了一句。

「因為妳是曉學長的——不，因為妳是我們的朋友。」

拉・芙莉亞有些訝異地睜大眼睛。宛如永凍冰河的雙眼直直地映出雪菜，不久公主便從脣間吐露了呼氣般的細微聲音。

「呵呵……呵呵呵……！」

「拉……拉・芙莉亞？」

銀髮公主捧著肚子開始發出清脆笑聲，而雪菜帶著目瞪口呆的表情看了她。

在太平洋的無人島上初次碰面時，拉・芙莉亞曾說古城和雪菜是異國的友人。雪菜之所以不稱頭銜，而是用名字叫她，也是導因於此。

而且，就像古城希望把拉．芙莉亞當成一名朋友來保護那樣，雪菜也有保護她的理由。

「既不是因為我的公主身分，也不是因為阿爾迪基亞這個國家有利用價值，而是因為……我們是朋友？我服輸，雪菜。是我輸了。」

「咦？」

「光靠道理與計謀並不能說動人。被妳搬出友情這個詞，我就沒有勝算了。」

「是、是喔。」

雪菜對公主的話感到疑惑，並曖昧地點了頭。雪菜不太懂她所說的輸贏基準。

「我沒有只邀古城，而是把妳一起邀來阿爾迪基亞也是出於同樣的理由。」

不過拉．芙莉亞卻心滿意足似的瞇眼笑著。

這也是雪菜感到疑問的一點。

冷靜想想，拉．芙莉亞身為王族，沒有理由要邀雪菜來阿爾迪基亞。

可是她從一開始就不只寄了古城和夏音的機票，連雪菜的份都有準備。只有雪菜是從一開始就被公主視為對等的朋友邀請。

「正因如此，身為朋友，我有事情拜託妳。請妳從崔妮的支配中解救古城。雪菜，那是只有妳才辦得到的事情。」

銀髮公主抹去微笑，面對面地望向雪菜的眼睛。拉．芙莉亞毫無盤算地向雪菜拜託，這恐怕是頭一次。

「可是，我不曉得該怎麼做……」

雪菜苦惱地搖頭。她對無法回應拉・芙莉亞期待的自己感到焦慮。

即使如此，憑雪菜的知識，還是不明白要怎麼從崔妮手中解救古城。此刻的她實在無能為力。

不過，公主帶著往常般充滿自信的表情搖搖頭。

「——不要緊。妳的武器似乎送到了。」

「武器？」

雪菜困惑地反問，突然間，背後有空氣晃動的動靜。

穿無袖騎士服的銀髮女子從浴室天花板縱身而下。雖然不曉得對方從哪裡混進船上的，但她似乎是沿著「虹橋」艦內的排氣管一路鑽來。

「優絲緹娜小姐！」

「有勞妳了，優絲緹娜。拜託妳的東西似乎都帶來了呢。」

女騎士突然現身，拉・芙莉亞也未顯露動搖，還愉悅似的向對方問道。

優絲緹娜捧在腋下的是小型服裝袋（Garment）。之前拉・芙莉亞用發光魔法打訊號，向「蓓茲薇德」要求的物資。看來在包包當中放的就是公主提到要給雪菜的「武器」。

「還有，這是王宮捕捉到魔獸之後的分析結果——」

「一如所料呢。做得好。」

拉．芙莉亞瞥了優絲緹娜遞來的電腦一眼，便露出滿意似的笑容。

於是雪菜總算發現了。之前拉．芙莉亞對恐怖分子崔妮唯唯諾諾的理由——公主就是在等這項分析結果送到。

「來吧，雪菜，我們走。剩最後一步就完工了。」

拉．芙莉亞灑下透明水珠站起身。

「妳說……完工？」

雪菜忍不住跟著站起，並反問了一句。究竟要完工什麼？她感到納悶。

而公主望著雪菜，碧眼發出詭異的光彩說：

「優絲緹娜。」

「遵命。」

銀髮女騎士繞到雪菜背後，抓住了她的肩膀。拉．芙莉亞朝動彈不得的雪菜伸出雙手。

主僕默契十足，雪菜不明白發生了什麼。緊接著——

「咦？咦咦……！」

拉．芙莉亞毫不遲疑地扒下雪菜裹在身上的浴巾。

雪菜赤裸裸地杵在浴室，就這麼發出尖叫聲。

3

空間移轉結束後，足以將人颳走的狂風朝紗矢華等人撲了過來。翱翔速度超過時速兩百公里的「虹橋」艦上，處於時時都像強颱在呼嘯發威的狀態。

「欸……這是怎樣！風壓好大！」

紗矢華立刻抓住扶手，還跟淺蔥挨著彼此趴在甲板上。長距離的空間移轉都會伴隨誤差，她們連自己在巨大過頭的「虹橋」艦身哪一帶都不清楚。

「總不可能一下子就讓我們移轉到艦內嘛。」

矢瀨粗魯地咂嘴並咬碎藥劑的膠囊。等藥效循環到全身，他便上前替紗矢華她們擋風。霎時間，侵襲紗矢華她們的暴風威力變弱了。風向彷彿有了改變，還避著紗矢華她們。

「氣流操作……？」

「動作快！靠我寒酸的能力撐不了多久！」

矢瀨回頭朝紗矢華大喊。紗矢華點頭，並且抽出愛用的長劍。

「『煌華麟』！」

附有模擬切斷空間能力的銀色長劍絲毫未受抵抗就斬開了「虹橋」的裝甲，上面隨即開出可供人通過的孔穴。他們三人就這麼扭成一團，摔進了戰艦內部。

「痛痛痛……抱歉，煌坂同學，妳沒事吧？」

「唔唔，還算好。」

被淺蔥壓在底下的紗矢華含糊地搖頭並起身。而淺蔥急忙叫住她說：

「等一下，煌坂同學。裙子！快走光了！還有妳的頭髮也吹亂了！」

「哇！謝謝……！藍羽淺蔥，妳精心整理的瀏海也……」

「……之後再弄那些啦，妳們兩個。」

矢瀨一臉傻眼地望著開始幫彼此整理衣服及頭髮的兩人，然後把耳機湊到耳邊。耳機並不是用來增幅能力，而是為了保護他過於敏銳的聽覺。

「優絲緹娜小姐呢？」

紗矢華環顧周圍並發問。她發現理應跟他們一起進了空間移轉室的女騎士不見人影。

「她好像跟公主大人會合了。不愧是忍者。」

「呃，那個人並不是忍者吧，那應該只是她的興趣（Cosplay）。」

矢瀨用由衷佩服的口氣嘀咕，淺蔥就冷靜地對他吐槽。

「然後呢，我們要怎麼辦？目前所在的位置，大概是這一帶——」

矢瀨說著攤開「虹橋」的船內圖。

雙船式飛行船「虹橋」的核心地帶集中於被左右氣囊(Float)包夾的船體中央。三人靠移轉來到的位置，大約是在核心地帶後端，接近發動機的區塊。

「我要篡改這艘船的戰術人工智慧。最近的軍艦電腦都設計成分散式系統，從任何一台主機都能進行存取才對。」

「所以從這裡出發的話，目標可以放在精靈爐管控室吧。反正艦橋或戰鬥指揮所(CIC)應該都戒備森嚴——」

原本一邊哼聲思考一邊嘀咕的矢瀨突然防備似的轉身向後。他發現有士兵朝通道跑來的腳步聲。

從腳步聲的輕重來想，對方並不是古城或拉．芙莉亞。當矢瀨如此判斷時，紗矢華已經拔劍衝出去了。

「響鳴吧！」

兩名士兵察覺紗矢華衝來便舉槍瞄準。不過，紗矢華搶先一步從手中放出兩張咒符。金屬製咒符化為猛禽姿態撲向士兵，讓對方陣腳大亂，紗矢華就用灌注咒力的拳頭搗向他們的腹部。

比紗矢華高大許多的兩名男子飛了數公尺遠，昏死過去了。

「好狠。哎，在這種情況下倒是靠得住……」

矢瀨對紗矢華不留情的攻擊嚇得發抖，如此自言自語。

被打倒的那些男子身上穿的衣服既不是阿爾迪基亞的騎士裝，也不是空軍士兵制服。完全沒有附加任何裝飾來表示身分的黑色戰鬥服。恐怕是崔妮·哈爾登的同伙吧。棘手嘍——矢瀨皺起眉頭。要打倒的敵人似乎不只崔妮。

「有了！電腦主機！」

淺蔥抵達精靈爐管控室以後，就趕往主機的控制台（Console）並叫了出來。自動化的精靈爐雖無操縱人員（Operator）的身影，但維護用的主機似乎正在運作。

「這什麼API嘛！搞獨自規格嗎！反正我早就想到會這樣……！」

「行嗎，淺蔥？」

「我會設法搞定！哎唷，麻煩死了！」

淺蔥把帶來的筆記型電腦接上主機，著手駭入系統。以魔導技術立國的阿爾迪基亞最新銳艦艇不負其名，「虹橋」的管控系統似乎連淺蔥都覺得不好對付。即使如此，她仍用超乎常識的速度解析系統，並逐步寫出用來篡改操艦權的程式。

「煌坂美眉，有敵人從後面樓梯來了！四個！」

「美、美眉……？」

紗矢華對矢瀨裝熟的稱呼方式露出微妙的臉色，又撒了咒符。

一群鳥型式神迅速飛過，精準地將接近而來的士兵手腳肌腱切斷。傷勢不至於危及性命，但短時間內將無法動彈——如此的攻擊。

可是，士兵們停下動作只有那麼一瞬。

那些受傷的士兵隆起全身肌肉，理應被切斷的肌腱便復接癒合。接著他們凶猛地咆吼，衝進了管控室之中。

「居然撐過了剛才那招！」

「獸人種嗎！」

紗矢華反射性地舉劍備戰，矢瀨則一邊咬碎新的膠囊一邊大叫。

「為什麼主張殲滅魔族的恐怖分子當中會有魔族在啊！」

「表示那是為了攪亂情搜的假資訊吧！」

士兵們一躍而起，撲向困惑的紗矢華等人。

紗矢華放出式神牽制，變化成獸人的他們卻靠著過人反應將飛來的眾式神打落。後續的士兵立刻展開反擊，紗矢華用模擬切斷空間的屏障將其擋下。士兵們後退拉開距離。紗矢華也躲到附近的樑柱後面。

「這些傢伙……好強！」

各自的作戰能力，以及明顯受過訓練的默契。獸人們的洗鍊身手不像普通恐怖分子，讓紗矢華咬牙切齒。

不過紗矢華等人還是占了地利。這裡是精靈爐的管控室。對方怕流彈造成操控裝置損傷就無法開槍，而且錯綜複雜的狹窄室內對受過暗殺訓練的紗矢華是有利的地形(Stage)。

「熒惑／歲殺！」

幻術與式神並用的奇襲。紗矢華以模擬切斷空間的屏障隔離敵人，再用身上藏的針射向孤立的士兵頸根。獅子王機關的無聲暗殺術——八將神法。士兵的神經被針麻痺，連獸人的再生能力都發揮不出便昏迷過去。

「填星／歲破！」

在模擬切斷空間的屏障消失時，紗矢華就鑽到下一個士兵的懷裡。接著她朝即使是獸人也無從鍛鍊的要害——橫膈膜施以重擊。

第二名士兵接下紗矢華併用咒術強化體能的雙掌，痛得失神了。

然而，紗矢華的奇襲只有管用至此。

剛出完招的紗矢華背後毫無防備，第三名士兵就揮刀攻了過來。她沒有時間閃躲，也沒有餘裕撿起為了出掌而放開的長劍。

不過，認命受死的紗矢華眼前突然冒出爆炸聲。可匹敵震撼彈的巨響。士兵直接承受那陣巨響，身體被轟得搖搖晃晃。

「這招叫聲響爆裂（Sound Burst）。對聽覺靈敏的獸人種很有效，對吧？」

矢瀨彷彿鬆口氣地嘀咕了一句。他運用過度適應能力者（Hyper Adapter）的力量，在虛空造出了強烈的音波振幅。矢瀨嘀咕的這些內容也已經傳不到失去意識的士兵耳裡。

還有剩下的第四名士兵，被紗矢華用長劍打倒了。雖然只用了劍脊，這一劍卻蘊含昏迷（Stun）的詛咒，縱使是獸人也會有幾小時醒不來才對。

不過，由於矢瀨使用聲響炸裂發出巨響，紗矢華他們入侵艦內一事應該可以當成完全露餡了。下次敵人增派兵力進攻，他們未必能用同一套撐過去。

「還沒好嗎，淺蔥！」

「要占據軍艦哪會那麼簡單！現在最多就這樣啦！」

淺蔥一面朝催促的矢瀨吼回去，一面分心輸入指令。

「隆」的聲音沉沉響起，管控室前後的入口被厚實閘門封住。淺蔥搶了艦內的部分操控權，將緊急時的分隔牆降下。

「不愧是阿爾迪基亞的最新型系統。即使靠摩怪的運算速度，想完全掌握住戰術人工智慧也要花一百八十秒。」

「雖然分不出是快是慢，有這道分隔牆，起碼撐得住吧……」

矢瀨虛弱地嘆息，並且乏力似的癱靠在牆上。

分隔牆原本就是用來保護船艦不受敵方砲擊造成的爆炸或火災所害，並不會被區區手榴彈及槍彈輕易攻破。這樣爭取到的時間，應該足以讓淺蔥完成駭入——矢瀨如此判斷，就稍微放鬆了注意力。

隨後，紗矢華用哀號般的聲音叫了出來。

「不可以！你快逃，矢瀨基樹——！」

「咦？」

受到紗矢華的聲音驅使，矢瀨莫名其妙地滾到地板上。

下個瞬間，有股好似要讓人灼傷的凶猛波動從分隔牆對面侵襲而來。即使不是魔法師，連常人都能明確知覺到的強大魔力。

虹色閃光掃過紗矢華等人的視野。

那是以龐大魔力催生的光劍軌跡。

虹色光劍像撕裂薄紙一樣將特殊合金分隔牆熔斷，直接在「虹橋」船體挖出巨大裂縫。簡直荒謬絕倫的壓倒性破壞力。紗矢華等人發不出聲音，只能望著飛行戰艦的碎片淪為墜地的零碎殘骸。

從船體被劈開的縫隙可以看見張開炎之翼的巨大女武神。

當然，那並非人世間的存在。靠著濃密魔力化為實體，來自異界的召喚獸——吸血鬼的眷獸。

「『冥姬之虹炎（Minelauva Iris）』……！」

紗矢華低聲喚了虹色眷獸的名號。被賦予切斷能力的，第四真祖的第六號眷獸。

從毀壞的分隔牆另一邊，那頭眷獸的宿主正望著紗矢華等人。

身穿黑色晚禮服的東洋少年——

曉古城。

4

「世界最強吸血鬼是嗎？一旦變成敵人還真棘手。」

矢瀨隨口用沒轍的語氣嘀咕。

精靈爐的管控室本身是頂多只能停一台箱型車的小房間。但因為古城以眷獸的攻擊摧毀了其中一道牆，空間就變得格外寬敞，感覺停得下兩三輛小巴士。

在頗為通風的那道牆外面，古城帶了六名左右穿戰鬥服的士兵站在那裡。古城身邊依偎著服裝特別暴露的年輕女子。氣質跟在王宮見面時全然不同，但她就是崔妮．哈爾登沒錯。

「劈開的……只有分隔牆？曉古城有這麼精準……？」

紗矢華望著被斬斷的分隔牆切面，聲音為之發抖。

古城對眷獸的操控若稍有閃失，待在管控室的紗矢華等人應該就會連著分隔牆一起被劈中而灰飛煙滅。然而，實際上紗矢華等人毫髮無傷，表示古城已經完全掌控自己的眷獸了。

「倒沒有妳說的那麼精準啦。」

淺蔥瞪著一併被毀的船體，頭覺得有點痛。由於古城的攻擊將電源及通訊管線切斷了，她不得不改換駭入系統的途徑。

「就算這樣，他的操作精密度還是高了好幾個級數。不知道是被操控讓他放開了膽子，還是平時沒有盡數活用的第四真祖之力得到發揮……？」

「反過來說，意思就是他的力量什麼時候失控都不奇怪耶……」

「也對啦……」

矢瀨和紗矢華各自板起了臉孔。目前的狀況是，古城導出了超乎實力的力量。難保沒有因為一點小事情就失衡，而導致嚴重失控之虞。

對風險仍無自覺的古城解除了召喚的眷獸，然後憂鬱地垂下目光。

「我又釀成無謂的破壞。這也是被眾神詛咒的這副身軀所負有的宿命嗎？」

「……啥？」

古城突然自言自語，使得矢瀨忍不住認真地給了反應。淺蔥微微地噗哧笑出聲音，紗矢華則是由衷開始煩惱：他說這些是什麼意思？

「拜託你，讓開吧，矢瀨，我不想親手殺了無可取代的好朋友。我……我不想傷害你們啊……！」

古城仍自我陶醉地演著獨角戲。

矢瀨體會到背後有種躁動感，「啊～～……」地抱著胸口問：

「那傢伙在講什麼？洗腦造成的副作用嗎？」

「要說的話，感覺像平時隱藏的本性暴露出來了吧？」

淺蔥帶著同情似的臉看古城。

紗矢華則不耐煩地用長劍劍尖指向崔妮說：

「你該醒醒了，曉古城！你是被那個叫崔妮的女人給騙了！」

「……你們別怪她。」

古城袒護崔妮似的張開雙臂，有如舞者剛表演完的謎樣定場姿勢。

「這是我自己做的決定。就算與世界為敵，我也要保護她。沒錯，一切都是這該死的能

力招來的災厄。但是，我絕對不會忘記在絃神島和你們度過的那段璀璨日子。」

「好瞎……太太太太瞎了……」

「我、我開始覺得聽的人比較難受了耶……」

淺蔥和矢瀨捧著腦袋，縮成一團。簡直像古城正用心靈攻擊折磨他們倆的光景。

另一方面，好像只有紗矢華不懂矢瀨他們在動搖什麼，她毅然搖頭說：

「要帥講這些也沒用！你讓開！」

「妳終究要對我以劍相向嗎，煌坂？」

古城望著拉近彼此間距的紗矢華，哀傷地微笑。

「正因為互相吸引，才不得不互相傷害。想想，或許這就是我們的命運。」

「對、對呀。」

紗矢華一頭霧水地隨便接話，淺蔥和矢瀨則默默地搖頭表示：不對不對。

包圍管控室的士兵們似乎也對古城和紗矢華那種沒營養的對話感到疑惑，便望向崔妮問道：

「少校？」

「別說了，我自己明白。」

崔妮帶著苦瓜臉向士兵撇下一句。

「沒辦法隨心所欲地操控目標，就是我這種爛能力讓人火大的地方！古城，你退下！由我們來收拾那些傢伙！」

「住手！」

古城口氣強硬地制止了崔妮。

「我不會再迷惘。假如親手葬送所愛之人便是命運，那自當承受，我已如此——」

「響鳴吧！」

紗矢華趁古城還沒講完莫名其妙的那套詞，就發動了預先設置的式神們。

噢噢——矢瀨佩服似的為之瞠目。紗矢華讓古城以為自己在陪他對話，暗中做好了奇襲的準備。

紗矢華同時發動的鳥型式神有八具。用鋼索串起來的鳥在古城身邊飛繞，理應可以將他五花大綁。然而……

「沒用的！」

「咦！」

古城身邊亮起虹色閃光，使得咒術強化過的鋼索瞬間斷裂。他沒有召喚眷獸本身，就引出了「冥姬之虹炎」的能力。

古城接著放出雷擊，將紗矢華的式神悉數擊墜。過人的戰鬥能力甚至凌駕一流攻魔師。

「這、這就是第四真祖原本的力量……？」

「我不會殺妳。但是，原諒我，煌坂——」

「煌坂美眉……快逃！」

「不可以，古城！」

在矢瀨和淺蔥大叫之下，古城放出的雷擊被紗矢華用模擬切斷空間的屏障擋住了。但是憑「煌華麟」的能力，屏障只能維持一瞬。

古城看準屏障消失的時機，再次施放雷擊。他出招的速度超乎預料，紗矢華處於將劍揮下的狀態來不及反應。

紗矢華絕望得皺起臉，同時仍擺好架勢準備迎接衝擊。

就在隨後，衝過眼前的銀色閃光斬斷了黃金雷擊。

5

烏亮黑髮隨強風翩然散開。

嬌小少女發出輕巧如羽毛的聲音落在被摧毀的通道上。

銀槍一閃，讓燒灼大氣的雷擊消失得無影無蹤，晚禮服領口被斬開的古城訝異地後退。

紗矢華望著在眼前著地的嬌小背影，眼睛為之發亮。

「雪菜！」

「對不起，紗矢華。久等了，幸好我有趕上——」

雪菜用全金屬打造的長槍輕靈地舞出槍花，並毅然微笑。

雪菜的服裝並不是被抓時所穿的禮服，而是彩海學園的女生制服。不知道為什麼，那是拉．芙莉亞要求優絲緹娜帶來的東西。因為在救出雪菜她們之後應該有必要換裝，「蓓茲薇德」碰巧收著的制服就以這種形式派上用場了。

「將第四真祖的魔力抵銷了？獅子王機關的七式突擊降魔機槍嗎……！」

崔妮向麾下的士兵們使了眼色。她表示不能再交給古城一個人應付了，便下令要他們攻擊。

但崔妮的部下們沒有動作。當崔妮納悶地蹙眉的那一刻，士兵們當場就陸續倒下。雖然並沒有失去意識，全身肌肉卻鬆弛得無法行動。

他們的脖子上插著應該稱為手裡劍的小刀。連身為獸人種的崔妮都沒有察覺，不明人物就從背後偷襲了那些士兵。

「——從手裡劍流入的靈力會阻礙魔族的生理機能，剝奪其行動自由。這是擬造聖劍的

應用手法。」

拉・芙莉亞走下艦內階梯，向困惑的崔妮進行說明。

陪在拉・芙莉亞背後的則是伏擊騎士優絲緹娜・片矢。優絲緹娜的左右手各握一支手裡劍，款式和士兵們身上中的一模一樣。讓崔妮那些部下無力化的恐怕就是她。

「這些人的性命別無大礙。因為他們還得替貴國，也就是北海帝國的計謀作證——」

拉・芙莉亞望著倒下的士兵們，愉悅地微笑。

「妳說……北海帝國？」

矢瀨觸電般抬起臉。北海帝國是位於歐洲大陸西岸的島國，具悠久歷史的軍事大國。

「我懂了……北海帝國為了魁茲蘭島的歸屬與海底油田的權益，曾跟阿爾迪基亞對立。原來他們是打算在阿爾迪基亞和『戰王領域』之間引起紛爭，再趁機占領海域！」

「是的。能馴養魔獸，還擁有獸人部隊當正規軍的國家在世界上為數稀少。當中會希望阿爾迪基亞與『戰王領域』發生戰爭的國家，就只有北海帝國。」

拉・芙莉亞對矢瀨所說的話予以肯定。

崔妮聽了那些話，卻只是「哈」的一聲露出嘲弄似的笑容。

「說我們是北海帝國的一分子？到底哪裡有這樣的證據？」

「證據就是倒在這裡的士兵。還有，妳送進王宮的那些魔獸。」

拉・芙莉亞面色不改地告訴得意洋洋的崔妮。

崔妮的表情有了一絲緊繃。

「從捕獲的魔獸所排泄的糞便裡採集到了只棲息在本海帝國本土的昆蟲死屍。『經聖域條約機構證明』，內含的土壤微粒、黴菌、ＤＮＡ，每一項檢驗結果都已經指出，那些魔獸是北海帝國飼養用於軍事的物種。」

「……糞便是嗎？糞便啊……真是敗給妳了。難道說，妳會假裝配合我們，就是為了爭取時間確認這一點？為了掌握讓北海帝國無法搪塞的證據？」

崔妮用像在壓抑焦躁的低沉嗓音嘀咕。

「不過，那只能證明襲擊王宮的恐怖分子是北海帝國出身吧？並不能推翻阿爾迪基亞的軍艦向『戰王領域』艦隊開火的事實。」

「向『戰王領域』的艦隊開火？妳認為我會允許？」

拉・芙莉亞對崔妮投以不帶感情的冰冷視線。

崔妮大聲笑了出來。

「妳阻止不了的，因為妳會死在這裡，被自己邀來的第四真祖轟得不留痕跡。」

崔妮嬌聲嬌氣地把胸部貼到仍和雪菜互瞪的古城背後。接著她細語般朝古城耳邊喚道：

「動手吧，古城。拜託你，殺光我們的敵人。雖然你應該會很難受，但之後大姊姊會好

好安慰你的。」

「什……！」

第一次目睹崔妮獻媚的模樣，讓紗矢華揚起了眉毛。淺蔥則一語不發地笑著——好似會讓觀者心膽俱寒的憤怒笑容。

但拉．芙莉亞揚起嘴角，還用滿懷期待的眼神看向雪菜。

雪菜發出好似夾雜著不安與認命的嘆息，然後靜靜地放下手裡拿的長槍。

「姬柊……？」

古城的目光看似困惑地動搖。雪菜則朝這樣的他毫無防備地逐漸拉近距離。

雪菜彷彿放棄抵抗的態度，讓崔妮發出了高八度的笑聲。

「不抵抗嗎？好，古城，就從那個小ㄚ頭殺起。拜、託、你、嘍——」

耳邊被人吹氣，古城嚇得肩膀抖了起來。

雪菜看見他那樣，便有些傻眼地搔頭說：

「受不了……被人這樣呼來喚去地玩弄。你真是個沒藥救的吸血鬼。」

雪菜用反手拿著的「雪霞狼」在自己頸子上淺淺地劃了一道。

小小的血珠一粒粒地從傷口冒出，沒過多久，有幾顆逐漸沿著白皙的肌膚滴落。

雪菜就這麼用左手撥起了自己的頭髮。

頭髮的香味輕輕飄散，形狀迷人的耳朵、苗條的輪廓還有被鮮血濡濕的頸子暴露在外。

「不過，唯有這次我會原諒你。所以，請你回來吧，學長！」

雪菜站到古城面前，用認真的眼神仰望他。古城的喉嚨有動靜了。紗矢華、淺蔥和矢瀨都深深地吞了口水並且看著那一幕。

「你在做什麼？給我殺了那個小丫頭！快！」

崔妮的肢體膨脹得更有肉感，還被白色的獸毛包裹住。是獸人化。

有如麝香的強烈氣味在「虹橋」的通道瀰漫開來。

「唔……嘎……！」

古城把雙手伸向雪菜的頸根。吸血鬼化的古城若是用上臂力，應該可以瞬間扭斷雪菜的脖子。

但是古城碰了雪菜的肌膚之後，手就只會頻頻顫抖。

雪菜動也不動地望著這樣的古城。

「古城，你不聽大姊姊的命令嗎！古城！」

崔妮氣急敗壞地扯開嗓門。

雪菜卻溫柔地笑著閉上眼，將古城摟向自己。然後她在古城耳邊細語了一句。

「學長，可以的喔——」

古城被雪菜環抱在臂彎之中，全身一顫一顫地抽搐。

崔妮的命令，還有雪菜說的話。古城像是被兩股相反的慾望拉扯，掙扎到最後便發出了痛苦的咆哮。

「唔……啊啊啊啊啊啊啊啊啊！」

眼睛染成深紅的古城齜牙咧嘴。獠牙扎進雪菜的喉嚨。

儘管雪菜痛得閉上眼皮，卻沒有抵抗。她的臉頰微微泛紅，彷彿在忍耐湧上的快感而緊咬嘴脣。配合古城吞嚥的動作，雪菜自己的身體也跟著顫抖。被古城用力摟在懷裡，雪菜發出甜美的吐息。

「怎麼……可能……」

崔妮目瞪口呆地望著那一幕。理應完全受到支配的古城居然無視她的命令，還沉溺於雪菜的誘惑。

「沒用的，崔妮。憑妳的能力贏不過雪菜。」

拉・芙莉亞道貌岸然地用憋笑般的語氣對崔妮說道。

「為什麼……！我的催眠暗示怎麼不管用！」

崔妮一臉憤怒地瞪了拉・芙莉亞。若是趁現在，應該還可以從動不了的古城背後發動攻擊，但她似乎動搖得連這種事都想不到。

「催眠……暗示……？」

紗矢華呆愣似的看向崔妮。

心靈支配系的魔法對具備強大魔法抗性的吸血鬼不管用。可是，發自本身大腦運作的催眠術或許會有效——對古城說過這些話的人，就是紗矢華自己。

即使如此，崔妮的催眠暗示效果未免太強了。能讓古城召喚眷獸，還攻擊理應是同伴的紗矢華等人——古城確實是對暗示毫無抵抗力的門外漢，然而普通的催眠暗示想來並不可能辦得到這些。

而且崔妮不只支配了古城，還同時操控著「虹橋」的十幾名乘員。要維持遍及廣範圍的強力催眠狀態，會需要某種機制才對。

「我懂了！是氣味嗎……！」

矢瀨回答了紗矢華的疑問。瀰漫在艦內的麝香氣味。那就是古城被綁架時，殘留在浴室的氣味。正確來說，是崔妮遺忘的束腰染上了那股味道。

「對。有許多生物會分泌特殊的化學物質——亦即所謂的費洛蒙，藉此支配他人、強化攻擊性，或者在性方面造成引誘，這是他們擁有的能力。崔妮恐怕便是具備類似能力的特殊獸人。」

耐人尋味的範本——拉．芙莉亞用認真口氣說道。

「她利用那種費洛蒙，讓古城陷入酩酊狀態，對他下了暗示。簡單說就是以氣味觸發的催眠術——那便是崔妮所用能力的真面目。所以，憑妳是贏不過雪菜的。」

「什麼！」

「妳還不懂嗎，崔妮・哈爾登？」

拉・芙莉亞承受崔妮充滿殺意的視線，鄭重地向她斷言。

「意思是對古城來說，雪菜的味道比妳的體味更有吸引力。妳的能力輸給了雪菜的魅力——輸給了高中女生剛洗完澡的香味！」

公主嗓音響遍四周的同時，有如時間靜止的寂靜到來。

紗矢華自然不用說，連崔妮都無言以對地僵掉了。

「啊～～……」

最先從驚訝中振作的人是矢瀨。

「這麼說來，有種現象就是靠氣味來觸發過去遺忘的記憶。所以古城是因為聞到姬柊學妹熟悉的體味，記憶才被喚醒了嗎？」

「單純是姬柊學妹的血跟那個獸人的能力相比，對古城而言成了更強的誘引劑（費洛蒙），我想只是因為這樣啦——」

說得頭頭是道的矢瀨被淺蔥斷然否定了。淺蔥臉上浮現的是「自己為什麼沒有早點發

現」的悔恨。假如雪菜的氣味能讓古城恢復神智，自己也一樣辦得到才對。她應該是在懊悔這一點。

崔妮的服裝異常暴露，而且她老是黏著古城。一切都是為了有效地散播費洛蒙而精心計算的陷阱。拉．芙莉亞為了與其對抗，才利用入浴和三溫暖洗淨雪菜的身體，促進她的新陳代謝。

「那麼，妳之所以要人把雪菜的制服帶來……」

「我想到既然如此，讓雪菜穿上沾染體味的制服會比較有效果。當然高中女生穿制服的視覺效果也不能忽視就是了——」

拉．芙莉亞臉色認真地回答紗矢華的問題。原本一直默默發抖的崔妮就在此刻氣炸了。

「聽到這種歪理，誰會接受啊……！」

崔妮瞪了相擁的古城與雪菜。

她亮出銳利的長爪撲向他們倆。

靠她獸人化之後的力氣應該可以打穿古城的身體，再直接貫穿雪菜的心臟。而且有古城他們的身體擋著，紗矢華和優絲緹娜無法攻擊她。

然而，崔妮的攻擊卻沒有觸及古城他們。因為古城搶先發難轉身，光用解放的魔力壓力就將崔妮震飛了。

「你清醒了嗎，學長？」

雪菜一邊整理凌亂的制服一邊問道，臉頰羞得通紅。事到如今，她似乎才因為當眾被吸血而感到難為情。

「感覺像作了漫長的惡夢呢。」

古城好似要撥開意識蒙上的迷霧，粗魯地甩了甩頭。

雪菜小聲地嘻嘻笑著，並且仰望古城說：

「可是你好像滿樂在其中的耶。」

「啊……」

突然甦醒的記憶洪流讓古城整張臉僵掉了。自己丟人的言行在腦海裡如怒濤般閃現，使他怪叫著羞得死去活來。

「啊啊啊啊啊啊……！」

「不要緊的，古城。那樣的你，我倒也不討厭喔。」

「對、對啊。感覺偶爾看一次還不錯，滿好玩的嘛。」

「唉，反正是催眠暗示害的啦，沒辦法。」

「咦？怎樣？現在是什麼情形？」

拉．芙莉亞用冷靜至極的語氣替古城打了圓場，淺蔥還有矢瀨也講出好像構不成安慰的

安慰話語。只有紗矢華獨自帶著愣愣的表情，不解地望著痛苦掙扎的古城。

「唔……拉．芙莉亞．立赫班……妳竟敢……」

被古城震飛的崔妮不甘受辱，帶著氣歪的臉站起身。

拉．芙莉亞則從樓梯上傲然俯望對方。然後她本著公主的威嚴下令：

「崔妮．哈爾登的目的是要在人類與魔族間引發新的戰爭。古城，阻止他們那些人。」

「不用妳吩咐……！」

古城脫掉晚禮服的上衣，還撥亂原本梳齊的頭髮，瞪著崔妮，猙獰地露出獠牙。

「難得的旅行被人搞砸，還出盡洋相，我滿肚子都是火！為了引起戰爭而想利用拉．芙莉亞也一樣讓我火大！」

「說得對。而且她還打算把第四真祖——把學長當成傷害他人的道具——！」

雪菜用蘊含靜靜怒火的眼神看向崔妮。

古城全身被虹色火焰包覆，眷獸的魔力正在外洩。諷刺的是，被崔妮用催眠暗示操控之後，古城對本身魔力的掌控程度大有提升了。

換成現在，古城可以不對「虹橋」船體造成致命損傷就發揮出眷獸的魔力。

「假如妳那麼喜歡戰爭，我奉陪！接下來，是屬於第四真祖（我）的戰爭！」

古城舉起環繞著虹色火焰的右臂，並且大吼。

雪菜則站到他旁邊，將散發寒光的銀槍指向崔妮。

「——不，學長，是『我們的』戰爭才對！」

6

「就憑你們，也想當我的對手？」

哈——崔妮吐掉混了血的唾沫說道。

同時與古城和雪菜兩人對峙，她的表情卻從容不迫，彷彿有把握自己不會被古城等人逮住。

崔妮像要威嚇古城等人一樣咧嘴大笑。

「還早了十年，小朋友！」

如此吼完以後，她的身體就下沉了。可比槍響的蹬地聲猛然傳出，一瞬間，她就用快得足以錯失身影的速度來到古城眼前。

「唔！」

古城再次把崔妮納入眼簾是在腹部挨中打擊以後。快得連那是拳掌腳踢都分不出的驚人

攻勢。

古城忍不住彎身，崔妮的膝撞便轟向他的下巴。

「吸血鬼全是一些只會依靠眷獸的雜碎。你以為靠近身搏擊（CQC）贏得過獸人兵大姊嗎？少臭美啦，傻瓜～～！」

崔妮瞧不起似的對仰身後退的古城撇下這些話。

「學長！」

「曉古城，趴下！」

雪菜和紗矢華同時喊了出來。雪菜用凌厲突刺牽制住崔妮，將長劍變成弓的紗矢華則朝崔妮放出咒箭。默契好得不像臨陣搭檔。

然而，崔妮悠然避開那些攻擊。她靠著難以置信的柔軟動作躲開銀色槍鋒，隨即用柔韌如鞭的迴旋踢將雪菜連同手中的長槍一起踹飛。

崔妮更運用出腿的反作用力，一口氣貼近剛放完箭的紗矢華。

紗矢華判斷閃不開，就用交叉成十字的雙臂承受崔妮這一腿。造成的衝擊卻無法完全卸去，紗矢華修長的身體被踢到半空。崔妮趁勢用腳跟追擊。弓從紗矢華手中飛了出去，背脊重摔在地使她喘不過氣。

「聽說獅子王機關的劍巫專門對付魔族，看來也沒什麼了不起嘛。」

一瞬間驅散古城等三人的崔妮無聊似的嘆了氣。

「好快……還有，她這是什麼力量……？」

古城保持單膝跪地的姿勢驚呼。對方屬於用計陰險的類型，直接的戰鬥能力預料是不高，但這樣想就大錯特錯了。崔妮並沒有神獸化，身手卻既快又強。她是比古城以往遇過的獸人種都可怕的敵人。

「別輕舉妄動才是為自己好喔，公主。」

拉・芙莉亞為了支援落於下風的古城等人，正準備施放魔法。

可是，崔妮先發制人對拉・芙莉亞提出了忠告。拉・芙莉亞緩緩回頭，就看見在艦內多條通道新出現的眾多士兵。

那並不是崔妮帶來的北海帝國獸人兵。他們大多穿著阿爾迪基亞的騎士服。來者是「虹橋」的正規乘員。

「這些傢伙……是阿爾迪基亞的騎士團嗎……！」

矢瀨發現士兵們的身分便咂了嘴。

「就算受了催眠術操控，騎士居然會用劍指著公主……？」

站在控制台前的淺蔥困惑地節節後退。

「怪不了他們啊。原本深信其清純而崇拜的公主大人，居然在自己不知道的時候交了男友，還表示要結婚。即使說是騎士，會羨慕或嫉妒也是當然的吧？」

崔妮說著就下流地笑了。

「所以妳就趁機對他們洗腦了嗎？卑鄙。」

「跟惡質的偶像信徒好像耶。」

矢瀨和淺蔥生厭地用困擾般的語氣嘀咕。

拉・芙莉亞面無表情地聽著前王室祕書官的那些話。

「來吧，妳想怎麼辦，公主大人？要讓在場所有人都聞小丫頭的味道嗎？」

辦不到吧——崔妮散播出麝香的氣味，還對眾人耀武揚威。

「但是妳不用擔心，他們不會背負弒殺公主的汙名，因為你們全會死在這裡。就算吸血鬼是不死之身，沉到海裡也就什麼辦法都沒有了吧？過個一百年再請漁夫把你撈上來嘍。」

「沉到……海裡？」

搖搖晃晃起身的雪菜聽見崔妮那些話，因而變了臉色。

古城已經擺脫崔妮的心靈支配，她帶來的部下大多也被打倒了。原本身為人質的拉・芙莉亞造反之後，「虹橋」的魔法兵裝也無法使用。在這種局面下，崔妮要達成殲滅「戰王領域」艦隊的目的已無可能。

既然如此，她接下來會採取什麼手段——

「她打算讓『虹橋』展開自殺式突擊嗎……！」

察覺崔妮有何企圖的古城叫了出來。

讓裝載精靈爐的超大型裝甲飛行船墜落，造成撞擊。目標會是「戰王領域」的艦隊，或者和平紀念典禮的會場？無論哪一邊都肯定會釀出慘劇。最起碼足以達成崔妮想削弱阿爾迪基亞國力的目的。

古城還沒從驚訝中振作，崔妮就已經走了。她打算拋棄高度開始下降的「虹橋」，然後自己脫逃。

「古城、雪菜，你們去追崔妮。她打算靠艦載機逃走。」

拉．芙莉亞被變成敵人的阿爾迪基亞騎士團團團圍住，仍毅然地發號施令。現在能立刻突破敵方包圍去追崔妮的人，確實只有古城和雪菜。

「拉．芙莉亞……？可是，這些傢伙的目標是——」

「如果你指的是我，不必擔心。你要相信自己的未婚妻。」

「那套設定居然還算數嗎！」

誰跟妳有婚約啊？如此心想的古城露出了苦澀的表情。

不過古城念頭一轉，覺得對方至少還有餘裕開玩笑。現在確實如拉．芙莉亞所說，只能相信她了。

「姬柊！」

「好的！」

古城和雪菜打倒接近而來的那些士兵，然後衝了出去。他們靠著對艦內的模糊印象，要到位於「虹橋」上層的機庫。

拉．芙莉亞目送他們，一邊走下樓梯到了管控室。

通往管控室的所有通道都受到包圍，無處可逃。包含崔妮的部下與受操控的騎士在內，敵方有二十人左右。靠優絲緹娜和受傷的紗矢華應付不了這種人數。

「怎麼辦，公主大人？先告訴妳，『聖殲』沒辦法用喔。」

淺蔥的聲音透露出焦慮，並且問了一句。駭入「虹橋」主機的運算仍在進行中，但淺蔥等人先被制伏就沒有意義了。

拉．芙莉亞卻不為所動，還露出勇敢的笑容轉過來。

「淺蔥，妳能搶回艦內廣播的掌控權嗎？」

「這點小事的話，馬上就可以。」

「謝謝。那就麻煩妳了。」

淺蔥對公主的感謝聳了聳肩，然後對電腦輸入指令。她做了設定，讓艦內可以從所有喇叭和通訊機器聽見公主的聲音。

「妳要怎麼做？我不覺得這是能說服對方的情況耶。」

「說服？哪的話。即使心靈受了操控，他們仍是阿爾迪基亞的騎士啊。」

拉・芙莉亞從淺蔥手中接下艦內廣播用的麥克風，露出滿面笑容。

紗矢華和優絲緹娜在矢瀨支援下勉強能拖住那些士兵，不讓他們靠近，然而戰況想來是無法永遠保持均勢。拉・芙莉亞所剩的時間頂多只有十幾秒。明知如此，公主還是緩緩調整呼吸。接著她靜靜發出成串的字音。

「峨峨女神，擁我入夢。先賢英烈，有其歸所。所愛之土，是吾祖國——」

拉・芙莉亞乘著優美旋律的清澈歌聲，同時從艦內所有廣播設備播放出來。

眾士兵聽了她的歌聲，呈現出截然不同的兩種反應。

有人懷疑這是某種攻擊，露出了提防之色。

也有人像是內心受了打動，對那陣歌聲聽得入迷。

「這……不是咒語？她在唱歌……？」

「是阿爾迪基亞的國歌！」

紗矢華和矢瀨聽出拉・芙莉亞所發的成串字音，警覺地回過頭。

理應受崔妮操控的騎士們都恍惚地停下動作，動搖的情緒在不明白其中理由的獸人兵之間蔓延開來。

「雪巖參天，日育縈青。

國之聖名，永記在心。

寶婺常佑，厚澤梓桑——」

拉．芙莉亞的歌聲依舊不停。在這種被士兵殺氣騰騰地包圍的狀況下，公主還能平靜地持續歌唱的膽識，讓淺蔥等人為之咋舌。其堅強意志與動聽歌聲成了壓倒性的威嚴，使得圍繞在旁的士兵們又敬又畏。

連崔妮麾下的那些獸人兵都不敢妄動。

「指引明光，嘯詠希望——」

拉．芙莉亞當著受精神支配的士兵們面前赫然張開雙臂。

那似乎成了誘因，騎士們一個又一個地配合公主的歌聲唱出聲音。

崔妮所用的催眠暗示是以氣味為媒介。為了抵銷她的催眠暗示，拉．芙莉亞用了歌聲。

藉著奏響阿爾迪基亞騎士們深記體內的旋律，再次喚醒他們的忠誠心。

「『國之聖名，永記在心。寶婺常佑，厚澤梓桑——』」

當拉．芙莉亞歌頌完國家時，那首歌已經變成男人們的大合唱了。

對騎士們是給予勇氣與振奮之歌；對敵對的士兵們，則是給予恐懼的高亢凱歌。

「公主！」

「拉・芙莉亞公主！」

擺脫崔妮支配的士兵們哽咽地含著熱淚，紛紛朝拉・芙莉亞垂首。

而其中一人——「虹橋」的艦長上前來到拉・芙莉亞跟前，向她跪下。

「我們居然中了敵國諜報員的奸計，用武器對著公主，身為聖環騎士不該失態至此。我已有心以死謝罪。」

艦長說完便拔了劍，用氣憤的熾熱目光對著崔妮麾下的那些獸人兵。

「不過，現在為了援救公主，請容我們先收拾這群奸賊。」

獸人兵們察覺自己淪落的處境，開始自亂陣腳了。騎士們的人數原本就比獸人兵還多。

如今崔妮的心靈支配失效，形勢已經完全逆轉。

於是，拉・芙莉亞全身披著青白色靈氣，毫不留情地發號施令。

「准奏，我的騎士們。拿起聖劍，征討祖國的敵人吧！」

「噢噢噢噢噢噢噢！」

騎士們以吶喊填滿艦內，手中佩劍便被靈氣的燦爛光輝籠罩。

擬造聖劍。只有阿爾迪基亞騎士准許使用的對付魔族的破邪之力。

「唔……啊……！」

獸人兵們生懼後退。

敵。

就算人數遜於騎士們，要比單獨的能力還是獸人兵較強。以戰力來說，雙方恐怕勢均力敵。

然而，身為獸人兵上司的崔妮早就逃走，另一邊的騎士們則有奉為主子的公主親自加持。雙方士氣有著壓倒性的差距，尚未開戰便已分出勝負。

「這裡交給他們吧。我們到艦橋。」

拉・芙莉亞這麼告訴度過當前危機而安心吐氣的淺蔥等人。

航向更改完成的「虹橋」正逐漸下降。

崔妮・哈爾登的計策仍在進行中。

7

古城等人抵達的場所，有著構造複雜得讓人聯想到自動化工廠的區塊。在樣似立體停車場樓層的陰暗空間中，整齊有序地塞滿了轎車大小的橢圓形機械。總共應該有一百架以上。被賦予飛行功能的有腳戰車——可稱為有腳戰鬥直升機的一批軍武。

「之前說到的艦載機，就是這些玩意兒嗎！」

有如誤闖凶猛馬蜂窩的不適感，讓古城稍感暈眩。
特殊合金打造的門嘎吱作響，機庫入口正逐漸開啟。即使崔妮搭上了當中某架艦載機，也沒有時間一架一架打開艙口，檢查裡面有沒有坐人了。
「在這裡的，幾乎都是人工智慧操控的無人機。要找到坐著人的母機在哪裡才行——」
環顧機庫內的雪菜嗓音也流露出掩飾不盡的焦慮。
然而，古城聽見她的話卻好像鬆了口氣，還面帶厲色地笑了。
「無人機啊。那就謝天謝地了。」
「咦？」
從古城全身散發的爆發性魔力，使得雪菜表情僵凝。狂猛的深紅霧氣產生旋流，化成巨大的召喚獸身影。
「雖然對拉·芙莉亞不好意思，我要將這些統統打爛！迅即到來，『獅子之黃金』！」
古城在機庫內具現化的眷獸，是閃耀金光的雷獅。無分目標灑落的雷擊成了超高壓電磁波，朝著有腳戰鬥直升機橫掃而過。假如雪菜沒立刻用「雪霞狼」防禦，連古城他們都險些受了這道攻擊波及。
有腳戰鬥直升機中了眷獸的雷擊，燒斷的迴路便冒出白煙，全數停止機能。何止如此，連機庫內的機械及照明都跟著走火而濺出火花。差點讓「虹橋」本身的電子儀器全數報銷，陷入無法航行的窘境。

「糟糕……我下手太重了嗎……？」

機庫內的損傷超乎想像，讓古城的笑容緊繃。

「不過，目的似乎是達成了。」

雪菜虛弱地搖頭，並死心似的露出無力的笑。

被摧毀的無人機當中，混了一架格外大型的有腳戰鬥直升機，氣得瞇眼的崔妮正搖搖晃晃地從那裡下來。躲在駕駛艙的她勉強得到保護，戰鬥直升機卻因為電磁波的影響而受損，變得無法供人搭乘逃脫。

「看你……做的好事，臭小鬼……居然在飛行船中，解放那種跟怪物一樣的眷獸……！你是腦袋的螺絲沒鎖好嗎！」

「多虧這樣，才能再見到妳吧。別以為能一個人逃掉。」

「崔妮．哈爾登，請妳投降。妳已經無處可逃了。」

古城和雪菜冷靜地告訴情緒畢露而大吼的崔妮。

崔妮的眼皮被敵意與嘲笑之意激得頻頻跳動。

「無處可逃？我原本是想放過你們的喔。」

再次轉換成獸人型態的崔妮伸出利爪大吼。

她踹開受損的戰鬥直升機機體，朝古城他們加速。

「多虧如此，現在我必須殺掉你們了！在海底當魚飼料一邊後悔吧，第四真祖！」

「土雷——！」

雪菜用槍柄擋下崔妮的衝刺，然後用右掌施以打擊。有能力洞見未來的劍巫才能如此反擊。但是——

「妳太慢了！」

「！」

崔妮硬是撥開雪菜這一掌，還用肩膀撞上來。雪菜迎面承受衝撞的力道，嬌小的身軀被彈飛。

「妳這混帳！」

古城火上心頭地揮拳朝崔妮招呼過去。將吸血鬼力氣發揮到極限的神速一擊。然而，崔妮輕易看穿古城的動作，揮下了利爪。古城的頸子被深深砍傷，鮮血迸流。

「你以為敵得過我這獸人部隊的戰技指導官？大外行！」

崔妮瞧不起東倒西歪的古城，出言譏笑。

古城脖子上的傷驚險地避開了要害，頸動脈和氣管都沒事，視野卻因為出血而變得模糊，肉體的再生速度無法趕上。

「和我們獸人比，吸血鬼的再生能力實在弱得讓人打呵欠呢。」

崔妮鄙視地望著站不穩的古城，然後笑了笑。這次她打算完全挖開古城的喉嚨，就隨意將右臂一揮。

雪菜衝來阻止了，但長槍如風暴般的連續突刺被崔妮從容地接連閃過。雪菜運用洞穿未來的能力死纏爛打，卻還是追不上對方的身手。無法純靠靈力強度壓制的崔妮是前所未見的強敵。

「鳴雷！」

雪菜判斷用長槍制不住崔妮，就朝她使出了腿法。崔妮則在半空中截住雪菜踢來的腳。

「妳太纏人嘍，小丫頭！」

「！」

崔妮抓著雪菜的左腿，畫弧似的轉了圈。接著她輕而易舉地將懸空的雪菜往牆壁砸。雪菜其中一隻腳被抓得緊緊的，便沒有辦法動彈。獸人種的臂力外加離心力加速，讓雪菜一頭往牆壁撞了上去。

「唔喔……！」

雪菜背後響起骨頭碎裂的聲音。在撞上金屬牆的前一刻，古城將她接住了。古城用自己的身體當肉墊，防止雪菜撞上牆壁。被雪菜跟牆壁夾在中間的他全身嘎吱作響，發出令人發毛的聲音。

「學、學長……？你護著我……！」

雪菜回頭看著咳血的古城，短短地發出尖叫。

古城眼裡顯露的卻不是痛苦，而是疑惑與愧疚之色。衝撞時的不可抗力，讓古城姿勢變成用雙手使勁掐住雪菜左右兩邊的胸部。

無法言喻又好似吸附著手掌的緊實度與彈性，讓古城很是困惑地問：

「姬柊，妳這樣……」

「有、有什麼辦法！優絲緹娜小姐沒有幫忙拿胸罩過來啊！換禮服時我有穿緊身胸衣，可是那太硬不適合戰鬥，所以我才……！」

雪菜面紅耳赤地辯解。

優絲緹娜帶了成套制服到「虹橋」，不巧卻沒有連雪菜的內衣（胸罩）都一起準備。然而搭配禮服的緊身胸衣缺乏柔軟性，穿著它實在無法戰鬥。結果，雪菜所剩的選項就只有「不穿」了。沒有錯，現在的雪菜沒穿胸罩。

現在不是介意這些的時候——儘管古城是這麼想，雪菜因為撞擊的傷害也沒辦法立刻起身，全身到處都骨折的古城就更不用說了。

即使如此，崔妮仍毫不鬆懈地朝古城他們接近而來。她應該是打算對古城造成無法痊癒

的傷勢，再順便殺了雪菜。

古城察覺崔妮有何企圖，卻發出缺乏緊張感的聲音。

「姬柊，妳好香……大概是因為剛洗完澡吧……」

「不、不用再提那些了！」

臉頰一陣熱燙的雪菜大叫。

然而古城痛苦地帶著紊亂的呼吸，繼續在雪菜耳邊細語。

「妳記得我們第一次遇見拉．芙莉亞的那座無人島嗎？當時我想用眷獸抓魚，失敗之後，妳就淋得渾身濕了，對吧？」

「……學長？」

雪菜壓抑著情緒望向古城。

在崔妮看來，應該會覺得古城是體認到已經敗了，才趁最後聊起兩人間的回憶。

但是錯了。古城並沒有死心。他想用崔妮聽了也不懂含意的話語對雪菜表達些什麼。

「高度下降了不少呢。很遺憾，大姊姊要趕快收拾你們，然後逃離這裡。別怪我。」

「不，妳會在這裡被逮。」

雪菜擠出僅剩的體力起身，崔妮則生厭似的望著她。雪菜的難纏程度，應該是讓她好生厭煩了。

「狻猊之神子暨高神劍巫於此祀求——」

雪菜調整亂掉的呼吸，肅穆地詠出禱詞。

她捧著銀槍，開始用無聲無息般的動作起舞。有如向神祈禱勝利的劍士，或者也像授予勝利預言的巫女。

「破魔的曙光，雪霞的神狼，速以鋼之神威助我伐滅惡神百鬼——！」

銀槍被青白色靈氣籠罩後，雪菜便持槍疾衝而出。

身為魔族的崔妮不能胡亂接觸目前的「雪霞狼」。即使如此，她的表情仍有餘裕。崔妮扯下牆面鋪設的金屬管，把那當成手杖揮舞，並且回擊雪菜的槍。

「事到如今還用咒術強化體能？沒用的。就算力氣和反應速度稍微提升，這點本事也不能打倒我。」

「是啊，確實如此。憑我沒辦法打倒妳。」

雪菜認同了崔妮說的話。崔妮恐怕在軍隊受過嚴酷訓練，和仗著天生體能的尋常魔導犯罪者不同。並非只因為她是獸人種，純以士兵來說也一樣強悍。要比近身搏擊的實力，肯定是高過雪菜才對。

「不過，我成功誘妳接近了。和妳挾持公主的時候一樣！」

「——咦！」

崔妮的眼中閃過了遲疑。她無意識地望向腳邊。

她曾在拉・芙莉亞腳下打開空間移轉門。應該是回想到當時的情形，她才會提防雪菜設的陷阱。不過那是雪菜所用的攻心之計。雪菜他們出招的目標並不在對方腳邊，而是上面。

「迅即到來，『龍蛇之水銀（Al Meissa Mercury）』——！」

古城召喚出具有水銀色鱗片的雙頭龍。有能力將任何次元連同空間一起挖穿的「次元吞噬者（Dimension Eater）」眷獸。

但雙頭龍並沒有傷害崔妮，只是挖去「虹橋」船體的一部分便消失了。挖掉的部分是在崔妮頭上，機庫的天花板。

「第四真祖的眷獸？你們到底在攻擊哪裡——？」

崔妮困惑地仰望頭頂，有東西灑落在她的全身。無味無臭的透明液體。是水。

「水……精靈爐的冷卻水……？拿這種東西對付我有什麼用……？」

崔妮粗魯地甩掉沾濕毛皮的水珠。

精靈爐的冷卻水是對人體無害的普通水。實際上，在「虹橋」也會被用來洗澡。古城恐怕是注意到機庫內漏水，才發現天花板有冷卻水的管路。話雖如此，靠普通的水並不能打倒崔妮。

沒錯。只靠普通的水並不行——

「難道說……！」

崔妮看到雪菜像是怕接觸到水而後退的模樣，便瞠目結舌。

全身上下都骨折的古城行動緩慢，卻還是起身高舉右手。

崔妮望著他那被黃金閃電籠罩的右手，呼吸為之一窒。含有不純物的水是典型導體。而且獸人化的崔妮身手再快，也敵不過電流傳導的速度。她不可能敵得過——！

古城朝著在機庫地板擴散的積水揚起了拳頭。

「別死喔，『大姊姊』。」

「住、住手——！」

崔妮想對古城喊些什麼，但古城毫不理會就揮下了拳頭。

「『獅子之黃金』！」

局部召喚的眷獸魔力化為高電壓的電擊，從機庫地板疾流而過。

崔妮全身被青白色光芒包裹，站著陷入強烈的痙攣。

當那陣閃光消失時，崔妮已經在水蒸氣的白煙圍繞下倒在地板上。原本迷人的白色獸毛變得焦黑，四周飄散著嗆鼻的臭味。

常人受了這種傷勢即使當場暴斃也不奇怪，但所幸她還活著。

觸電的身體在痙攣，她仍從喉嚨發出格格笑聲。

「這樣……沒用的，即使打倒我，也無法阻止這艘飛行船墜落……你們就和聚集在紀念典禮的那些三愣子，一起炸得稀巴爛吧……」

「為什麼？」

古城一邊接近不停笑著的崔妮一邊問道：

「為什麼妳不惜如此，也要引發戰爭……？」

「別逗過頭了，第四真祖。有足以信服的理由，就可以發動戰爭嗎？」

崔妮用心寒似的掃興口氣問。古城什麼也無法反駁。

「我啊，是把諜報員當成工作。因為只有北海帝國的軍方肯認同我的能力。自我實現就是這麼回事，被寄予期待的感覺實在不錯。」

「就因為……這樣……？」

古城沒辦法理解崔妮的動機，聲音空虛得抖了起來。

崔妮一直以諜報員身分潛伏於阿爾迪基亞，應該沒有太多機會跟北海帝國的人接觸。即使如此，崔妮仍想替他們陷害阿爾迪基亞，理由只是因為對方肯認同自己。

「你覺得無聊？不過呢，戰爭的理由就是那樣啊。魔族與人類之間的成見；領土問題；宗教；歷史；對國歌的忠誠。那些不過是為了讓民眾信服才補上的藉口。記到心裡吧，第四真祖。不含虛假，未必就等於真實喔……」

無法維持獸人化的崔妮變回受傷的人類樣貌。即使靠他們種族的再生能力，大概也只能維持生命，似乎連意識都開始朦朧了。

「拉・芙莉亞・立赫班……對這些道理都很清楚。所以她一次都沒問……我是為何而戰……雖然那傢伙是個討人厭的心機女，卻是貨真價實的王族……哪怕撕破嘴，我也不會說自己尊敬她就是了……」

崔妮一邊斷斷續續地嘀咕，一邊露出充滿勝利感的笑容。

「不過，到最後，是我贏了。你們活該。」

最後崔妮嘀咕了這麼一句，便完全失去意識。

而古城和雪菜用同情的目光看了崔妮。崔妮確實既精明又強悍，但是，也就如此而已。她只能靠利用他人、破壞秩序來證明自己的價值。所以——

「不，是妳輸了，崔妮・哈爾登。」

古城抹去從嘴脣冒出的鮮血，並且苦笑。這時候，他的手機正好收到了新的簡訊。是淺蔥發的。

「既然妳毫無理由就要引發戰爭，我們也可以因為一時興起而阻止吧？」

古城和雪菜互相點頭，接著古城看向機庫外。

敞開的艙門外有藍天，以及阿爾迪基亞的綠色大地。而且逼近眼前的維爾特雷斯市區看

起來意外地鮮明而龐大。

8

抵達艦橋的拉・芙莉亞微微地蹙起柳眉，然後嘆了氣。

混在空氣之中的是火藥味。操舵裝置、通訊設備、戰術人工智慧的主機，操控「虹橋」所需的各種機器幾乎都遭到爆破了。

是崔妮操控乘員動手破壞的。

「真是有一套，崔妮・哈爾登。」

拉・芙莉亞難得在端整臉孔上現出慍色。

「虹橋」正航向王都維爾特雷斯的中心地段，和平紀念典禮的會場。

與其讓「虹橋」撞向有可能閃躲的「戰王領域」艦隊，崔妮似乎挑上了更有把握成事的典禮會場當目標。

「哎，正如所料。應該說她身為諜報員很盡職。」

意外的是，矢瀨用和平常沒兩樣的輕浮語氣答話。

「欸……你還說正如所料……」

紗矢華嘀咕完以後，就走投無路似的杵著不動。縱使有獅子王機關的舞威媛在，狀況也不是單憑一名攻魔官就能解決的。

「摩怪，這艘船撞上紀念典禮會場要花多久時間？」

淺蔥朝自己的電腦問了一聲。艦橋機器大多被毀的現在，能操控「虹橋」的只剩淺蔥與她的人工智慧搭檔了。

『照目前的加速度，離第一個傷亡者出現還有兩分十七秒。假如現在馬上停掉引擎，差不多還剩三分整。』

摩怪用聽似愉悅的口氣回答。

「看來時間不夠我們所有人逃脫呢。」

拉．芙莉亞彷彿事不關己地從容點了頭。接著她輕輕聳肩，轉向紗矢華說：

「紗矢華，我委託妳保護淺蔥和基樹，立刻帶他們兩個下船。供王族逃生的小艇應該能用。」

「咦……？」

紗矢華內心有所糾葛似的目光動搖。身為獅子王機關的舞威媛，阻止大規模魔導恐攻是第一要務。可是，現在的她沒辦法阻止「虹橋」墜落。

既然如此，紗矢華要採取的第二要務應該就是保護「該隱巫女」藍羽淺蔥，還有身為大財閥統帥的矢瀨基樹。拉．芙莉亞的委託和紗矢華的任務並無任何衝突。可是，那也表示她將在這裡拋棄公主。

「妳打算怎麼辦，拉．芙莉亞？」

矢瀨隨口發問。公主回答得很快。

「我會拜託古城，請他摧毀『虹橋』。靠他的眷獸，應該能將這艘船轟得不留痕跡。」

「妳想死嗎？」

矢瀨板著臉問，公主便對他露出毅然的微笑。

「我認為這是為了存活的最佳之策。我相信古城。」

公主堅定的眼神讓矢瀨沉默了。

要保護紀念典禮聚集的群眾，就得在「虹橋」墜落前將其消滅。

可是，第四真祖的眷獸基本上只專精破壞，人留在艦內還能得救的可能性極低。條件太過惡劣了。

要摧毀從上空高速墜落的巨艦「虹橋」，同時只救上頭的人。和崔妮交手後元氣大傷的古城想必辦不到那麼細膩的操控。

「既然要信他，我們還有划算一點的賭法啊。」

「淺蔥？」

淺蔥突然開始操作手機，拉．芙莉亞納悶地望了她。淺蔥把手機湊在耳邊，還用閒話家常般的輕鬆口氣朝接聽者喚道：

「古城，聽得見嗎？你讀過剛才那封簡訊了吧？」

『……是啊。不過，這樣做真的沒問題嗎？』

古城反問的嗓音明顯流露著不安。儘管說是划算的賭法，到頭來似乎還是免不了危險。

「沒時間了。你馬上動手！懂嗎？摩怪！」

淺蔥無視於古城的猶豫，隨即叫了人工智慧搭檔。

『咯咯，這一次，要搞得盛大點！』

挖苦似的合成語音從智慧型手機喇叭傳出後，「虹橋」船體就大幅搖晃了。巨響從四面八方響起，閃光與爆炸的煙塵伸向藍天。配得上飛行戰艦之名的大量砲台，將所有機槍彈與飛彈發射出去了。

「藍羽淺蔥！妳究竟在搞什麼……？」

紗矢華膽顫心驚地環顧四周並大叫。

發射出去的砲彈全是瞄準無人的海面開火。即使如此，傳達到周圍的震撼力與恐懼感仍舊驚人。

得到答案。

但盧卡斯什麼也沒說，因為連他本人也不明白那裡發生了什麼事。

這地方同時也是國際政治的舞台。假如隨便扯謊而落人口實，那就會成為傷害國家信用的詛咒。然而，就這麼保持沉默也一樣。

當壓在心頭的責任之重開始讓盧卡斯自暴自棄地覺得：船到橋頭自然直的那個瞬間——以公主身分留在舞台邊邊的夏音突然緩緩站起身。

美麗公主的唐突行為，使得會場群眾同時將目光轉過去。

沒見過任何場面的尋常少女理應撐不住那樣的沉重壓力。

夏音卻泰然自若地承受了十幾萬人的視線，還露出亮麗的笑容告訴眾人：

「好精彩的煙火。」

會場又一次被好似要令人窒息的沉默蓋過。

接著，下個瞬間，掀起了爆發性的歡呼，令維爾特雷斯廣場為之搖撼。

少女短短的一句話瞬間吹跑了人們的不安，還掀起喜悅的浪潮。

在這個時間點，已可確定阿爾迪基亞王國和「戰王領域」締結和平條約的四十週年紀念典禮得到了歷史性的成功。

還有阿爾迪基亞公主冰雪聰明的名聲也流傳到了全世界。

終章

Outro

智慧型手機的喇叭傳來了模範生一般正經八百的講話聲。是香菅谷雫梨・卡思緹艾拉的聲音。

『被恐怖分子綁架……？你跑去阿爾迪基亞，到底都在忙些什麼？』

「我又不是喜歡才淌渾水的。明天我們就會抵達紘神島，細節到時候再說。幫我問候琉威他們。」

古城對留在紘神島的朋友們隨便做了交代，結束通話。

『欸，等等……古城……！』

有話想講的雫梨聲音中斷，古城便鬆了口氣。

取代寂靜傳來的是航空公司廣播告知的飛機起飛時刻。

古城人坐在維爾特雷斯機場的候機廳長椅。他正在等飛返紘神島的班次登機通知。

「那是香菅谷同學嗎？」

待在古城旁邊的雪菜問道，口氣隱約有戒心。

既然手機傳出了雫梨的聲音，應該聽得出他們沒有講多少話，不過雪菜看著古城跟雫梨通話時，眼神裡卻有鬧脾氣的跡象。

然而，古城仍渾然不覺地含糊點頭說：

「對啊。雖然不清楚情況，但她叫我趕快回去。」

「會不會是絃神島出了什麼事？」

雪菜眼中浮現與剛才不同種類的憂慮光彩。

「我不太想去思考耶……」

古城望著準備收起來的手機，深深嘆了氣。這次連假本來就狀況百出，已經夠累人的了。假如回絃神島又捲入莫名其妙的事件，那可受不了。更別提學校在放假前出的功課，根本一項都還沒碰。

「煌坂呢？」

古城心血來潮似的看著周圍問。

照原本的預定，紗矢華也會搭乘跟古城等人一樣的班次回絃神島才對。可是，即使登機時刻將至，她依然沒有出現在機場的跡象，令人擔心她是否在「虹橋」墜落時受了傷。

雪菜卻帶著同情似的表情說：

「紗矢華留在大使館加班。她說她得把這次的事件整理成報告才行。」

「那傢伙還真辛苦。拉・芙莉亞跟那位老爹，好像也在忙著為事件善後。」

覺得自己多少有責任的古城聳了聳肩。

這次事件損失了一艘最新銳的飛行戰艦，但對外是處理為演習中的事故，與北海帝國的關聯並未公諸於世。

當然，包含被俘的崔妮與她那些部下該如何處置，據說阿爾迪基亞正在檯面下與北海帝國進行談判。談判恐怕會以相當於數艘「虹橋」的賠款，並由北海帝國大幅讓步以期解決領土問題，再加上兩國共同開發海底油田的形式落幕。這是拉．芙莉亞所做的解讀。崔妮的計畫失敗，使得北海帝國方面付出了慘痛的代價。

可是，用區區一名諜報員當肉票，感覺並沒有那麼大的政治價值。

或許拉．芙莉亞從最初就知道崔妮的底細，才會放長線釣大魚，持續收集跟北海帝國談判的有利材料——如此恐怖的想像也跟著在古城心裡頭浮現。

「不過，幸好夏音和王室所有人都處得很融洽。」

雪菜帶著清新微笑說的話抹去了古城那些不吉利的妄想。

在她目光前方，有夏音、凪沙以及嬌小少女開開心心地在機場商店選購土產的身影。那是拉．芙莉亞的一對雙胞胎妹妹。

她們倆跟凪沙變得莫名要好，還專程來機場送行。

凪沙和夏音擺出大姊風範照顧年幼雙胞胎的模樣看起來是如此溫馨，感覺光這樣就帶來了某種救贖。

「哎，應該算累得有價值了吧。」

古城嘀咕著對雪菜說的話表示同意。

銀髮雙胞胎應該並沒有聽見古城他們的聲音，卻還是察覺他們的視線，便揮著手跑了過來。她們倆的頭髮都比拉．芙莉亞短一些。用瀏海遮著右眼的是姊姊蓉德；遮著左眼的則是妹妹帕莎卡莉亞。

「古城！」

「雪菜！」

「妳們是叫蓉德和帕莎卡莉亞對吧。來送行的嗎？」

古城望著跑來的雙胞胎，慵懶地微笑。以十一歲的年紀來說，她們倆算個子嬌小。古城和雪菜坐在長椅上，目光的高度剛好方便跟她們講話。

兩人來到古城他們眼前便停下腳步，還興趣濃厚地來回看了古城和雪菜的臉。接著雙胞胎將目光對在一塊。

「我說，雪菜很漂亮耶。」

她們倆同時把臉湊到古城耳邊，不知道說這話的究竟是姊姊或妹妹——

「如果古城和拉．芙莉亞姊姊結婚，雪菜也會變成我們的姊姊呢。」

「對啊。因為她們是第一夫人和第二夫人。」

「誰是第一，誰又是第二？」

「難說耶，不曉得喔。」

「先娶誰呢？」

雙胞胎同時問道。

仔細一看，她們的眼睛顏色跟拉．芙莉亞及夏音略有不同。即使同屬藍色系，蓉德是稍微偏綠的翡翠色；帕莎卡莉亞則是泛紅的紫水晶色彩。

「別說得好像我跟拉．芙莉亞理所當然會結婚。何況姬柊只是我的監視者。」

古城不慌不忙地冷靜回答了。幾天以來跟拉．芙莉亞的互動，讓他對這方面的玩笑多少有了抵抗力。

相對的，雪菜聽了古城說的話就變得相當面無表情。

「欸，古城，你剛才是不是跟白頭髮的大姊姊在講話？」

雙胞胎大概是發現雪菜發出的冷冷氣息，就忽然換了話題。

「白頭髮？妳們認識卡思子？」

古城困惑地反問。她們倆跟雫梨見都沒見過，怎麼會曉得她的頭髮顏色？古城對此感到疑問。

雙胞胎卻沒有回答古城的問題，而是帶著遙望遠方一般的眼神告訴他：

「你要保護那個大姊姊喔。」

「小心吸血王喔。」

雙胞胎所說的話有如預言，讓古城起了莫名的不安。

據說阿爾迪基亞王家的嫡系女子生來便無一例外地具有強大靈媒的素質。倘若如此，她們應該和拉．芙莉亞或夏音一樣，都是靈能力者。或許她們倆就是靠那種力量才會得知雫梨的事——古城心想。

「吸血王……」

而且雪菜聽了她們的話以後，比古城更加動搖。她似乎認得那個名號，還帶著凝重的表情咬住嘴脣。

銀髮雙胞胎做完預言便同時和氣地微笑，然後像淑女一樣優雅地行了禮。

她們倆望著古城和雪菜，用較為成熟的口吻說道：

「身為阿爾迪基亞王室的成員，我們要向兩位致謝。」

「感謝你們救了家姊拉．芙莉亞．立赫班，還有阿爾迪基亞王國。」

「好、好了啦。」

古城被態度丕變的少女們玩弄，還是點了頭表示「不客氣」。

而雙胞胎就從左右兩旁親了古城的臉頰。

不習慣的觸感讓古城硬生生地僵掉了。雙胞胎愉悅似的看著他那樣，俏皮地揮了手表示「掰掰」。

「要再來看我們喔。」

「在那之前，請兩位都保重。」

雙胞胎說完就像一陣風一般離開了。古城則呆若木雞地目送她們。

不愧是拉．芙莉亞的妹妹，即使在那個年齡，她們似乎也有足夠的本事將周圍人們耍得團團轉。就這麼長大以後不知道會怎麼樣，實在是前景可畏。這時候——

「學長在陶醉什麼呢？」

雪菜冷冷地瞟著古城問了一句。

古城有些傻眼地回頭望著雪菜說：

「我才沒有陶醉。那在這裡算是普通的問候吧。」

「學長被親時就一副下流的表情。」

「妳怎麼看出來的啊……？」

「因為我『只是個監視者』。」

雪菜用更加不悅的語氣說話。古城不懂自己為什麼會惹她發火。當古城吞不下這口氣準備反駁時，突然傳來了豪邁的笑聲。

笑聲的主人是個看似旅客的年輕男子，外表年齡約莫二十過半。短髮，個子高大，應該有一百九十公分以上。儘管身材修長，但似乎是因為有肌肉的體魄，給人的印象並不孱弱，感覺像軍人或現役運動選手。

對方並不算所謂的美男子，整體來看仍是個型男。穿的是寬鬆長褲與粗獷的工作靴，上半身則是背心，還將皮製連帽衣隨手掛在肩上，外露的左肩有著龍紋刺青。

「唷，又見面了，少年。我看到嘍，你挺有女人緣嘛。」

男子粗聲說著，還猛拍古城的背。他本人似乎認為那是輕拍，力道卻亂強的。

「那兩個女孩將來可會變成大美人。你運氣不錯。」

「是、是喔。」

古城望著裝熟搭肩的男子，把頭歪到一邊。即使對方說「又見面了」，他也不記得自己有認識這麼醒目的男人。該不會是新的詐欺手法吧？古城感到不安。

「不要消遣他啦。你看，他的女朋友不是在吃醋了？」

男子的態度很是強硬，疑似與他結伴成行的女子便開口規勸。

一頭金亮紅髮讓人聯想到太陽光彩的成熟美女。服裝是五分皮褲配樸素襯衫，穿在她身上卻顯得華貴無比。

儘管容貌美得無可挑剔，卻不會給人搔首弄姿的印象。無論男女都會被其吸引，有著爽朗而快活的魅力。

「呃，沒有。我並不是學長的女朋友……」

雪菜似乎被突然出現的美女嚇倒了，便連忙否認。

紅髮美女則用令人印象深刻的大眼睛盯著紅著臉搖頭的雪菜說：

「討厭，妳好可愛！我喜歡！」

「……！」

被她突然一抱，雪菜嚇得眼睛直打轉。雪菜變得像出了外頭的家貓那樣愣著不動，女子就主動把臉頰貼上來。

格外顯眼又愛裝熟的男女兩人組。這兩個傢伙搞什麼啊？感到疑惑的古城問：

「你們是……？」

「噓～～安靜。我不想惹人注目。」

男子大聲嚷嚷過後還自說自話。

女子也摟著雪菜，俏皮地豎起食指對她「噓～～」了一聲說：

「有群麻煩的傢伙在追我們。讓我們躲一下。」

「是、是喔……你們是私奔還怎樣嗎？」

古城把無心想到的情境說出口。有歲數的成年男女會避著他人目光來機場的理由。不是犯罪就是逃債，再來就只能想到私奔了。

女子聽了就噗嗤笑著說：

「呵呵，說起來算離家出走吧。留在家鄉就有太多麻煩的牽絆。」

「你們要到紘神島嗎？」

雪菜有些吃驚地問。她注意到女方襯衫的口袋放了往紘神島的機票。

「對。拜訪好久沒見的東洋。」

男子說著便揚嘴一笑。

「你們也要去日本吧？不到登機口行嗎？」

「嗯。不過，我們搭的是其他班機。」

那對男女拿的機票是和古城他們不一樣的航空公司所發行，而且他們預定要搭的班機應該就快出發了。

對方大概也明白這一點。男子惋惜似的站起身，然後把右手朝古城伸了過來。

「這樣嗎？希望到那邊以後還會見面。我叫齊伊，齊伊·朱蘭巴拉達。」

「我叫曉古城。」

古城回握男子的手之後也跟著報上名字。霎時間，他的背脊竄過一陣毛骨悚然的感覺，好比將右手伸進猛獸口中的恐怖感。

「我叫札娜，札娜．拉修卡。請多指教，雪菜。」

女子在雪菜臉上輕輕一吻，俏皮地揮了揮手。

接著，他們就避人目光似的壓低身體衝向登機口。

「姬柊，那個女的怎麼會曉得妳的名字……？」

古城歪頭問了雪菜。既然他們曉得雪菜的名字，或許就表示以前在哪裡見過面──古城心想。

「學長，剛才那兩位……說不定是……」

雪菜聲音發抖，結結巴巴地嘀咕。

「……姬柊？」

古城看雪菜臉色發青便感到困惑。雪菜微微低著頭，全身僵成一塊。在獅子王機關擔任劍巫的她因為恐懼而縮著身體。

「姬柊……怎麼了嗎？出了什麼事？」

古城觸碰雪菜的肩膀。雪菜緩緩抬起臉，想對古城表達些什麼。

但是在那之前，傳來了某群人倉促趕到的腳步聲。身穿典雅大衣的黑髮吸血鬼帶著幾名部下出現了。

「曉古城！」

「亞拉道爾？怎麼搞的，看你慌成這樣？發生什麼事件了嗎？」

亞拉道爾明顯憔悴的表情讓冒出不祥預感的古城朝他問了一聲。能令亞拉道爾這等人物焦急成這樣，事態怎麼想都不尋常。

在古城他們面前停下來的亞拉道爾仍喘著氣，便開口問道：

「有沒有看見可疑的男女？他們是異樣醒目的兩人組。」

「醒目的兩人組……？」

古城的預感轉變成寒意。他剛剛才跟符合條件的人講過話。

「我遇到了一個叫齊伊的人。記得他的全名是……齊伊・朱蘭巴拉達。還有——」

「你為什麼會曉得那一位的名諱！」

亞拉道爾抓住古城的雙肩猛晃。他那鬼氣逼人的表情讓古城忍不住倒抽一口氣問：

「哪、哪一位？」

「齊伊・朱蘭巴拉達，就是我等真祖『遺忘戰王』的真名……！」

「遺……『遺忘戰王』……！原來那個人是第一真祖嗎！」

古城聽了亞拉道爾的驚人發言，這才嚇得無言以對。

世界最古老的夜之帝國「戰王領域」的領主，同時也是提倡人類與魔族共存的聖域條約發起者。即使說現代世界的秩序與繁榮都是由第一真祖「遺忘戰王」獨力帶來的也不為過。

那名人物上一刻還在這裡。如此驚愕的事實讓古城感到暈眩。雪菜會恐懼也是當然的。

「安靜。分清楚場合，曉古城。若被人曉得那一位來到這種地方，整座機場都會陷入恐慌。」

「話、話是這麼說沒錯。」

害人嚇到的不就是你？古城把這句話吞了回去，然後不情願地點頭。

亞拉道爾說的話是事實。官方所認同的三位真祖當中，據說「遺忘戰王」是最危險而神祕的存在。得知有那樣一名男子出現，何止是這座機場，難保不會連全世界都捲入騷動。

「所以說，我等真祖往哪裡去了？」

亞拉道爾用認真的眼神問道。

「啊啊！」古城發出了和慘叫無比相近的驚呼聲。「那兩個人，身上帶了往絃神島的機票！還說要拜訪好久不見的東洋……」

「你說……什麼……？」

亞拉道爾嚇得下巴掉了下來。第一真祖要訪問「魔族特區」——雖說並非官方行程，但他去的是第四真祖治理的夜之帝國。他臨時興起造成的大災難，連亞拉道爾都心生戰慄。

「難道說，絃神島發生了足以勾起那一位興趣的狀況……？」

亞拉道爾恍惚似的仰頭向天。

機場內的導覽板上顯示著開往紘神島的班機已經起飛。

亞拉道爾確認過這一點以後，用冒著血絲的眼睛瞪向古城說：

「我們也會隨後趕上。但是拜託你，曉古城。雖然我們沒有道理說這種話，還是麻煩你顧著那一位，以免他挑起無謂的爭鬥。」

「叫我顧著他……」

這要求太扯了吧——與其說驚訝，古城更感到傻眼。

坦白講，感覺那名叫齊伊的男子不是古城應付得來的對手。古城有預感，自己跟他接觸反而不會有好下場。話雖如此，也想不到還有什麼其他的手段。

「千萬別讓那一位覺得『膩』。要不然，可沒人曉得會發生什麼事！」

亞拉道爾用被逼急的口氣講完以後就轉過身。他率著忐忑不安的部下們走向機場外，大概是要為了追上齊伊做準備。

「喂，亞、亞拉道爾……！」

古城想叫住對方，黑髮吸血鬼卻頭也不回地奔離，似乎急迫得連古城的聲音都聽不到。

「饒了我吧……」

古城嘆氣以後癱到長椅上。雪菜用不安地閃爍著的眼睛默默望向古城。

又見面了——齊伊是這麼說的。沒錯，古城之前也和他見過一面。在真祖大戰中途，聖

域條約機構的最高理事會「呢喃庭園」，第一真祖理應也有出席。

古城在那塊地方和他們做了交易，將絃神島納為自己領地的交易。交易的代價是古城擊斃了第一真祖的其中一名眷屬——迪米特列・瓦特拉。而現在，據說第一真祖已前往成為恩怨之地的絃神島。

他的目的會是什麼？古城再怎麼想也想不出答案。

「古城哥，你看你看。剛才啊，有一對好帥氣的外國男女給了我這個耶。男的個子很高，女的則是大美女……古城哥？」

「大哥？怎麼了嗎？還有雪菜也怎麼了？」

凪沙和夏音買完東西便回到負責顧行李的古城這邊。夏音看出古城他們消沉的模樣，就擔心地問了一聲。

凪沙手裡拿的是小小的糖果盒。阿爾迪基亞捧為名產的黑色糖果。別跟陌生人拿糖果——古城想這麼罵，卻連說教的力氣都拿不出來。

「真夠累的，反正土產也買了，這下總算可以回絃神島啦。」

「是啊。回國後我想放空一陣子——欸，古城，怎麼了……？感覺你的臉好恐怖耶。」

矢瀨和淺蔥捧著免稅商店的紙袋回來以後，馬上也發現古城他們不對勁。看來古城他們目前的臉色實在很糟。

「學長。」

總算從恐懼中振作起來後，雪菜露出認命似的表情叫了古城。

嗯——古城也微微點頭。無論那名男子的目的是什麼，古城該做的事已經決定好了。他要保護絃神島，就像拉．芙莉亞保護阿爾迪基亞那樣。

「欸，你們兩個果然遇到什麼事了吧？回答我嘛。」

凪沙發現古城和雪菜似乎有兩人之間才懂的默契，便納悶地問道。至於淺蔥他們臉上，也滿是準備逼問古城的神色。

古城懶散地聳了聳肩，把目光轉向窗外。

夕陽的餘暉將森林與冰河孕育的異國大地照成了黃金色。

吹進來的風帶有令人懷念的海水味。

隔著窗戶，有陌生飛機從傍晚的天空起飛。

通達遠方絃神島的那片天。

後記

就這樣，《噬血狂襲》第十八集已向各位奉上。

這次的篇章是以目前已發售的ＯＶＡ《女武神的王國篇》（的原案大綱）為基礎，再以小說形式重新架構出來的。

動畫會比小說先發表，（以噬血狂襲來說）算是型態較為稀奇的故事篇章。

話雖如此，由於時間順序有若干變動，設為舞台的土地也完全不同，結果幾乎變成了另一部作品，尤其前半段絕大多數都是原創情節。原本以為有動畫版當「參考」，大概可以寫得更輕鬆，沒想到這卻是天大的錯估。在整部系列當中，或許這是寫起來數一數二辛苦的一集，不過也是寫著寫著便覺得樂趣橫生的一段篇章。

原本我就希望帶古城等人到海外，碰巧我本身也想用取材名義去海外旅行，而這部《女武神的王國篇》便是在這般願望下催生出的產物（另外旅行似乎是沒有去成）。阿爾迪基亞的藍本是被稱為北歐的整塊地區，雖然並沒有特定國家，但芬蘭成分占較多。理由恐怕是我在構思這次篇章時，朋友給的鹹甘草糖留下了強烈有勁的印象（就是凪沙在故事末尾從某個人物那邊拿到的糖果）。

要說到為什麼選北歐，單純是因為絃神島設定成南國，就希望找個寒冷的國家。反過來說，讓古城和雪菜在南美一帶的叢林遊蕩，感覺也會是有趣的發展，我私下在想遲早要寫寫看，大概會是跟第三真祖有關的篇章吧。恐怕沒錯。

話說在我執筆噬血狂襲的期間，常會遭遇一些意外狀況（好比空調壞掉或隔壁大樓開始拆除工程），但這次居然碰上了交通事故。說是交通事故，情況其實是附近鄰居開車衝進來，將我停在停車場的車撞得嚴重損毀。那座停車場並沒有面對路口或任何要道，不將方向盤打成直角切入應該就無法進來，那位鄰居到底出了什麼事啊？我實在沒有想到自己在家裡睡覺時會遇上交通事故。

幸好沒人受傷，事故處理順利結束，對方也付清了修理費，但是剛熬夜完總算入睡就被挖起來陪警察鑑定車禍現場，造成的傷害還滿大的。請讀過本書的讀者千萬也要小心交通事故，即使是在家裡睡覺也大意不得。

負責本作插畫的マニャ子老師，這次也備受您照顧了。工作時程依舊吃緊，又有異國街

景，再加上換裝比平時更不手軟的登場人物班底，誠摯感謝您在如此糟的條件下畫出了迷人畫作。

還有與製作、發行本書有關的所有人士，由衷感謝你們。無論怎麼想都嚴重耽誤的寫作進度對各位造成了莫大困擾，我謹在此致上歉意。

當然，對於讀完本書的各位讀者，我也要致上最高的感謝。

但願我們還能在下一集相見。

三雲岳斗

國家圖書館出版品預行編目(CIP)資料

噬血狂襲 18 真說女武神的王國 / 三雲岳斗
作 ; 鄭人彥譯. -- 初版. -- 臺北市 : 臺灣角川,
2019.07
面 ; 公分
譯自 : ストライク・ザ・ブラッド 18 真説・ヴ
ァルキュリアの王国
ISBN 978-957-743-074-8(平裝)

861.57 108007844

Kadokawa
Fantastic
Novels

噬血狂襲 18
真說女武神的王國

（原著名：ストライク・ザ・ブラッド 18 真説・ヴァルキュリアの王国）

2019年7月29日 初版第1刷發行
2021年10月29日 初版第2刷發行

作　者：三雲岳斗
插　畫：マニャ子
日版設計：渡邊宏一
譯　者：鄭人彥

發 行 人：岩崎剛人
總 編 輯：蔡佩芬
編　輯：孫千棻
美術設計：黃永漢
印　務：李明修（主任）、張加恩（主任）、張凱棋

發 行 所：台灣角川股份有限公司
地　址：104台北市中山區松江路223號3樓
電　話：（02）2515-3000
傳　真：（02）2515-0033
網　址：www.kadokawa.com.tw
劃撥帳戶：台灣角川股份有限公司
劃撥帳號：19487412
法律顧問：有澤法律事務所
製　版：巨茂科技印刷有限公司
ISBN：978-957-743-074-8